Ur und andere Zeiten

Olga Tokarczuk

Ur und andere Zeiten

Roman

Aus dem Polnischen von Esther Kinsky

Berlin Verlag

Die Originalausgabe erschien 1996 unter dem Titel
Prawiek i inne czasy
bei W. A. B., Warschau

Umschlaggestaltung:
Nina Rothfos und Patrick Gabler, Hamburg
Gesetzt aus der Stempel Garamond
und Corporate durch psb, Berlin
Druck & Bindung:
Friedrich Pustet, Regensburg
Printed in Germany 2000
ISBN 3-8270-0340-7

Gedruckt auf chlor- und säurefreiem Papier

Gefördert vom © POLAND Polish Literary Fund
mit Mitteln des Ministeriums für Kultur und
Nationales Erbe der Republik Polen.

Die Zeit von Ur

Ur ist ein Ort mitten im Weltall.
Um Ur zügig von Norden nach Süden zu durchqueren, würde man eine Stunde brauchen. Von Osten nach Westen ebenso. Wenn man gemächlich um ganz Ur herumgehen und sich dabei alles genau und bedachtsam ansehen wollte, würde man einen ganzen Tag dafür brauchen. Vom Morgen bis zum Abend.
Im Norden verläuft die Grenze von Ur an der Straße von Taszów nach Kielce entlang; die Straße ist befahren und gefährlich, denn sie weckt ein Gefühl der Unrast. Diese Grenze bewacht der Erzengel Rafael.
Die südliche Grenze bildet das Städtchen Jeszkotle mit Kirche, Altersheim und niedrigen Häuschen rund um den schlammigen Marktplatz. Auch im Städtchen droht Gefahr, denn es weckt das Verlangen danach, zu besitzen und besessen zu werden. Auf dieser Seite wacht der Erzengel Gabriel über Ur.
Von Süden nach Norden, von Jeszkotle bis zur Straße nach Kielce, verläuft die Landstraße, und Ur liegt links und rechts davon.
Die westliche Grenze von Ur bilden die feuchten Uferwiesen, ein kleines Waldstück und das Schloss. Zum Schloss gehört ein Pferdegestüt, wo ein einzelnes Pferd so viel kostet wie

ganz Ur. Die Pferde gehören dem Freiherrn, die Wiesen dem Pfarrer. Wer in die Nähe der westlichen Grenze kommt, gerät in Gefahr, hochmütig zu werden. Diese Grenze bewacht der Erzengel Michael.

Die östliche Grenze von Ur bildet die Weiße. Sie teilt das Land zwischen Ur und Taszów. Dann biegt sie zur Mühle hin ab und verlässt den Lauf der Grenze. Zwischen Auwiesen und Erlenhainen läuft die Grenze alleine weiter. Auf dieser Seite lauert die Gefahr der Dummheit, die aus der Lust an neunmalklugem Gerede entsteht. Diese Grenze bewacht der Erzengel Uriel.

Mitten in Ur hat Gott einen Berg aufgeschüttet, auf dem sich jedes Jahr Schwärme von Maikäfern versammeln. Deshalb haben ihn die Menschen Maikäferhügel genannt. Gott schafft und der Mensch benennt.

Von Nordwesten nach Süden strömt die Schwarze, die bei der Mühle mit der Weiße zusammenfließt. Die Schwarze ist tief und dunkel. Sie fließt durch den Wald, und er spiegelt sein zugewachsenes Gesicht in ihrem Lauf. Auf der Schwarze treiben trockene Blätter, und in ihren Strudeln ringen unvorsichtige Insekten um ihr Leben. Die Schwarze zerrt an den Baumwurzeln und unterspült den Wald. Manchmal entstehen Wirbel auf ihrer dunklen Oberfläche, denn der Fluss kann zornig und unbändig sein. Jedes Jahr im Frühling ergießt sie sich über die Wiesen des Pfarrers und sonnt sich dort. Mit ihrer Hilfe vermehren sich die Frösche tausendfach. Den ganzen Sommer hat der Pfarrer mit ihr zu kämpfen, und jedes Jahr lässt sie sich Ende Juli gnädig herab, wieder in ihr Bett zurückzukehren.

Die Weiße ist seicht und flink. Sie strömt in ihrem breiten, sandigen Flussbett dahin und hat nichts zu verbergen. Sie ist so klar, dass ihr sandiger Boden durch das Wasser hindurch in der Sonne glitzert. Sie erinnert an eine große schillernde Eidechse. Wendig und ausgelassen huscht sie zwischen den Pappeln hindurch. Man weiß nie, was sie im Schilde führt. In einem Jahr verwandelt sie ein Erlenwäldchen in eine Insel, dann hält sie sich zehn Jahre lang fern von jedem Baum. Die Weiße fließt durch Haine, Wiesen und Auen. Sie glitzert sandig und goldhell.

An der Mühle vereinen sich die Flüsse. Anfangs strömen sie ein wenig unentschlossen nebeneinander her, die ersehnte Nähe macht sie befangen, aber dann fließen sie zusammen und gehen ineinander auf. Der Fluss, der dabei an der Mühle entsteht, ist nicht mehr Weiße und nicht mehr Schwarze, aber dafür ist er voll Kraft und treibt mühelos das Mühlrad an, mit dem das Korn gemahlen wird.

Ur liegt an diesen beiden Flüssen und an jenem dritten, der aus ihrem gegenseitigen Verlangen entsteht. Der Fluss, der der Vereinigung der Schwarze und der Weiße an der Mühle entspringt, heißt Fluss und er strömt ruhig und zufrieden dahin.

Die Zeit Genowefas

Im Sommer neunzehnhundertvierzehn kamen zwei Soldaten des Zaren in hellen Uniformen angeritten, um Michał zu holen. Michał sah sie von Jeszkotle her kommen. Die heiße Luft trug ihr Lachen zu ihm hinüber. In seinem mehlbestäubten Kittel stand Michał auf der Schwelle seines Hauses und wartete, obwohl er wusste, was sie von ihm wollten.

»*Kto vy?*« fragten sie.

»*Menja zovut Michail Jozefowitsch Niebieski*«, antwortete Michał wie es sich gehörte.

»*Nu, est' u nas sjurpris.*«[1]

Er nahm das Dokument, das sie ihm gaben, und brachte es seiner Frau. Den ganzen Tag weinte sie und packte Michałs Sachen für den Krieg. Vom Weinen war sie so schwach und so schwer, dass sie nicht die Kraft aufbrachte, auf die Schwelle des Hauses zu treten, um ihren Mann mit den Blicken bis zur Brücke zu begleiten.

Als die Blüten von den Kartoffelpflanzen abfielen und an ihrer Stelle kleine grüne Früchte entstanden, stellte Genowefa

[1] »Wer seid ihr?«
»Ich heiße Michail Jozefowitsch Niebieski.«
»Wir haben eine Überraschung für Sie.«

fest, dass sie schwanger war. Sie zählte an den Fingern die Monate ab und kam bis zur ersten Heumahd Ende Mai. Da musste es geschehen sein. Jetzt war sie unglücklich, dass Michał noch nichts davon gewusst hatte. Vielleicht war ihr Bauch, der mit jedem Tag größer wurde, ein Zeichen dafür, dass Michał zurückkommen würde, dass er zurückkommen musste. Genowefa führte die Mühle wie es Michał getan hatte. Sie beaufsichtigte die Arbeiter und stellte den Bauern, die das Korn brachten, Quittungen aus. Sie lauschte auf das Rauschen des Wassers, das die Mühlsteine in Gang hielt, und auf den Lärm der Maschinen. Das Mehl setzte sich in ihre Haare und Wimpern, und wenn sie abends vor dem Spiegel stand, sah sie eine alte Frau. Dann zog sich die alte Frau vor dem Spiegel aus und untersuchte ihren Bauch. Sie legte sich ins Bett, doch trotz der Kissen und Wollstrümpfe wurde ihr nicht warm. Und weil man in den Schlaf steigt wie ins Wasser, nämlich mit den Füßen zuerst, konnte sie lange nicht einschlafen. Deshalb hatte sie viel Zeit zum Beten. Sie fing mit dem »Vaterunser« an, dann kam das »Gegrüßet seist du, Maria« und zum Schluss ihr einschläferndes Lieblingsgebet zum Schutzengel. Sie bat ihn darum, Michał zu beschützen, denn im Krieg brauchte man möglicherweise mehr als nur einen Schutzengel. Allmählich ging ihr Gebet über in Bilder vom Krieg, die einfach und schlicht waren, denn die einzige Welt, die Genowefa kannte, war Ur, und der einzige Krieg die samstäglichen Prügeleien auf dem Marktplatz, wenn die betrunkenen Männer aus Schlomos Kneipe kamen. Dann rissen sie sich gegenseitig an ihren Kitteln, fielen zu Boden und wälzten sich besudelt, schmutzig und erbärmlich im Matsch. Deshalb stellte sich Genowefa den Krieg als ein Gerangel in

Pfützen, Matsch und Unrat vor, einen Kampf, in dem alles sofort erledigt wird. Und sie wunderte sich, dass der Krieg so lange dauerte.

Wenn sie im Städtchen ihre Einkäufe machte, hörte sie manchmal den Gesprächen der Leute zu.

»Der Zar ist stärker als der Deutsche«, sagten sie.

Oder:

»Bis Weihnachten ist der Krieg vorbei.«

Aber der Krieg war weder zu diesen noch zu den nächsten vier Weihnachten vorüber.

Vor den Feiertagen ging Genowefa zum Einkaufen nach Jeszkotle. Als sie über die Brücke kam, sah sie ein Mädchen, das am Fluss entlangging. Sie war ärmlich gekleidet und barfuß. Ihre nackten Füße stapften durch den Schnee und hinterließen kleine, tiefe Spuren. Genowefa zuckte zusammen und blieb stehen. Sie betrachtete das Mädchen von da oben und suchte in ihrer Tasche nach einer Kopeke für sie. Das Mädchen hob den Kopf, und ihre Blicke trafen sich. Die Münze fiel in den Schnee. Das Mädchen lächelte, aber in diesem Lächeln lag weder Dankbarkeit noch Sympathie. Ihre großen weißen Zähne wurden sichtbar, ihre Augen blitzten.

»Das ist für dich«, sagte Genowefa.

Das Mädchen bückte sich und zog die Münze behutsam aus dem Schnee, aber dann drehte sie sich um und ging ohne ein Wort davon.

Jeszkotle sah aus, als hätte es alle Farbe verloren. Alles war schwarz, weiß und grau. Auf dem Marktplatz standen Männer in Gruppen herum. Sie redeten über den Krieg. Die Städte seien zerstört, und Hab und Gut ihrer Bewohner lägen auf den Straßen herum. Die Menschen flüchteten vor den Kugeln.

Ein Bruder suche den anderen. Es lasse sich nicht sagen, wer schlimmer sei – der Russ' oder der Deutsche. Die Deutschen kämpften mit Giftgas, von dem die Augen platzen. Bis zur nächsten Ernte werde Hunger herrschen. Der Krieg sei die erste Plage, weitere folgten ihm auf dem Fuß.
Genowefa ging den Pferdeäpfeln aus dem Weg, die vor Szenberts Laden den Schnee zum Schmelzen brachten. Auf dem Schild an der Tür stand:

DROGERIE
Szenbert und Cie
hat nur erstklassige
Ware vorrätig
Kernseife
Waschblau
Weizen- und Reisstärke
Öl Kerzen Zündhölzer
Insektenpulver

Bei dem Wort »Insektenpulver« wurde ihr plötzlich schlecht. Sie dachte an das Gas, das die Deutschen benutzten und von dem die Augen platzten. Spürten Kakerlaken dasselbe, wenn man sie mit Szenberts Pulver bestreute? Sie musste ein paar Mal tief Luft holen, um sich nicht übergeben zu müssen.
»Bitte sehr, die Dame?« sagte eine junge hochschwangere Frau mit melodischer Stimme. Sie warf einen Blick auf Genowefas Bauch und lächelte.
Genowefa bestellte Petroleum, Zündhölzer, Seife und einen neuen Schrubber. Mit dem Finger strich sie über die scharfen Borsten.

»Zu den Feiertagen will ich das Haus putzen. Ich will den Boden schrubben, die Vorhänge waschen und den Ofen putzen.«
»Bei uns stehen auch Feiertage bevor. Chanukka. Sie sind aus Ur, nicht wahr? Von der Mühle? Ich kenne Sie.«
»Dann kennen wir uns jetzt beide. Wann sind Sie soweit?«
»Im Februar.«
»Ich auch im Februar.«
Frau Szenbert legte Kernseifenwürfel auf die Theke.
»Haben Sie noch nie darüber nachgedacht, warum wir Dummköpfe Kinder zur Welt bringen, während ringsum Krieg ist?«
»Gott hat sicher …«
»Gott, Gott … Der ist ein guter Buchhalter und führt sorgfältig die Einträge zu Soll und Haben. Die Bilanz muss stimmen. Gott gibt's und Gott nimmt's … Sie sehen so hübsch aus, es wird bestimmt ein Junge.«
Genowefa hob ihren Korb hoch.
»Ich brauche eine Tochter, denn mein Mann ist im Krieg, und ein Junge lässt sich ohne Vater schlecht großziehen.«
Frau Szenbert kam hinter der Theke hervor und begleitete Genowefa zur Tür.
»Wir brauchen eigentlich alle Töchter. Wenn auf einmal alle Töchter bekämen, wäre Ruhe auf der Welt.«
Da mussten sie beide lachen.

Die Zeit von Misias Engel

Der Engel sah Misias Geburt in einem ganz anderen Licht als die Hebamme Kucmerka. Ein Engel sieht die Dinge überhaupt immer anders. Engel sehen die Welt nicht in ihrer sichtbaren Gestalt, die immer wieder entsteht und sich selbst zerstört, sondern in ihrem Wesen und in ihrer Seele.

Der Engel, den Gott Misia zugewiesen hatte, sah einen von Schmerzen gequälten und in sich zusammengesunkenen Körper, der immer wieder von den auf- und abbrandenden Wehen erfasst wurde, hilflos wie ein Fetzen Stoff im mutwilligen Spiel der Wellen – das war Genowefas Körper während Misias Geburt.

Und Misia sah den Engel als einen frischen, hellen, leeren Raum, in dem bald eine benommene, halbwache Seele erscheinen würde. Als das Kind die Augen aufschlug, dankte der Schutzengel dem Höchsten. Dann trafen sich der Blick des Engels und der Blick des Menschen zum ersten Mal, und der Engel erschauderte, soweit ein Engel ohne Körper erschaudern kann.

Hinter dem Rücken der Hebamme nahm der Engel Misia auf der Welt in Empfang, machte Platz für ihr Leben, zeigte sie den anderen Engeln und dem Höchsten, und seine körperlosen Lippen flüsterten: »Schaut nur, schaut, diese kleine Seele steht unter meinem Schutz.« Eine außerordentliche, engelhafte Zärtlichkeit erfüllte ihn, ein liebevolles Mitgefühl – das ist die einzige Empfindung, die Engel kennen. Denn sie haben vom Schöpfer weder Instinkte noch eigene Gefühle oder Bedürfnisse bekommen. Sonst wären sie auch keine geistigen Wesen. Das Mitgefühl ist der einzige Instinkt, den Engel haben – ein grenzenloses Mitgefühl, schwer wie das ganze Firmament.

Der Engel sah jetzt, wie die Hebamme das Kind mit warmem Wasser wusch und es mit einem weichen Tuch abtrocknete. Dann schaute er in Genowefas Augen, die vor Anstrengung gerötet waren.

Er betrachtete die Ereignisse, als seien sie Wasser, das an ihm vorbeifloss. Eigentlich interessierten sie ihn nicht und weckten in ihm keine Neugier, denn er wusste, woher und wohin sie flossen, er kannte ihren Anfang und ihr Ende. Er sah den Strom der Ereignisse, ähnliche und ganz unterschiedliche, zeitlich nah aufeinander folgende und weit auseinander liegende, auseinander hervorgegangen und voneinander unabhängig. Aber das alles war für ihn ohne Bedeutung.

Für einen Engel sind die Ereignisse wie ein Traum oder wie ein Film ohne Anfang und Ende. Sie können keinen Anteil daran nehmen und sie haben kein Bedürfnis danach. Der Mensch lernt von der Welt, er lernt aus Ereignissen, er erfährt daraus etwas über sich und die Welt, er spiegelt sich in den Ereignissen, zieht seine Grenzen, bestimmt seine Möglichkeiten, gibt sich einen Namen. Ein Engel muss nichts aus der Außenwelt schöpfen, er erkennt alles aus sich selbst heraus, alles Wissen von der Welt und von sich trägt er bereits in sich – so hat ihn Gott geschaffen.

Ein Engel hat keinen Verstand wie die Menschen, er zieht keine Schlüsse und fällt keine Urteile. Er denkt nicht logisch. Manchen Menschen käme ein Engel vielleicht dumm vor. Aber ein Engel trägt von Anfang an die Frucht des Baumes der Erkenntnis in sich, ein reines Wissen, das allein ein einfaches Vorgefühl noch bereichern kann. Es ist ein Wissen, das von allem Denken und deshalb auch von allen Irrtümern und den damit verbundenen Ängsten frei ist, ein Wissen ohne die Vorurteile, die aus falschen Wahrnehmungen entstehen. Doch wie alle von Gott erschaffenen Dinge sind auch die Engel unstet. Das erklärt auch, warum Misias Engel so oft nicht da war, wenn er gebraucht wurde.

Wenn Misias Engel nicht da war, hatte er seinen Blick von der irdischen Welt abgewandt und auf andere Engel und andere Welten gerichtet, niedere und höhere, wie sie jedem Ding auf der Welt, jedem Tier und jeder Pflanze, eigen sind. Er sah die riesige Treppe der Lebewesen, ein sonderbares Bauwerk, in dem die Acht Welten enthalten waren, und er sah den Schöpfer, der dabei war, zu erschaffen. Doch wer jetzt meint, Misias Engel sähe das Antlitz des Herrn, der hat sich geirrt. Ein Engel sieht mehr als ein Mensch, aber nicht alles.

Wenn er mit den Gedanken aus den anderen Welten zurückkehrt, kann sich der Engel kaum auf Misias Welt konzentrieren, denn wie bei den anderen Menschen und Tieren ist auch sie dunkel und voller Leiden, wie ein trüber, ganz von Wasserlinsen überzogener See.

Die Zeit Ähres

Das barfüßige Mädchen, dem Genowefa eine Kopeke gegeben hatte, war Ähre.

Ähre war im Juli oder August in Ur aufgetaucht. Den Namen hatte man ihr deshalb gegeben, weil sie auf den Feldern die Ähren aufsammelte, die bei der Ernte übrig geblieben waren, und sie dann über dem Feuer röstete. Im Herbst stahl sie Kartoffeln und im November, wenn die Felder ganz leer waren, saß sie in der Schenke herum. Manchmal setzte ihr jemand ein Gläschen Wodka vor, manchmal bekam sie einen Kanten Brot mit Speck. Aber die Menschen geben nicht gern etwas umsonst und in der Schenke erst recht nicht, deshalb fing Ähre an zu huren. Vom Wodka leicht beschwipst und erhitzt, ging sie mit den Männern auf den Hof hinaus und gab sich ihnen für einen Ring Wurst hin. Und da sie die Einzige in der Gegend war, die so jung und so leicht zu haben war, streiften die Männer um sie herum wie die Hunde.

Ähre war groß und schön gewachsen. Sie hatte helle Haare und eine helle Haut, der auch die Sonne nichts anhaben konnte. Sie schaute jedem dreist ins Gesicht, sogar dem Pfarrer. Ihre Augen waren grün, und eines schielte leicht. Die Männer, die mit Ähre in die Büsche gingen, fühlten sich hinterher immer etwas unwohl. Sie knöpften sich die Hose zu

und kehrten mit gerötetem Gesicht in den Dunst der Schenke zurück. Ähre wollte sich nie so hinlegen, wie es sich für gottesfürchtige Leute gehört.
»Warum soll ich denn unter dir liegen?« sagte sie. »Ich bin doch nicht schlechter als du.«
Lieber lehnte sie sich an einen Baum oder die Holzwand der Schenke und schlug sich den Rock über die Schultern. Ihr Hintern leuchtete im Dunkeln wie der Mond.
So lernte Ähre die Welt kennen.
Man kann auf zweierlei Weise lernen. Von außen und von innen. Die erste Methode gilt als die beste oder sogar einzige. Danach lernt man durch lange Reisen, Betrachtungen, Lektüre, akademische Vorträge – man lernt durch das, was sich außerhalb der eigenen Person ereignet. Der Mensch ist von Natur aus unwissend und muss sich deshalb Wissen aneignen. Er sammelt es wie eine Biene den Nektar und besitzt immer mehr davon, er nutzt und gestaltet es für seine Bedürfnisse. Aber die tiefe Unwissenheit des Menschen ändert sich dadurch nicht wirklich. Ähre lernte, indem sie sich die Dinge von außen nach innen aneignete. Das Wissen, mit dem man sich nur umhüllt, erzeugt im Menschen gar keine Veränderung oder höchstens eine scheinbare, äußerliche, so wie Kleidung, die man anlegt. Wer aber lernt, indem er in sich aufnimmt, macht einen unaufhörlichen Wandel durch, weil er das Gelernte zu seinem Wesen macht.
Dadurch, dass Ähre nun die stinkenden, schmutzigen Bauern aus Ur und Umgebung in sich aufnahm, wurde sie zu ihnen, sie war genauso betrunken wie sie, hatte dieselbe Angst vor dem Krieg wie sie und war genauso erregt wie sie. Und nicht nur das – wenn sie sie in den Büschen hinter der Schenke in

sich aufnahm, nahm sie gleichzeitig ihre Frauen, ihre Kinder und ihre stickigen, stinkenden Holzhäuschen rings um den Maikäferhügel in sich auf. In gewissem Sinne nahm sie damit das ganze Dorf und jeden Schmerz und jede Hoffnung im Dorf in sich auf.

Das waren Ähres Universitäten. Und ihr Diplom war der Bauch, der immer größer wurde.

Die Freifrau Popielska erfuhr von Ähres Schicksal und ließ sie ins Schloss kommen. Sie warf einen Blick auf den großen Bauch.

»Dein Kind kann jeden Moment zur Welt kommen. Wie willst du dich ernähren? Ich bringe dir Nähen und Kochen bei. Du kannst sogar in der Wäscherei arbeiten. Wer weiß, wenn alles gut geht, kannst du das Kind vielleicht behalten.«

Als die Freifrau den fremden und schamlosen Blick des Mädchens sah, der dreist über die Bilder, Möbel und Wandbehänge wanderte, zögerte sie. Doch als dieser Blick die unschuldigen Gesichter ihrer Söhne und Tochter streifte, schlug sie einen anderen Ton an.

»Es ist unsere Pflicht, unseren Nächsten in der Not zu helfen. Aber sie müssen sich auch helfen lassen. Ich leiste solche Hilfe. Ich unterhalte ein Heim in Jeszkotle. Es ist sauber dort und sehr nett.«

Bei dem Wort »Heim« hatte Ähre aufgehorcht. Sie sah die Freifrau an. Frau Popielska wurde wieder selbstsicherer.

»Vor der Erntezeit verteile ich Kleidung und Lebensmittel. Die Leute wollen dich hier nicht haben. Du bringst Verwirrung und Sittenlosigkeit in den Ort. Dein Lebenswandel ist übel. Du musst fort von hier.«

»Ich darf also nicht da sein, wo ich will?«

»Das alles hier gehört mir. Es sind meine Ländereien und meine Wälder.«

Ähre lachte breit und entblößte dabei ihre weißen Zähne.

»Das alles gehört dir? Du armer, kleiner, magerer Köter …«

Das Gesicht der Freifrau Popielska erstarrte.

»Raus«, sagte sie ruhig.

Ähre drehte sich um, und dann hörte man ihre nackten Füße über den Steinboden klatschen.

»Du Hure«, sagte die Putzfrau im Schloss zu ihr, deren Mann ganz verrückt nach Ähre war, und dann schlug sie ihr ins Gesicht.

Als Ähre schwerfällig, aber mit wiegenden Hüften über den groben Schotter der Einfahrt ging, pfiffen ihr die Zimmerleute vom Dach nach. Da hob sie ihren Rock und zeigte ihnen ihren nackten Hintern.

Als der Park hinter ihr lag, blieb sie stehen und überlegte, wohin sie gehen sollte.

Rechts von ihr lag Jeszkotle, links der Wald. Es zog sie in den Wald. Sobald sie zwischen den Bäumen war, spürte sie, dass alles anders roch – stärker und deutlicher. Sie schlug den Weg zu dem verlassenen Haus auf dem Wydymacz ein, wo sie manchmal übernachtete. Das Haus war das einzige Überbleibsel einer abgebrannten Siedlung und war inzwischen ganz vom Wald überwuchert. Von der Schwangerschaft und der Hitze waren ihre Beine geschwollen, und sie fühlte die harten Tannenzapfen gar nicht unter den Füßen. Am Fluss spürte sie zum ersten Mal einen durchdringenden, ihrem Körper fremden Schmerz. Allmählich stieg Panik in ihr auf. ›Ich sterbe, gleich sterbe ich, denn keiner ist da, der mir helfen kann‹, dachte sie verzweifelt. Sie blieb mitten in der Schwarze stehen und wollte keinen Schritt mehr tun. Das kalte Wasser umspülte ihre Beine und ihren Unterleib. Vom Wasser aus sah sie einen Hasen, der sich schnell hinter einem Farn versteckte. Sie beneidete ihn. Sie sah einen Fisch, der zwischen die Baumwurzeln schlüpfte. Sie beneidete ihn. Sie sah eine Eidechse, die sich unter einem Stein verkroch. Sie beneidete auch sie. Wieder fühlte sie den Schmerz, diesmal war er stärker und noch durchdringender. ›Ich sterbe‹, dachte sie. ›Jetzt sterbe ich einfach. Die Wehen kommen, und keiner hilft mir.‹ Sie wollte sich in den Farn am Ufer legen, denn sie hatte das Bedürfnis nach Dunkel und Kühle, aber ihrem ganzen Körper zum Trotz ging sie weiter. Der Schmerz kam zum dritten Mal, und Ähre wusste, dass ihr jetzt nicht mehr viel Zeit blieb.

Das eingestürzte Haus auf dem Wydymacz bestand aus vier Wänden und einem Stück Dach. Drinnen lag Schutt, auf dem Brennesseln wuchsen. Es roch feucht. Über die Wände krochen blinde Schnecken. Ähre riß große Klettenblätter ab und machte sich daraus ein Lager. Der Schmerz kam in immer ungeduldigeren Wellen. Als er unerträglich wurde, begriff Ähre, dass sie etwas tun musste, um den Schmerz aus sich herauszupressen und auf die Nessel- und Klettenblätter zu werfen. Sie biß die Zähne zusammen und begann zu pressen. ›Der Schmerz kommt da raus, wo er reingegangen ist‹, dachte Ähre und hockte sich auf den Boden. Sie hob den Rock. Sie sah nichts Besonderes – ihren Bauch und ihre Schenkel. Der Körper war immer noch ganz geschlossen. Ähre versuchte, in sich hineinzusehen, aber ihr Bauch war im Weg. Mit vor Schmerz zitternden Fingern versuchte sie die Stelle zu ertasten, durch die das Kind aus ihr herauskommen sollte. Mit den Fingerspitzen fühlte sie ihre geschwollene Scham, ihre spröden Schamhaare, aber ihr Damm spürte die Berührung ihrer Finger nicht. Ähre betastete sich wie etwas Fremdes, wie ein Ding.

Der Schmerz wurde stärker und machte sie benommen. Die Gedanken in ihrem Kopf rissen wie brüchige Leinwand. Die Worte und Begriffe zerfielen und versickerten in der Erde. Ihr vom Gebären aufgeblähter Körper übernahm jetzt die Macht. Und weil der menschliche Körper von Bildern lebt, überschwemmten sie Ähres Denken, das nur noch halb bei Bewusstsein war.

Es kam ihr vor, als gebäre sie in einer Kirche, auf dem kalten Steinboden, direkt vor dem Altar. Sie hörte das besänftigende Summen der Orgel. Dann hatte sie das Gefühl, sie selbst sei eine Orgel und spiele, sie sei voller Klänge, die sie alle zugleich hervorbringen könnte, wenn sie es wollte. Sie fühlte sich stark und allmächtig. Doch gleich darauf machte eine Fliege dieses Allmachtsgefühl zunichte, das gewöhnliche Brummen einer großen bläulichen Fliege dicht an ihrem Ohr. Der Schmerz überfiel Ähre mit neuer Wucht. »Ich sterbe, ich sterbe«, stöhnte sie. »Nein, ich sterbe nicht, ich sterbe nicht«, stöhnte sie gleich darauf. Der Schweiß verklebte ihre Lider und brannte in ihren Augen. Sie begann zu schluchzen. Sie stützte sich auf ihre Ellbogen und fing an, verzweifelt zu pressen. Und nach dieser Anstrengung verspürte sie Erleichterung. Etwas spritzte und glitt aus ihr heraus. Jetzt war sie offen. Sie fiel zurück auf die Blätter und tastete mit den Händen nach dem Kind, aber da war nur warmes Wasser. Ähre nahm alle Kraft zusammen und begann wieder zu pressen. Sie kniff ihre Augen zusammen und presste. Sie holte Luft und

presste. Sie weinte und blickte nach oben. Zwischen den morschen Balken sah sie den wolkenlosen Himmel. Und dort erblickte sie ihr Kind. Das Kind rappelte sich unsicher auf und stellte sich auf die Beine. Es sah sie an wie noch nie jemand sie angesehen hatte: mit einer unermesslichen, unaussprechlichen Liebe. Es war ein Junge. Er hob einen Zweig vom Boden auf, der sich in eine kleine Ringelnatter verwandelte. Ähre war glücklich. Sie legte sich zurück auf die Blätter und sank in einen dunklen Brunnen. Ihre Gedanken kehrten wieder und zogen langsam und leichtfüßig durch ihren Kopf. »Das Haus hat ja einen Brunnen. Und im Brunnen ist Wasser. Ich will im Brunnen wohnen, denn da ist es kühl und feucht. In dem Brunnen spielen die Kinder, die Schnecken können wieder sehen, und das Getreide reift. Damit kann ich das Kind ernähren. Wo ist das Kind?«
Sie öffnete die Augen und spürte erschrocken, dass die Zeit stehen geblieben war. Sie hatte kein Kind.
Der Schmerz kam wieder, und Ähre begann zu schreien. Sie schrie so laut, dass die Mauern des eingestürzten Hauses erzitterten, die Vögel aufflogen und die Leute, die auf den Wiesen Heu machten, die Köpfe hoben und sich bekreuzigten. Ähre musste husten und schluckte den Schrei herunter. Jetzt schrie sie nach innen, in sich hinein. Ihr Schrei war so mächtig, dass ihr Bauch sich bewegte. Ähre spürte etwas Neues und Fremdes zwischen den Beinen. Sie stützte sich auf die Hände und schaute ihrem Kind ins Gesicht. Es hatte die Augen krampfhaft zusammengekniffen. Ähre presste noch einmal, und dann war das Kind geboren. Zitternd vor Anstrengung versuchte sie, es auf den Arm zu nehmen, aber ihre Hände bekamen das Bild, das ihre Augen sahen, nicht zu fas-

sen. Trotzdem atmete sie erleichtert auf und ließ sich ins Dunkel gleiten.
Als sie aufwachte, sah sie das Kind zusammengekrümmt und tot neben sich liegen. Sie versuchte, es sich an die Brust zu legen. Ihre Brust war größer als das Kind und so voll Leben, dass es schmerzte. Die Fliegen kreisten darum.
Den ganzen Nachmittag über versuchte Ähre, das tote Kind zum Saugen zu bewegen. Gegen Abend kam der Schmerz noch einmal wieder, und Ähre schied die Nachgeburt aus. Dann schlief sie wieder ein. Im Schlaf stillte sie ihr Kind nicht mit Milch, sondern mit Wasser aus der Schwarze. Das Kind war ein Alb, der sich auf die Brust setzt und dem Menschen das Leben aussaugt. Es wollte Blut. Ähres Traum wurde immer unruhiger und schwerer, aber sie konnte sich nicht dazu bringen aufzuwachen. Eine Frau erschien darin, sie war groß wie ein Baum. Ähre sah sie genau vor sich – jede Einzelheit ihres Gesichts, ihrer Frisur, ihrer Kleidung. Es war eine mächtige Frau. Sie hatte krauses schwarzes Haar wie eine Jüdin und ein wunderbares ausdrucksvolles Gesicht. Ähre fand sie schön. Sie begehrte sie mit ihrem ganzen schmerzenden Körper, aber es war nicht ein Begehren, wie sie es kannte, das unten aus ihrem Bauch, zwischen den Beinen aufstieg, sondern es strömte aus der Mitte ihres Körpers, aus einer Stelle über dem Bauch und nah an ihrem Herzen. Die mächtige Frau beugte sich über Ähre und streichelte ihre Wange. Ähre sah ihr aus der Nähe in die Augen und sah darin etwas, das ihr bisher ganz unbekannt gewesen war, ja sie hatte noch nicht einmal gewusst, dass es überhaupt existierte. »Du bist mein«, sagte die riesige Frau und streichelte Ähre über den Hals und die geschwollenen Brüste. Wo ihre Finger Ähre

berührten, wurde ihr Körper heil und unsterblich. Ähre gab sich der Berührung Stück für Stück hin. Dann nahm die große Frau Ähre auf den Arm und drückte sie an ihre Brust. Ähres rissige Lippen fanden die Brustwarze. Sie roch nach Tierfell, Kamille und Raute. Ähre trank lange.

Dann schlug ein Blitz in ihren Traum, und plötzlich sah sie, dass sie immer noch in dem eingefallenen Haus auf den Klettenblättern lag. Ringsum war alles grau. Sie wusste nicht, ob der Morgen oder der Abend dämmerte. Zum zweiten Mal schlug ganz in der Nähe der Blitz ein, und im nächsten Moment brach ein Regenguss los, der die folgenden Donnerschläge übertönte. Das Wasser rann durch die undichten Dachbalken und wusch Blut und Schweiß von Ähre ab, kühlte ihren erhitzten Körper, tränkte und nährte sie. Ähre trank das Wasser direkt vom Himmel.

Als die Sonne wieder hervorkam, schleppte sie sich nach draußen und machte sich daran, eine Grube zu graben. Dann zog sie die verschlungenen Wurzeln aus der Erde. Die Erde war weich und gab leicht nach, als wollte sie ihr bei dem Begräbnis helfen. In die Grube legte sie die Leiche des Säuglings.

Lange glättete sie die Erde auf dem Grab, und als sie aufsah und sich umschaute, war alles anders. Das war nicht mehr die Welt, die aus Gegenständen bestand, aus Dingen, aus Erscheinungen, die nebeneinander existieren. Was Ähre jetzt sah, war zu einer unförmigen Masse geworden, einem großen Tier oder einem großen Menschen, der eine Vielzahl von Gestalten annahm, um zu knospen, zu sterben und wieder geboren zu werden. Alles um Ähre herum war ein Körper, und ihr Körper war Teil dieses großen Körpers, der riesig, allgewaltig und unvorstellbar mächtig war. In jeder Bewegung, in jedem Klang trat seine Macht hervor, die durch bloßen Willen etwas aus dem Nichts erschafft und etwas in Nichts verwandelt. Ähre wurde es schwindlig, und sie lehnte sich mit dem Rücken an die brüchige Mauer. Allein das Schauen machte betrunken wie Wodka, verwirrte ihr die Gedanken und ließ in ihrem Bauch ein Lachen aufsteigen. Dabei schien alles so wie immer: Hinter der kleinen grünen Wiese, durch die ein Sandweg führte, erhob sich der von Haselbüschen gesäumte Kiefernwald. Ein leichter Wind bewegte die Gräser und Blätter, irgendwo zirpte eine Grille, und die Fliegen summten. Sonst nichts. Doch Ähre sah jetzt, wie die Grille mit dem Himmel verknüpft war, und was die Haselbüsche an den Waldpfad band. Aber das war nicht alles. Sie sah die Kraft, die alles durchdringt, sie verstand ihr Wirken. Sie sah die Schatten anderer Welten und anderer Zeiten, die über und unter der unseren ausgebreitet sind. Sie sah auch Dinge, die man nicht mit Worten benennen kann.

Die Zeit des Bösen Mannes

Der Böse Mann war bereits vor dem Krieg in den Wäldern von Ur aufgetaucht, doch jemand wie er hätte eigentlich schon immer dort im Wald hausen können.

Zuerst wurde im Frühling in Wodenicy der halb verweste Körper von Bronek Malak gefunden, von dem alle dachten, er sei nach Amerika gefahren. Aus Taszów kam die Polizei, untersuchte die Stelle und nahm die Leiche auf einem Karren mit. Die Polizisten kehrten noch einmal nach Ur zurück, aber sie kamen zu keinem Ergebnis. Der Mörder wurde nicht gefunden. Dann faselte einer etwas davon, dass er im Wald einen Fremden gesehen hatte. Nackt und behaart wie ein Affe. Zwischen den Bäumen sei er davongehuscht. Da fiel auch anderen ein, dass sie im Wald auf sonderbare Spuren gestoßen waren – eine offene Grube, Fußspuren auf einem Sandpfad, Tierleichen, die herumlagen. Jemand hatte im Wald ein schreckliches Heulen gehört, ein halb menschliches, halb tierisches Jaulen.

Und dann begannen die Leute zu erzählen, woher der Böse Mann kam. Bevor der Böse Mann nämlich zum Bösen Mann wurde, war er ein ganz gewöhnlicher Bauer, der ein schreckliches Verbrechen beging. Was für ein Verbrechen es war, wusste allerdings niemand genau.

Ganz gleich, was er sich hatte zu Schulden kommen lassen, ihn plagte das schlechte Gewissen und ließ ihn nicht mehr schlafen. Die Stimme des Gewissens setzte ihm so zu, dass er vor sich selbst davonlief, bis er im Wald Zuflucht und Ruhe fand. Er trieb sich im Wald herum, und schließlich verirrte er sich. Er hatte das Gefühl, die Sonne tanze am Himmel, und dadurch verlor er jede Orientierung. Er dachte, der Weg nach Norden würde ihn bestimmt irgendwohin führen. Aber dann bekam er Zweifel an dem Weg nach Norden und wandte sich nach Osten, weil er glaubte, im Osten komme er ans Ende des Waldes. Aber als er nach Osten ging, überkamen ihn wieder Zweifel. Verwirrt und orientierungslos blieb er stehen. Er änderte seinen Plan und beschloss, nach Süden zu gehen, aber auch an diesem Weg zweifelte er bald und machte sich stattdessen in Richtung Westen auf. Da stellte er fest, dass er wieder an der Stelle angelangt war, wo er losgegangen war – mitten in dem großen Wald. Am vierten Tag nun zweifelte er an seiner Fähigkeit, die Himmelsrichtungen zu bestimmen. Am fünften Tag hörte er auf, seinem Verstand zu trauen. Am sechsten Tag vergaß er, woher er stammte und warum er in den Wald gekommen war, und am siebten Tag vergaß er seinen Namen.

Von dieser Zeit an wurde er den Tieren im Wald immer ähnlicher. Er ernährte sich von Beeren und Pilzen, dann begann er kleine Tiere zu erjagen. Mit jedem neuen Tag trübte sich ein weiterer Teil seiner Erinnerung, und der Verstand des Bösen Mannes wurde immer flacher. Er vergaß die Worte, weil er sie nicht mehr benutzte. Er vergaß, wie man abends betet. Er vergaß, wie man ein Feuer anzündet und wozu man es nutzt. Wie man den Überrock zuknöpft und die Schuhe schnürt. Er vergaß alle Lieder, die er aus seiner Kindheit kannte, und seine ganze Kindheit. Er vergaß die Gesichter seiner Angehörigen, seiner Mutter, seiner Frau und seiner Kinder, er vergaß, wie Käse schmeckt und gebratenes Fleisch, Kartoffeln und saure Mehlsuppe.

Dieses Vergessen zog sich über viele Jahre hin, und schließlich hatte der Böse Mann keinerlei Ähnlichkeit mehr mit dem Mann, der in den Wald gekommen war. Der Böse Mann war nicht er selbst und er vergaß, was es hieß, man selbst zu sein. Am ganzen Körper wuchsen ihm dichte, borstige Haare, und von dem rohen Fleisch, das er aß, wurden seine Zähne stark und weiß wie Tierzähne. Seine Kehle brachte jetzt heisere Laute und Krächzen hervor.

Eines Tages erblickte der Böse Mann im Wald einen Alten, der Reisig sammelte, und er fühlte, dass das menschliche Wesen ihm fremd und sogar zuwider war, deshalb rannte er zu dem Alten und schlug ihn tot. Ein anderes Mal stürzte er sich auf einen Bauern, der auf einem Fuhrwerk daherkam. Er erschlug ihn und das Pferd. Das Pferd verschlang er, aber den Menschen rührte er nicht an – ein toter Mensch war noch Ekel erregender als ein lebender. Dann tötete er Bronek Malak.

Einmal geriet der Böse Mann zufällig an den Waldrand und warf einen Blick auf Ur. Der Anblick der Häuser weckte ein unbestimmtes Gefühl in ihm, in dem sich Kummer und Zorn mischten. Damals hörte man im Dorf sein schreckliches Aufjaulen, das wie Wolfsgeheul klang. Der Böse Mann blieb eine Weile am Waldrand stehen, dann wandte er sich um und ließ sich unsicher auf alle viere nieder. Verblüfft stellte er fest, dass er sich so nicht nur bequemer, sondern auch schneller fortbewegen konnte. Seine Augen waren jetzt näher am Erdboden, und er konnte mehr und schärfer sehen. Sein Geruchssinn, der noch schwach ausgebildet war, nahm jetzt die Gerüche der Erde besser auf. Ein einziger Wald war besser als alle Dörfer, als alle Wege und Stege, Städte und Türme, und der Böse Mann kehrte für immer in den Wald zurück.

Die Zeit Genowefas

Der Krieg brachte die Welt ganz aus den Fugen. In Przyjmy brannte der Wald ab, die Kosaken erschossen den Sohn der Cherubins, es fehlten die Männer, niemand war da, um die Ernte einzuholen, und es gab nichts zu essen.

Der Freiherr Popielski aus Jeszkotle packte seine Habe auf ein Fuhrwerk und verschwand für ein paar Monate. Dann kam er wieder. Die Kosaken hatten ihm Haus und Keller geplündert. Sie hatten die hundertjährigen Weine aufgetrunken. Der alte Boski, der sie dabei gesehen hatte, erzählte, ein Wein sei so alt gewesen, dass sie ihn wie Gelee mit den Bajonetten geschnitten hätten.

Genowefa hielt die Mühle in Betrieb, solange noch etwas zum Mahlen da war. Sie stand im Morgengrauen auf und sah überall nach dem Rechten. Sie passte auf, dass keiner zu spät zur Arbeit kam. Wenn dann alles im üblichen lärmenden Rhythmus lief, fühlte Genowefa eine plötzliche Woge der Erleichterung, die warm wie Milch in ihr aufstieg. Sie ging ins Haus zurück und bereitete das Frühstück für Misia, die noch schlief.

Im Frühling neunzehnhundertsiebzehn blieb die Mühle stehen. Es gab nichts mehr zu mahlen – die Leute hatten alle Kornvorräte aufgegessen. In Ur vermisste man das vertraute

Geräusch. Die Mühle war der Motor, der die Welt antrieb, die Maschinerie, die alles in Bewegung hielt. Jetzt hörte man nur noch das Rauschen des Flusses, dessen Kraft nun verschwendet war. Genowefa ging durch die leere Mühle und weinte. Wie ein Geist wanderte sie umher, eine weiße, mehlbestäubte Dame. Abends saß sie auf den Stufen vor dem Haus und betrachtete die Mühle. Nachts träumte sie von ihr. In ihren Träumen war die Mühle ein Schiff mit weißen Segeln, wie sie es in Büchern gesehen hatte. In seinem hölzernen Bauch hatte es riesige, mit Schmieröl gefettete Kolben, die auf- und niedergingen. Es schnaubte und keuchte. Aus dem Inneren des Schiffsleibs schlug die Hitze. Genowefa spürte ein körperliches Verlangen. Schweißgebadet und unruhig wachte sie aus solchen Träumen auf. Sie stand auf, wenn es schon hell war, setzte sich an den Tisch und stickte an ihrem Wandbehang.

Während der Choleraepidemie im Jahre neunzehnhundertachtzehn, als die Grenzen der Dörfer aufgepflügt wurden, kam Ähre in die Mühle. Genowefa sah sie umherstreifen und in die Fenster blicken. Sie sah ausgemergelt aus. Sie war mager und wirkte sehr groß. Ihre hellen Haare waren grau geworden und bedeckten ihre Schultern wie ein schmutziges Tuch. Ihre Kleidung war zerrissen.

Genowefa beobachtete sie aus dem Fenster, doch als Ähre hineinsah, trat sie beiseite. Sie hatte Angst vor Ähre. Alle hatten Angst vor ihr. Sie war verrückt, vielleicht auch krank. Sie redete wirres Zeug und fluchte. Als sie jetzt so um die Mühle herumschlich, sah sie aus wie eine hungrige Hündin.

Genowefa warf einen Blick auf das Bild von der Muttergottes von Jeszkotle, bekreuzigte sich und ging hinaus.

Ähre wandte sich zu ihr, und Genowefa überlief ein Schauder. Ähre hatte einen Furcht erregenden Blick.
»Lass mich in die Mühle«, sagte sie.
Genowefa ging ins Haus zurück und holte den Schlüssel. Wortlos öffnete sie die Tür.
Ähre trat vor ihr in den kühlen Schatten, sie ließ sich sofort auf die Knie fallen, um die einzelnen verstreuten Körner und die Staubhäufchen aufzusammeln, die einst Mehl gewesen waren. Mit ihren mageren Fingern las sie die Körner auf und steckte sie sich in den Mund.
Genowefa folgte ihr auf dem Fuß. Ähres gebückter Körper sah von oben aus wie ein Haufen Lumpen. Als sie sich an den Körnern satt gegessen hatte, setzte sie sich auf den Boden und begann zu weinen. Die Tränen strömten ihr über das schmutzige Gesicht. Sie hatte die Augen geschlossen und lächelte. Genowefa schnürte es die Kehle zu. Wo wohnte sie? Hatte sie irgendwelche Angehörigen? Was machte sie an Weihnachten? Wie ernährte sie sich? Sie sah, wie zerbrechlich ihr Körper geworden war, und sie erinnerte sich daran, wie Ähre vor dem Krieg ausgesehen hatte. Sie war ein schönes, gut gebautes Mädchen gewesen. Dann fiel Genowefas Blick auf Ähres bloße, zerkratzte Füße, deren Zehennägel stark wie Tierkrallen waren. Sie streckte die Hand nach den grauen Haaren aus. Da hob Ähre den Blick und sah Genowefa direkt in die Augen, oder besser gesagt direkt in ihre Seele, mitten hinein. Genowefa zog die Hand zurück. Das waren nicht die Augen eines Menschen. Sie lief auf den Hof hinaus und sah erleichtert ihr Haus, die Malven, Misias Kleidchen zwischen den Stachelbeerbüschen, die Gardinen. Sie holte einen Laib Brot aus dem Haus und ging zur Mühle zurück.

Ähre trat aus der Dunkelheit des offenen Tores, ihr Bündel hatte sie mit Körnern gefüllt. Ihr Blick fiel auf etwas, das sich hinter Genowefas Rücken befand, und ihr Gesicht hellte sich auf.

»Mein Herzchen«, sagte sie zu Misia, die an den Zaun gekommen war.

»Was ist aus deinem Kind geworden?«

»Gestorben.«

Genowefa hielt ihr das Brot auf der ausgestreckten Hand hin, aber Ähre trat ganz dicht heran, und als sie das Brot nahm, drückte sie ihre Lippen auf Genowefas Mund. Genowefa fuhr zurück und machte einen Satz zur Seite. Ähre lachte. Sie steckte das Brot in ihr Bündel. Misia begann zu weinen.

»Weine nicht, mein Herzchen, dein Papa ist schon auf dem Weg zu dir«, murmelte Ähre und ging in Richtung Dorf davon.

Genowefa rieb sich mit der Schürze die Lippen, bis sie ganz dunkelrot waren.

An diesem Abend konnte sie kaum einschlafen. Ähre konnte sich nicht irren. Sie sah die Zukunft voraus, das wusste jeder.

Vom nächsten Tag an wartete Genowefa. Aber nicht so wie bisher. Jetzt wartete sie stündlich auf ihn. Sie steckte die Kartoffeln unter das Federbett, damit sie länger warm blieben. Sie bezog das Bett. Sie goss Wasser in die Rasierschüssel. Sie legte Michałs Kleider auf dem Stuhl bereit. Sie wartete auf ihn, als sei er nach Jeszkotle gegangen, um Tabak zu holen, und komme gleich zurück.

So wartete sie den ganzen Sommer, den Herbst und den Winter. Sie entfernte sich nicht vom Haus, sie ging nicht in die Kirche. Im Februar kam der Freiherr Popielski zurück, und es gab wieder Arbeit für die Mühle. Woher er das Korn zum Mahlen nahm, wusste sie nicht. Er gab den Bauern auch Saatkörner auf Kredit. Bei den Serafins wurde ein Kind geboren, ein Mädchen, was alle als ein Zeichen dafür ansahen, dass das Ende des Krieges nahe war.

Genowefa musste neue Leute in der Mühle einstellen, denn viele ihrer alten Arbeiter waren nicht aus dem Krieg zurückgekehrt. Der Freiherr riet ihr, Niedziela aus Wola als Aufseher und Gehilfen einzustellen. Niedziela war flink und zuverlässig. Er rannte treppauf und treppab und trieb lauthals die Bauern an. Mit Kreide verzeichnete er auf der Wand, wie viele Säcke Korn gemahlen worden waren. Wenn Genowefa in die Mühle kam, wurde er noch schneller und brüllte noch lauter. Dabei strich er sich über das schüttere Schneuzerchen, das es nicht im Entferntesten mit Michałs buschigem Schnurrbart aufnehmen konnte.

Sie ging nicht gerne nach oben. Nur, wenn es sich nicht vermeiden ließ – wenn es um einen Irrtum bei der Quittierung des Korns oder um die Wartung der Maschinen ging.

Als sie einmal auf der Suche nach Niedziela war, sah sie die Jungen, die die Säcke schleppten. Sie waren nackt bis zum Hosenbund, und ihre Oberkörper waren mit Mehl bestäubt und sahen aus wie riesige Brezeln. Die Säcke verdeckten ihre Köpfe, deshalb sahen sie alle gleich aus. Sie sah in ihnen nicht den jungen Serafin oder Malak, sondern nur Männer. Die nackten Oberkörper fesselten ihren Blick und weckten Unruhe in ihr. Sie musste sich abwenden und in eine andere Richtung schauen.

Eines Tages brachte Niedziela einen jüdischen Jungen mit. Es war ein ganz junger Bursche. Dem Aussehen nach war er höchstens siebzehn. Genowefa sah seinen Mund, volle, schön geschwungene Lippen, die dunkler waren als alle anderen Münder, die sie kannte.

»Ich habe noch einen angestellt«, sagte Niedziela und schickte den Jungen zu den Trägern.

Genowefa unterhielt sich zerstreut mit Niedziela, und als er ging, fand sie einen Vorwand, um noch zu bleiben. Sie sah, wie der Junge sein Leinenhemd auszog, es ordentlich faltete und über das Treppengeländer hängte. Es rührte sich etwas in ihr, als sie seinen schlanken, doch muskulösen nackten Brustkorb sah, seine dunkle Haut, unter der das Blut pulsierte und das Herz schlug. Sie ging ins Haus zurück, aber von da an fand sie oft einen Vorwand, durch das Tor zu gehen, wo die Säcke mit Korn oder Mehl entgegengenommen und abgeholt wurden. Oder sie kam zur Mittagszeit, wenn die Männer zum Essen hinunterkamen. Sie betrachtete ihre bemehlten Schultern, ihre sehnigen Hände und das schweißfeuchte Tuch ihrer Hosen. Unwillkürlich suchte sie mit den Augen diesen einen unter ihnen, und wenn sie ihn entdeckte, fühlte sie, wie ihr das Blut ins Gesicht stieg, und ihr wurde heiß.

Dieser Junge – sie hörte, dass sie ihn Eli nannten – weckte in ihr Furcht, Unruhe und Scham. Sobald sie ihn sah, raste ihr Herz und ihr Atem ging schneller. Sie bemühte sich, kühl und gleichgültig zu wirken. Die schwarzen krausen Haare, die starke Nase und sein sonderbarer dunkler Mund. Die dunkel behaarten Achselhöhlen, wenn er sich den Schweiß vom Gesicht wischte. Er hatte einen wiegenden Gang. Ein paar Mal begegnete er ihrem Blick, dann schreckte er auf wie ein Tier, das zu nahe gekommen ist. Schließlich stießen sie in der engen Tür zusammen. Sie lächelte ihn an.

»Bring mir einen Sack Mehl ins Haus«, sagte sie.
Von da an wartete sie nicht mehr auf ihren Mann.
Eli stellte den Sack auf den Boden und nahm die Leinenkappe ab. Er drehte sie in seinen mehlweißen Händen hin und her. Sie dankte ihm, aber er ging nicht. Sie sah, dass er sich auf die Lippen biss.
»Möchtest du etwas Fruchtsaft?«
Er nickte. Sie gab ihm einen Becher und sah zu, wie er trank. Er senkte die langen, mädchenhaften Wimpern.
»Ich möchte dich um etwas bitten ...«
»Ja?«
»Komm doch heute Abend und hack mir Holz.«
Er nickte und ging hinaus.
Den ganzen Nachmittag wartete sie. Sie steckte ihre Haare hoch und betrachtete sich im Spiegel. Später, als er da war und das Holz hackte, brachte sie ihm Dickmilch und Brot hinaus. Er setzte sich auf einen Baumstumpf und aß. Sie wusste selbst nicht warum, aber sie erzählte ihm davon, dass Michał im Krieg war.
»Der Krieg ist zu Ende«, sagte er. »Jetzt kommen alle zurück.«
Sie gab ihm ein Säckchen Mehl. Sie bat ihn, am nächsten Abend wiederzukommen, und am nächsten Abend bat sie ihn, auch am folgenden Tag zu kommen.
Eli hackte Holz, machte den Ofen sauber, führte kleine Reparaturen aus. Sie redeten selten miteinander und immer nur über unwesentliche Dinge. Genowefa betrachtete ihn insgeheim, und je länger sie ihn betrachtete, desto anhänglicher wurde ihr Blick. Bald konnte sie nicht mehr anders, sie musste ihn ansehen. Sie verschlang ihn mit ihren Blicken. Nachts

träumte sie, dass sie sich mit einem Mann liebte, der weder Michał noch Eli war, sondern einfach ein Fremder. Sie wachte auf und fühlte sich schmutzig. Sie stand auf, schüttete Wasser in die Schüssel und wusch ihren ganzen Körper. Sie wollte den Traum vergessen. Dann sah sie durchs Fenster den Arbeitern zu, die zur Mühle hinabgingen. Sie sah, wie Eli verstohlen einen Blick in ihr Fenster warf. Sie versteckte sich hinter der Gardine und ärgerte sich über sich selbst, weil ihr Herz so heftig schlug, als sei sie gerannt. »Ich denke nicht mehr an ihn, das gelobe ich«, beschloss sie jedes Mal und machte sich an ihre Arbeit. Gegen Mittag ging sie zu Niedziela, und wie es der Zufall wollte, begegnete sie dabei immer Eli. Und über ihre eigene Stimme verwundert, bat sie ihn eines Tages zu sich.

»Ich hab dir einen Wecken gebacken«, sagte sie und zeigte auf den Tisch.

Er setzte sich schüchtern hin und legte seine Kappe vor sich auf den Tisch. Sie setzte sich ihm gegenüber und sah ihm zu, wie er aß. Er aß behutsam und langsam. Auf seinen Lippen blieben weiße Krümel zurück.

»Eli?«

»Ja?« Er hob den Blick und sah sie an.

»Hat es dir geschmeckt?«

»Ja.«

Er streckte die Hand aus und wollte ihr Gesicht berühren. Sie fuhr heftig auf.

»Fass mich nicht an«, sagte sie.

Der Junge senkte den Kopf. Seine Hand kehrte zu der Kappe zurück. Er schwieg. Genowefa setzte sich wieder.

»Sag mir, wo du mich berühren wolltest«, flüsterte sie.

Er hob den Kopf und sah sie an. Ihr kam es vor, als sähe sie in seinen Augen rote Funken.
»Ich hätte dich hier berührt«, sagte er und zeigte auf eine Stelle an seinem Hals.
Genowefa streifte mit der Hand ihren Hals, ihre Finger spürten die warme Haut und das pulsierende Blut. Sie schloss die Augen.
»Und dann?«
»Dann hätte ich deine Brüste berührt ...«
Sie atmete tief und warf den Kopf in den Nacken.
»Sag mir, wo genau.«
»Da, wo sie am zartesten und am heißesten sind ... Bitte ... lass mich ...«
»Nein«, sagte sie.
Eli sprang auf und stand vor ihr. Sie spürte seinen Atem, der nach dem süßen Wecken und nach Milch roch, wie der Atem eines Kindes.
»Du darfst mich nicht anfassen. Schwör bei deinem Gott, dass du mich nicht anfasst.«
»Hure«, stieß er heiser hervor und schleuderte seine zerdrückte Kappe auf den Boden. Dann krachte die Tür hinter ihm zu.
In der Nacht kam Eli zurück. Er klopfte ganz leise, und Genowefa wusste, dass er es war.
»Ich habe meine Kappe vergessen«, sagte er flüsternd. »Ich liebe dich. Ich schwöre, dass ich dich nicht anfasse, solange du es nicht willst.«
Sie setzten sich in der Küche auf den Boden. Streifen roter Glut warfen ihren Schein auf ihre Gesichter.

»Erst muss sich herausstellen, ob Michał noch lebt. Ich bin immer noch seine Frau.«
»Ich werde warten, aber sag mir, wie lange.«
»Ich weiß es nicht. Du kannst mich anschauen.«
»Zeig mir deine Brüste.«
Genowefa streifte ihr Nachthemd von den Schultern. Ihre nackten Brüste und ihr Bauch schimmerten rot. Sie hörte, wie Eli die Luft anhielt.
»Zeig mir, wie du mich willst«, flüsterte sie.
Er knöpfte sich die Hose auf, und Genowefa sah sein angeschwollenes Glied. Sie spürte die Lust aus ihrem Traum, die die Krönung aller Mühen, Blicke und schweren Atemzüge war. Diese Lust lag jenseits aller Selbstbeherrschung und ließ sich nicht zügeln. Was jetzt offenbar wurde, war schrecklich, denn daneben konnte nichts mehr bestehen. Es erfüllte sich, floss über, ging zu Ende und begann wieder von neuem, und von jetzt an würde alles, was geschah, unbedeutend und schäbig sein, und der Hunger, der jetzt geweckt war, würde heftiger sein als je zuvor.

Die Zeit des Freiherrn Popielski

Der Freiherr Popielski verlor seinen Glauben. Er hörte nicht auf, an Gott zu glauben, aber Gott und alles, was dazu gehörte, wurde irgendwie flach und ausdruckslos wie die Radierungen in seiner Bibel.

Alles war für den Freiherrn in Ordnung, solange die Pełskis aus Kotuszów kamen, solange er abends eine Partie Whist spielte, über Kunst redete, seinen Kellern einen Besuch abstattete oder die Rosen beschnitt. Alles war in Ordnung, solange der Schrank nach Lavendel roch, solange er mit dem goldenen Federhalter in der Hand an seinem Schreibtisch saß, solange die Hände seiner Frau ihm abends die müden Schultern massierten. Aber sobald er das Haus verließ, sobald er hinausfuhr, sei es auch nur auf den schmutzigen Markt von Jeszkotle oder in die umliegenden Dörfer, kam ihm sofort jede Widerstandskraft gegen die Außenwelt abhanden.

Er sah die verfallenden Häuser, die morschen Zäune, die von der Zeit abgeschliffenen Steine, mit denen die Hauptstraße gepflastert war, und er dachte: ›Ich bin zu spät geboren, es geht zu Ende mit der Welt. Alles ist vorbei.‹ Der Kopf tat ihm weh, seine Augen ließen nach – es kam ihm dunkler vor, seine Füße wurden eiskalt, und ein unbestimmter Schmerz breitete sich in seinem ganzen Körper aus. Alles war leer und hoffnungslos. Und von nirgendwoher kam Hilfe. In solchen Augenblicken kehrte er ins Schloss zurück und verkroch sich in seinem Zimmer – das hielt den Verfall der Welt wenigstens für eine kleine Weile auf.

Aber die Welt zerfiel trotzdem. Das wurde dem Freiherrn bewusst, als er nach der Rückkehr von seiner überstürzten Flucht vor den Kosaken seine Keller betrat. Alles war zerstört, zerbrochen, zertreten, zerhackt, verschüttet und verbrannt. Bis zu den Knöcheln watete er durch Wein und begutachtete den Verlust.

»Zerstörung und Chaos, Zerstörung und Chaos«, flüsterte er.

Dann legte er sich in seinem geplünderten Haus ins Bett und dachte nach: ›Woher kommt das Böse auf die Welt? Warum lässt Gott das Böse zu, da er doch gut ist? Aber vielleicht ist Gott nicht gut?‹

Die Veränderungen im Land heilten den Freiherrn von seiner Melancholie.

Im Jahre neunzehnhundertachtzehn gab es viel zu tun, und nichts wirkt so gut gegen die Schwermut wie Tätigkeit. Den ganzen Oktober über nahm der Freiherr immer wieder Anläufe, sich dem Freiwilligendienst anzuschließen, bis ihn im November endlich die Melancholie verließ und er ins andere Extrem verfiel. Jetzt schlief er zur Abwechslung fast gar nicht und hatte auch keine Zeit zum Essen. Er fuhr über Land, besuchte Krakau, und die Stadt kam ihm vor wie eine aus dem Schlaf erwachte Prinzessin. Er organisierte Wahlen für den ersten Sejm, gründete mehrere Gesellschaften, zwei Parteien und den Verband der Fischteichbesitzer Kleinpolens. Im Februar des folgenden Jahres, als die kleine Verfassung verabschiedet wurde, erkältete sich Popielski und fand sich in

seinem Zimmer wieder, in seinem Bett, mit dem Kopf zum Fenster – kurzum, er war wieder genau an den Ausgangspunkt seiner Reise zurückgekehrt.
Aus den Wochen seiner Lungenentzündung kehrte er wie von einer zweiten langen Reise wieder ins gesunde Leben zurück. Er las viel und begann Tagebuch zu führen. Er wollte sich gerne mit jemandem unterhalten, aber alle Menschen in seiner Umgebung kamen ihm dumm und langweilig vor. Deshalb ließ er sich Bücher aus der Bibliothek ans Bett bringen und bestellte neue Bücher mit der Post.
Anfang März machte er seinen ersten Spaziergang im Park, und wieder erschien ihm die Welt hässlich und grau, voller Verfall und Zerstörung. Da halfen weder Unabhängigkeit noch die neue Verfassung. Auf einem Weg in seinem Park sah er einen roten Kinderhandschuh, der schmelzende Schnee gab ihn gerade frei, und aus irgendwelchen ihm unbekannten Gründen prägte sich dieses Bild seinem Gedächtnis tief ein. Diese hartnäckige, blindwütige Erneuerung. Die Ohnmacht von Leben und Tod. Die unmenschliche Lebensmaschinerie. Seine Anstrengungen des letzten Jahres, den allgemeinen Neuaufbau voranzutreiben, lösten sich in Nichts auf.
Je älter der Freiherr wurde, desto schrecklicher erschien ihm die Welt. Ein junger Mensch ist damit beschäftigt, sich zu entwickeln, vorwärts zu drängen, die eigenen Grenzen stetig weiter zu ziehen: nach dem Kinderbettchen sind es die Wände des Zimmers, das Haus, der Park, das Land, die Welt, bis dann im Erwachsenenalter die Zeit kommt, von noch Größerem zu träumen.
Etwa mit Vierzig tritt ein Umbruch ein. Die Spannkraft und Stärke der Jugend ermüden. Eines Nachts oder eines Morgens

überschreitet der Mensch die Grenze, er hat seinen Gipfel erreicht und macht den ersten Schritt bergab, in Richtung Tod. Dann stellt sich die Frage: soll man stolz hinabgehen, das Gesicht dem Dunkel zugewandt, oder soll man sich der Vergangenheit zuwenden, den Schein wahren und so tun, als sei das nicht die Dunkelheit, sondern als sei nur das Licht im Zimmer erloschen.

Der Anblick des roten Handschuhs, der aus dem schmutzigen Schnee ragte, überzeugte den Freiherrn, dass der größte Betrug der Jugend der allgemeine Optimismus sei, der beharrliche Glaube daran, dass sich etwas ändern und bessern kann, und dass es bei allem einen Fortschritt gibt. Und dann zersprang in ihm das Gefäß mit der Verzweiflung, das er wie einen Schierlingsbecher immer in sich getragen hatte. Der Freiherr schaute sich um und sah Leid, Tod, Zerfall, die so allgegenwärtig waren wie der Schmutz. Er ging durch ganz Jeszkotle, er sah das koschere Schlachthaus und das verdorbene Fleisch an den Haken und den verfrorenen Bettler vor Szenberts Geschäft und einen kleinen Begräbniszug, der einem Kindersarg folgte, und die tiefen Wolken über den niedrigen Häuschen am Markt und die Dämmerung, die von allen Seiten herankroch und schon alles umfing. Er sah eine langsame, unaufhaltsame Selbstverbrennung, in der die menschlichen Schicksale, ganze Menschenleben, den Flammen der Zeit zum Opfer fallen.

Auf dem Weg zurück zum Schloss kam er an der Kirche vorbei, er ging hinein, aber er fand nichts darin. Er sah das Bild der Muttergottes von Jeszkotle, aber in der Kirche war kein Gott, der dem Freiherrn die Hoffnung hätte wiedergeben können.

Die Zeit der Muttergottes von Jeszkotle

Eingeschlossen in den geschmückten Rahmen ihres Bildes, sah die Muttergottes von Jeszkotle nur einen Ausschnitt der Kirche. Sie hing in einem Seitenschiff und konnte deshalb weder den Altar noch den Eingang mit dem Weihwasserbecken sehen. Eine Säule verdeckte ihr die Sicht auf die Kanzel. Sie sah nur die Menschen, die vorübergingen, vereinzelte Kirchenbesucher, die kurz hereinkamen, um zu beten, oder ganze Schlangen, die sich zur Kommunion auf den Altar zu bewegten. Während der Messe sah sie unzählige menschliche Profile – Männer, Frauen, Kinder und Alte.

Die Muttergottes von Jeszkotle war der reine Wille, denen zu helfen, die krank und gebrechlich waren. Sie war die Kraft, die durch ein Wunder Gottes dem Bild zugekommen war. Wenn die Menschen zu ihr aufschauten, wenn sie die Lippen bewegten, die Hände über dem Bauch verschränkten oder über dem Herzen falteten, schenkte die Muttergottes von Jeszkotle ihnen die Kraft und Macht zur Genesung. Sie schenkte sie allen ohne Ausnahme, nicht aus Barmherzigkeit, sondern weil es in ihrer Natur lag, denen, die es brauchten, die Kraft zur Genesung zu geben. Was weiter geschah, mussten die Menschen bestimmen. Die einen ließen diese Kraft in sich wirken und wurden gesund. Dann kamen sie mit Votiv-

gaben zurück – in Messing, Silber oder gar in Gold gegossene Miniaturen des geheilten Körperteils, Perlen- und einfache Halsketten, mit denen das Bild geschmückt wurde.
Andere ließen diese Kraft aus ihrem Körper wie aus einem geborstenen Gefäß entweichen, und sie versickerte im Boden. Und dann verloren sie allmählich den Glauben an Wunder.
So erging es auch dem Freiherrn Popielski, der vor das Bild der Muttergottes von Jeszkotle trat. Sie sah, wie er sich hinkniete und zu beten versuchte. Aber es gelang ihm nicht, deshalb stand er verärgert auf und musterte die kostbaren Votivgaben und die grellen Farben des Heiligenbilds. Die Muttergottes von Jeszkotle sah, dass sein Körper und seine Seele eine gute, helfende Kraft dringend brauchten. Und sie gab sie ihm, sie überschüttete ihn damit, badete ihn darin. Doch der Freiherr Popielski war so undurchdringlich wie eine Glaskugel, und die gute Kraft floss an ihm hinab auf den kalten Kirchenboden und ließ die Kirche ganz leise und kaum wahrnehmbar erbeben.

Die Zeit Michałs

Im Sommer des Jahres neunzehnhundertneunzehn kam Michał zurück. Es war ein Wunder, denn in einer Welt, in der der Krieg alle Ordnung erschüttert hat, geschehen oft Wunder.
Michał hatte drei Monate für seine Rückkehr gebraucht. Der Ort, von dem aus er losgezogen war, befand sich fast auf der anderen Seite der Erdkugel: die Stadt lag an einem fremden Meer und hieß Wladiwostok. Er hatte sich also vom Herrscher des Ostens, dem König des Chaos, befreien können, aber weil alles außerhalb der Grenzen von Ur unklar und fließend wie ein Traum ist, dachte Michał nicht mehr daran, sobald er die Brücke betrat.
Er war krank, ausgezehrt und schmutzig. Sein Gesicht war mit schwarzen Stoppeln bedeckt, und in seinen Haaren tummelten sich Scharen von Läusen. Die abgerissene Uniform der zerschlagenen Armee hing an ihm wie an einem Stock, und kein einziger Knopf war mehr daran. Die glänzenden Knöpfe mit dem Adler des Zaren hatte Michał gegen Brot getauscht. Außerdem hatte er Fieber, Durchfall und das quälende Gefühl, dass die Welt, die er verlassen hatte, nicht mehr existierte. Er schöpfte wieder Hoffnung, als er auf der Brücke stand und die Schwarze und die Weiße sah, die sich in immerwährender Vermählung miteinander vereinten. Die Flüsse

waren noch da, die Brücke war noch da und auch die Hitze, die die Steine bersten ließ, war noch da.
Von der Brücke aus sah Michał die weiße Mühle und die roten Pelargonien im Fenster.
Vor der Mühle spielte ein Kind. Es war ein kleines Mädchen mit dicken Zöpfen. Sie war vielleicht drei oder vier. Rings um sie trippelten weiße Hühner. Eine Frauenhand öffnete ein Fenster. ›Das Schlimmste kommt noch‹, dachte Michał. Die Sonne, die sich in dem geöffneten Fenster spiegelte, blendete ihn kurz. Michał ging auf die Mühle zu.
Er schlief den ganzen Tag und die ganze Nacht, und im Schlaf zählte er alle Tage der vergangenen fünf Jahre. Sein erschöpfter, benommener Geist irrte umher und verlor sich in den Labyrinthen des Schlafs, deshalb musste Michał immer wieder von vorne anfangen. Genowefa betrachtete eingehend die Uniform, deren Stoff starr vor Dreck war, sie berührte den durchschwitzten Kragen, steckte ihre Hände tief in die nach Tabak riechenden Taschen. Sie strich über die Schnallen des Rucksacks, aber sie wagte nicht, ihn zu öffnen. Dann hängte sie die Uniform auf den Zaun, so musste jeder sie sehen, der an der Mühle vorbeiging.
Am nächsten Tag erwachte Michał im Morgengrauen und betrachtete das schlafende Kind. Er versuchte alles, was er sah, exakt zu benennen:
»Sie hat braune dicke Haare. Sie hat dunkle Augenbrauen, eine dunkle Haut, kleine Ohren, eine kleine Nase, alle Kinder haben kleine Nasen, ihre Hände … sind weich und kindlich, aber man sieht die Fingernägel, die sind rund.«
Dann trat er vor den Spiegel und betrachtete sich selbst. Er war sich selbst ein Fremder.

Er ging um die ganze Mühle herum und strich über das große steinerne Rad, das sich drehte. Er nahm mit der Hand den Mehlstaub auf und probierte ihn mit der Zungenspitze. Er tauchte die Hände ins Wasser, fuhr mit der Hand über die Zaunlatten, roch an den Blumen, setzte das Rad der Häckselmaschine in Bewegung. Es quietschte und mähte eine Schicht der flachgetretenen Brennesseln ab.
Hinter der Mühle ging er ins hohe Gras und pinkelte.
Als er wieder ins Haus kam, wagte er es, Genowefa anzusehen. Sie schlief nicht. Sie sah ihn an.
»Michał, kein Mann hat mich angerührt.«

Die Zeit Misias

Wie jeder Mensch wurde auch Misia unvollständig, in einzelnen Teilen geboren. Nichts an ihr hing zusammen: Sehen, Hören, Verstehen, Fühlen, Ahnen und Empfinden waren getrennt. Reflexe und Instinkte beherrschten ihren kleinen Körper. Misias ganzes zukünftiges Leben würde darin bestehen, das alles zu einem Ganzen zu fügen und dann wieder auseinander fallen zu lassen.

Sie brauchte jemanden, der vor ihr stehen würde und ihr ein Spiegel wäre, in dem sie sich als Ganzes spiegeln konnte.

Misias erste Erinnerung verband sich mit dem Anblick eines abgerissenen Mannes auf dem Weg zur Mühle. Ihr Vater war unsicher auf den Beinen, und später weinte er oft nächtelang an Mamas Brust geschmiegt. Deshalb behandelte Misia ihn wie ihresgleichen. Seitdem hatte sie das Gefühl, dass es zwischen Erwachsenen und Kindern keinen wirklich wesentlichen Unterschied gibt. Beide, Kind und Erwachsener, leben in einem Übergangsstadium. Misia beobachtete aufmerksam, wie sie sich selbst veränderte und wie sich die anderen um sie herum veränderten, aber sie wusste nicht, worauf es hinauslief, was das Ziel dieser Veränderungen war. In einer Pappschachtel bewahrte sie die Andenken an ihre früheren Lebensjahre auf, an die kleine und dann etwas größere Misia: ihre

gehäkelten Säuglingsschühchen, ein winziges Mützchen, das aussah, als sei es für eine Faust und nicht für einen Kinderkopf gemacht, ein Leinenhemdchen, ihr erstes Kleidchen. Dann stellte sie ihren sechsjährigen Fuß neben das Häkelschühchen und bekam eine Ahnung von den faszinierenden Gesetzen der Zeit.
Mit der Rückkehr ihres Vaters begann Misia die Welt zu sehen. Vorher war alles unklar und unscharf gewesen. Misia hatte keine Erinnerungen an sich selbst aus der Zeit vor der Rückkehr ihres Vaters, es war, als habe es sie gar nicht gegeben. Sie erinnerte sich an einzelne Dinge. Die Mühle war ihr damals als eine einzige riesige Masse ohne Anfang und Ende, ohne oben und unten erschienen. Später sah sie die Mühle anders – mit Verstand. Nun hatte die Mühle einen Sinn und eine Gestalt. Mit anderen Dingen war es ähnlich. Wenn Misia früher »Fluss« dachte, war das etwas Kaltes, Nasses. Jetzt sah sie, dass der Fluss irgendwoher und irgendwohin floss, dass es vor und hinter der Brücke derselbe Fluss war, und dass es andere Flüsse gab ... Die Schere – früher war das ein merkwürdiges, kompliziertes und schwierig zu handhabendes Gerät gewesen, das Mama auf magische Weise zu benutzen wusste. Seit der Vater regelmäßig mit ihnen am Tisch saß, erkannte Misia, dass eine Schere ein einfacher Mechanismus ist, der aus zwei Klingen besteht. Aus zwei flachen Stöckchen bastelte sie etwas Ähnliches. Später versuchte sie oft, die Dinge wieder so zu sehen, wie sie früher gewesen waren, aber der Vater hatte die Welt für immer verändert.

Die Zeit von Misias Kaffeemühle

Die Menschen meinen, sie lebten intensiver als die Tiere und Pflanzen und erst recht als die Dinge. Die Tiere haben das Gefühl, dass sie intensiver leben als die Pflanzen und Dinge. Die Pflanzen träumen, dass sie intensiver leben als die Dinge. Doch die Dinge überdauern, und in diesem Überdauern ist mehr Leben als in allem anderen.

Misias Kaffeemühle war als das Werk von Händen entstanden, die Holz, Porzellan und Messing zu einem Gegenstand fügten. In dem Holz, Porzellan und Messing wurde die Idee des Mahlens greifbar – die Idee des Mahlens von Kaffeebohnen, die dann mit heißem Wasser übergossen wurden. Von niemandem kann man behaupten, er sei der Erfinder der Kaffeemühle, denn das Schaffen ist nur das Sich-Besinnen auf das, was außerhalb der Zeit, also immer schon existiert. Dem Menschen ist es nicht gegeben, etwas aus dem Nichts zu erschaffen – das ist eine Fähigkeit Gottes.

Die Kaffeemühle hat einen Bauch aus weißem Porzellan und in dem Bauch eine Öffnung, in der eine hölzerne Schublade die Früchte der Arbeit sammelt. Auf dem Bauch sitzt eine Kappe aus Messing und eine Kurbel mit hölzernem Griff. An einer Stelle lässt sich die Kappe öffnen und gibt die Bauchhöhle frei, in die man die rasselnden Kaffeebohnen schüttet.

Die Kaffeemühle ist in einer Manufaktur hergestellt worden und dann zu jemandem ins Haus gelangt, wo sie jeden Vormittag Kaffee mahlte. Warme Hände voller Leben haben sie gehalten und an die Brust gedrückt, in der, unter Perkal oder Flanell, ein menschliches Herz schlug. Dann wurde sie von der Wucht des Krieges erfasst und geriet vom sicheren Küchenbord in eine Schachtel mit anderen Gegenständen, in Reisetaschen und Säcke, in Eisenbahnwaggons, in denen Menschen auf der Flucht vor einem gewaltsamen Tod in panischer Angst vorwärtsdrängten. Wie jedes Ding nahm auch die Kaffeemühle die ganze Wirrnis der Welt in sich auf: Bilder bombardierter Züge, träger Blutrinnsale, verlassener Häuser, mit deren Fenstern jedes Jahr ein anderer Wind spielte. Sie nahm die Wärme erkaltender Menschenkörper und die Verzweiflung beim Verlassen des Vertrauten in sich auf. Hände berührten sie und streiften sie mit ungezählten Gefühlen und Gedanken. Die Kaffeemühle nahm sie in sich auf, denn alle Materie hat diese Fähigkeit, zu bewahren, was flüchtig und vergänglich ist.

Weit im Osten hatte Michał sie gefunden und als seine Kriegsbeute in den Rucksack gesteckt. Wenn er abends Wache hielt, roch er an der Schublade – sie duftete nach Sicherheit, nach Kaffee, nach Zuhause.

Misia nahm die Kaffeemühle oft mit hinaus auf die Bank vor dem Haus und drehte die Kurbel. Dann ging die Mühle so leicht, als spielte sie mit ihr. Misia betrachtete von der Bank aus die Welt, und die Mühle drehte sich und mahlte den leeren Raum. Aber manchmal schüttete Genowefa eine Handvoll schwarzer Bohnen hinein und bat Misia, sie zu mahlen. Dann drehte sich die Kurbel nicht mehr ganz so leicht. Die

Kaffeemühle rumpelte und begann dann langsam und systematisch zu arbeiten und zu quietschen. Das Spiel war vorbei. Die Mühle arbeitete mit solchem Ernst, dass es niemand gewagt hätte, sie aufzuhalten. Sie wurde zum Inbegriff des Mahlens. Und dann wurden die Mühle, Misia und die ganze Welt in den Duft von frisch gemahlenem Kaffee eingehüllt.

Wenn man die Gegenstände aufmerksam betrachtet, mit geschlossenen Augen, um sich nicht von dem Schein trügen zu lassen, den sie um sich verbreiten, wenn man sich dieses Misstrauen einmal leistet, dann bekommt man zumindest einen Augenblick lang ihr wahres Gesicht zu sehen.

Die Dinge sind Wesen, die tief in einer anderen Wirklichkeit stecken, in der es weder Zeit noch Bewegung gibt. Man sieht nur ihre Oberfläche. Der Rest, der tief verborgen ist, verleiht jedem materiellen Gegenstand seine eigentliche Bedeutung. Das gilt auch für die Kaffeemühle.

Die Kaffeemühle ist ein Stück Materie, dem die Idee des Mahlens eingehaucht worden ist.

Kaffeemühlen mahlen, deshalb existieren sie. Aber niemand weiß, was die Kaffeemühle an sich bedeutet. Niemand weiß, was das alles an sich bedeutet. Vielleicht ist die Kaffeemühle ein kleiner Splitter eines absoluten, grundlegenden Gesetzes der Verwandlung, eines Gesetzes, ohne das die Welt nicht existieren könnte oder völlig anders wäre. Vielleicht sind Kaffeemühlen der Angelpunkt der Wirklichkeit, um den sich alles dreht und entwickelt, vielleicht sind sie für die Welt wichtiger als Menschen. Vielleicht ist sogar diese eine Kaffeemühle der Pfeiler dessen, was sich Ur nennt.

Die Zeit des Pfarrers

Der Frühsommer war die Jahreszeit, die der Pfarrer am meisten hasste. Um St. Johanni herum überschwemmte die Schwarze regelmäßig ganz schamlos seine Wiesen.

Der Pfarrer war von Natur aus aufbrausend und empfindlich, wenn es um seine Würde ging, und wenn er sah, dass etwas von seinen Wiesen Besitz ergriff, das so wenig konkret und so plump, so unbestimmt und stumpfsinnig, so ungreifbar und so feige war, dann packte ihn die Wut.

Mit dem Wasser kamen auch sofort die Frösche, die sich, nackt und widerwärtig, ständig bestiegen und stumpf begatteten. Dabei gaben sie abstoßende Laute von sich. So musste die Stimme des Teufels klingen: schrill, feucht, heiser vor Wollust und zitternd vor unstillbarer Begierde. Außer den Fröschen tauchten auch die Wasserschlangen auf den Wiesen des Pfarrers auf; von ihren Ekel erregenden, ringelnden Bewegungen wurde ihm auf der Stelle übel. Allein der Gedanke, ein solcher langgezogener, glitschiger Körper könnte ihn berühren, ließ ihn vor Ekel erschaudern, und sein Magen verkrampfte sich. Das Bild dieser Schlangen blieb ihm lange im Gedächtnis und machte ihm seine Träume zur Qual. Fische gab es auch in dem überschwemmten Gelände, aber zu denen hatte der Pfarrer ein besseres Verhältnis.

Fische konnte man essen. Deshalb waren sie gut und gottgefällig.
Der Fluss brauchte höchstens drei kurze Nächte, um die Wiesen zu überschwemmen. Nach der Invasion ruhte er sich aus, und der Himmel spiegelte sich in ihm. So faulenzte er einen Monat lang. Im Laufe dieses Monats faulte das üppige Gras unter dem Wasser, und wenn es ein heißer Sommer war, stieg über den Wiesen ein Geruch von Fäulnis und Verwesung auf.
Vom Johannitag an kam der Pfarrer jeden Tag, um sich anzusehen, wie das schwarze Flusswasser die Blumen der heiligen Margarethe, die Glöckchen des heiligen Rochus und die Kräuter der heiligen Klara überschwemmte. Manchmal kam es ihm vor, als riefen ihn die unschuldigen weißen und hellblauen Köpfchen der Blumen, die bis zum Hals im Wasser standen, um Hilfe an. Er hörte ihre zarten Stimmchen, die so ähnlich klangen wie die Glöckchen bei der Wandlung. Er konnte nichts für sie tun. Sein Gesicht lief rot an, und seine Hände ballten sich in machtloser Wut.
Er betete. Er fing beim heiligen Johannes an, der jedes Gewässer segnet. Aber der Pfarrer hatte oft den Eindruck, der heilige Johannes höre ihm nicht zu, weil er gerade damit beschäftigt war, die Länge der Tage und Nächte anzugleichen; er schien sich lieber um das Feuer zu kümmern, das die jungen Leute ihm zu Ehren anzündeten, um den Wodka, um die Kränze auf dem Wasser, deren Lauf er steuern musste, um das Rascheln in den Büschen während der Johanninacht. Er warf dem heiligen Johannes sogar vor, dass er es mit schöner Regelmäßigkeit jedes Jahr zuließ, dass die Schwarze seine Wiesen überschwemmte. Er nahm ihm das ernsthaft übel. Deshalb fing er an, unmittelbar zu Gott zu beten.

Im Jahr darauf sagte Gott nach der schlimmsten Überschwemmung zum Pfarrer: »Grenze den Fluss von deinen Wiesen ab. Schaff Erde herbei und bau einen Schutzwall, der den Fluss in seinem Bett hält.« Der Pfarrer bedankte sich beim Herrn und sorgte dafür, dass ein Deich aufgeschüttet wurde. Zwei Sonntage hintereinander wetterte er von der Kanzel herab, dass der Fluss die Gottesgaben vernichte, und rief dazu auf, dem Element solidarisch Widerstand zu leisten: Von jedem Hof sollte ein Mann zwei Tage in der Woche Erde heranschaffen und einen Deich aufschütten. Ur war donnerstags und freitags an der Reihe, Jeszkotle montags und dienstags und Kotuszów mittwochs und samstags.

Am ersten Tag, an dem Ur Dienst hatte, traten nur zwei Bauern zur Arbeit an – Malak und Cherubin. Erzürnt schwang sich der Pfarrer in seinen gefederten Einspänner und klapperte alle Katen in Ur ab. Wie sich herausstellte, hatte sich Serafin einen Finger gebrochen, der junge Florian musste zum Militär, bei den Chlipałs war ein Kind zur Welt gekommen, Swiatosz hatte einen Leistenbruch.

Der Pfarrer hatte nichts erreicht. Verärgert kehrte er ins Pfarrhaus zurück.

Beim Abendgebet fragte er wieder Gott um Rat. Und Gott antwortete: »Bezahl sie!« Diese Antwort brachte ihn ein wenig aus der Fassung. Aber da der Gott des Pfarrers diesem manchmal sehr ähnlich war, setzte er sogleich hinzu: »Gib ihnen höchstens zehn Groschen pro Tag, sonst lohnt sich die Sache nicht. Das ganze Heu ist nicht mehr als fünfzehn Zloty wert.«

Also fuhr der Pfarrer wieder mit dem Einspänner durchs Dorf und heuerte ein paar kräftige Bauern an. Er nahm Jozek

Chlipał, der einen Sohn bekommen hatte, Serafin mit dem gebrochenen Finger und noch zwei Knechte.

Sie hatten nur ein Fuhrwerk, deshalb ging die Arbeit langsam voran. Der Pfarrer fürchtete, das Frühlingswetter könnte ihm einen Strich durch die Rechnung machen. Er trieb die Männer nach Kräften an. Er schürzte sogar selbst die Soutane und lief zwischen den Bauern herum, rüttelte an den Säcken und zog dem Pferd mit der Gerte eins über. Mit seinen feinen Lederschuhen nahm er sich dabei allerdings in Acht.

Am folgenden Tag kam nur Serafin mit dem gebrochenen Finger zur Arbeit. Wütend fuhr der Pfarrer wieder durchs Dorf, doch jetzt waren die Arbeitskräfte entweder nicht zu Hause oder sie lagen krank darnieder.

An diesem Tag stieg im Pfarrer ein Hass auf alle Bauern in Ur hoch – sie waren faul, träge und geldgierig. Inbrünstig entschuldigte er sich beim Herrn für diese Gefühlsregung, die eines Gottesdieners unwürdig war. Wieder bat er Gott um Rat. »Zahl ihnen mehr«, sagte Gott zu ihm. »Gib ihnen fünfzehn Groschen am Tag, und wenn du auf diese Weise auch in diesem Jahr nichts an deinem Heu verdienst, so machst du den Verlust doch im nächsten Jahr wett.« Das war ein kluger Rat. Nun ging die Arbeit voran.

Zuerst schafften die Fuhrleute Sand aus der Gegend hinter dem Hügel herbei, dieser Sand wurde in Jutesäcke gefüllt, die am Fluss entlang so dicht und sorgfältig aufgeschichtet wurden wie Umschläge auf einer Wunde. Erst dann wurde Erde darauf geschüttet und Gras gesät.

Voller Freude betrachtete der Pfarrer sein Werk. Der Fluss war jetzt vollständig von den Wiesen getrennt. Der Fluss konnte die Wiesen, und die Wiesen konnten den Fluss nicht sehen.

Der Fluss versuchte nicht mehr, aus seinem Bett auszubrechen. Er floss ruhig und versonnen dahin, undurchdringlich für menschliche Augen. Die Wiesen an den Ufern wurden grün, und später waren sie voll von blühendem Löwenzahn.
Auf den Wiesen des Pfarrers beten die Blumen ohne Unterlass. Die Blumen der heiligen Margarethe beten und die Glockenblumen des heiligen Rochus und auch der ganz gewöhnliche Löwenzahn. Von all dem Beten wird der Körper des Löwenzahns immer luftiger, immer weniger gelb und greifbar, bis er sich dann im Juni in zarte Pusteblumen verwandelt. Und von ihrer Frömmigkeit gerührt, schickt Gott warme Winde, die die Seelen des Pusteblumenlöwenzahns in den Himmel holen.
Dieselben warmen Winde brachten zum Johannitag Regen. Der Fluss schwoll Zentimeter um Zentimeter an. Der Pfarrer konnte weder schlafen noch essen. Über den Damm und die Wiesen lief er an den Fluss und schaute. Mit einem Stock maß er die Höhe des Wassers und brummte abwechselnd Flüche und Gebete vor sich hin. Der Fluss achtete nicht auf ihn. Er floss breit dahin, bildete Wirbel und Strudel und spülte gegen die unsicheren Ufer. Am siebenundzwanzigsten Juni begannen die Wiesen sich mit Wasser vollzusaugen. Der Pfarrer rannte mit seinem Stock über den neuen Deich und sah verzweifelt zu, wie das Wasser ungehindert durch die Ritzen sickerte, Wege fand, die es alleine kannte, und bis unter den Deich drang. In der folgenden Nacht zerstörte das Wasser der Schwarze den sandigen Unterbau und überschwemmte wie jedes Jahr die Wiesen.
Am Sonntag verglich der Pfarrer von der Kanzel herab das Werk des Flusses mit den Taten des Teufels. Wie das Wasser

bedränge der Satan Tag für Tag und Stunde für Stunde die Seele des Menschen. Dadurch sei der Mensch gezwungen, Schutzdämme einzuziehen. Schon die kleinste Vernachlässigung der täglichen religiösen Pflichten schwäche diesen Schutzdamm, während die Ausdauer des Teufels mit der Hartnäckigkeit des Wassers zu vergleichen sei. Die Sünde tröpfele, sickere und fließe auf die Flügel der Seele, und das Ausmaß des Bösen überschwemme den Menschen, der schließlich in seine Strudel stürze und auf den Grund gezogen werde.

Nach dieser Predigt war der Pfarrer noch lange erregt und konnte nicht schlafen. Der Hass auf die Schwarze raubte ihm den Schlaf. Er sagte sich, er könne doch einen Fluss nicht hassen, einen Schwall trüben Wassers, der nicht einmal eine Pflanze oder ein Tier, sondern nur eine physische Ausprägung der Landschaft war. Wie war es möglich, dass er als Pfarrer etwas so Absurdes empfinden konnte? Hass auf einen Fluss!

Und dennoch war es Hass. Dem Pfarrer ging es nicht einmal um das aufgeweichte Heu, sondern um die Gedankenlosigkeit, die sture Dickköpfigkeit der Schwarze, ihre Gefühllosigkeit, ihren Egoismus und ihren grenzenlosen Stumpfsinn. Wenn er an den Fluss dachte, pochte ihm das Blut in den Schläfen und floss rascher durch seinen Körper. Er konnte sich nicht mehr beherrschen. Ungeachtet der nächtlichen Stunde stand er auf, zog sich an und ging auf die Wiesen hinaus. Die kalte Luft brachte ihn zur Besinnung. Er lachte über sich selbst und sagte sich: »Wie kann man denn auf einen Fluss wütend werden, auf eine Vertiefung im Boden? Ein Fluss ist bloß ein Fluss, nichts weiter.« Doch sobald er am

Ufer stand, überkam es ihn wieder. Ekel, Abscheu und Wut erfassten ihn. Am liebsten hätte er den ganzen Fluss, von der Quelle bis zur Mündung, mit Erde zugeschüttet. Er schaute sich um, ob niemand ihn sah, dann riss er einen Erlenzweig ab und drosch auf den schwellenden, schamlosen Körper des Flusses ein.

Die Zeit Elis

»Geh weg. Ich kann nicht schlafen, wenn ich dich gesehen habe«, sagte Genowefa zu ihm.

»Und ich kann nicht leben, wenn ich dich nicht sehe.«

Sie blickte ihn mit ihren hellen grauen Augen an, und er spürte wieder, wie sie mit diesem Blick das Innerste seiner Seele traf. Sie stellte die Eimer auf die Erde und wischte sich eine Haarsträhne aus der Stirn.

»Nimm die Eimer und komm mit mir zum Fluss.«

»Was wird dein Mann dazu sagen?«

»Er ist beim Freiherrn.«

»Und die Arbeiter?«

»Sie werden denken, dass du mir hilfst.«

Eli packte die Eimer und folgte ihr den steinigen Weg hinab.

»Du bist männlicher geworden«, sagte Genowefa, ohne sich umzudrehen.

»Denkst du an mich, wenn wir uns nicht sehen?«

»Ich denke dann an dich, wenn du an mich denkst. Jeden Tag. Ich träume von dir.«

»Mein Gott, warum setzt du dem kein Ende?« Eli setzte die Eimer heftig auf den Boden. »Welche Sünde habe ich oder meine Väter begangen? Warum muss ich mich so quälen?«

Genowefa blieb stehen und blickte auf ihre Fußspitzen.

»Eli, du darfst nicht Gott lästern.«

Eine Zeit lang schwiegen sie beide. Eli nahm den Eimer wieder auf, und sie gingen weiter. Der Pfad wurde breiter, so dass sie nebeneinander gehen konnten.

»Wir können uns nicht mehr sehen, Eli. Ich bin schwanger. Im Herbst bekomme ich ein Kind.«

»Das sollte mein Kind sein.«

»Alles hat sich von selbst geklärt und gefügt ...«

»Wir könnten in die Stadt fliehen, nach Kielce.«

»... So vieles trennt uns. Du bist jung, ich bin alt. Du bist Jude, ich bin Polin. Du bist aus Jeszkotle, ich aus Ur. Du bist ledig, ich bin verheiratet. Du bist Bewegung, ich bin Stillstand.«

Sie gingen auf die Holzbrücke, und Genowefa nahm die Wäsche aus dem Eimer. Sie tauchte sie in das kalte Wasser. Das dunkle Wasser wusch den hellen Seifenschaum aus.

»*Du* warst es, die mir den Kopf verdreht hat«, sagte Eli.

»Ich weiß.«

Sie ließ die Wäsche stehen und legte zum ersten Mal den Kopf an seine Schulter. Er spürte den Geruch ihrer Haare.

»Ich habe mich in dich verliebt, als ich dich das erste Mal sah. Auf der Stelle. Eine solche Liebe geht nie vorbei.«

»Ist das Liebe?«

Sie gab keine Antwort.

»Von meinem Fenster aus kann man die Mühle sehen«, sagte Eli.

Die Zeit Florentynkas

Die Menschen meinen, man verliere den Verstand durch ein großes, dramatisches Ereignis, durch ein Leiden, das sich nicht ertragen lässt. Sie meinen, es gebe konkrete Gründe, die einen Menschen verrückt werden lassen: weil man vom Liebhaber im Stich gelassen worden ist, ein geliebter Mensch gestorben ist, weil man sein Vermögen verloren oder ins Antlitz Gottes geblickt hat. Die Menschen meinen auch, man werde plötzlich verrückt, auf einen Schlag, unter ganz außergewöhnlichen Umständen, und dass sich der Wahnsinn wie ein Fangnetz über den Menschen legt, den Verstand trübt und die Gefühle verwirrt.

Florentynka hingegen wurde auf ganz gewöhnliche Weise und sozusagen grundlos verrückt. Früher hätte sie Grund genug dazu gehabt – als ihr Mann betrunken in der Weiße ertrank, als sieben von ihren neun Kindern starben, als sie eine Fehlgeburt nach der anderen hatte, als sie sich diejenigen wegmachen ließ, die sie nicht durch Fehlgeburten verlor, und zwei Mal fast dabei starb, als ihr die Scheune abbrannte, als die beiden Kinder, die ihr geblieben waren, sie verließen und auf Nimmerwiedersehen irgendwohin verschwanden.

Jetzt war Florentynka alt und hatte all diese Erfahrungen hinter sich. Trocken wie Pergament und zahnlos lebte sie in einem Holzhäuschen am Hügel vor sich hin. Die einen Fenster gingen auf den Wald, die anderen aufs Dorf hinaus. Florentynka waren zwei Kühe übrig geblieben, die nicht nur sie, sondern auch ihre Hunde ernährten. Sie hatte einen kleinen Garten voll mit wurmstichigen Pflaumen, und im Sommer blühten große Hortensienbüsche vor ihrem Haus.

Florentynka wurde ganz beiläufig verrückt. Erst hatte sie Kopfschmerzen und konnte nachts nicht schlafen. Der Mond störte sie. Sie erzählte ihren Nachbarn, der Mond beobachte sie, sein wachsamer Blick dringe durch die Mauern und Fensterscheiben, und der Mondschein stelle ihr in den Spiegeln, Fensterscheiben und den Wasserspiegelungen Fallen auf.

Dann fing sie an, abends vor ihr Haus zu treten und auf den Mond zu warten. Er ging über den Wiesen auf, immer derselbe, wenn auch in unterschiedlicher Gestalt. Florentynka drohte ihm mit der Faust. Die Leute sahen diese zum Himmel erhobene Faust und sagten: sie ist verrückt geworden.

Florentynkas Körper war klein und mager. Aus der Zeit ihrer ständigen Schwangerschaften hatte sie einen runden Bauch zurückbehalten, der jetzt komisch aussah, als hätte sie sich einen Laib Brot unter den Rock gesteckt. Nach all den Jahren der Geburten hatte sie keinen einzigen Zahn mehr im Mund, so wie es im Sprichwort heißt: »Für jedes Kind einen Zahn«. Gott gibt's und Gott nimmt's. Florentynkas Brüste – oder vielmehr das, was mit der Zeit aus den Brüsten einer Frau wird – waren flach und lang. Sie lagen dicht an ihrem Körper. Ihre Haut sah aus wie das Seidenpapier, in das man nach den Feiertagen den Christbaumschmuck verpackt, und darunter waren zarte hellblaue Äderchen sichtbar, ein Zeichen dafür, dass Florentynka noch lebte.

Aber das waren Zeiten, in denen die Frauen vor den Männern starben, die Mütter vor den Vätern, die Ehefrauen vor den Ehemännern. Denn sie waren die Gefäße, aus denen die Menschheit langsam herauströpfelte. Die Kinder waren aus ihnen geschlüpft wie die Küken aus den Eiern. Und das Ei musste danach selbst zusehen, dass es wieder ganz wurde. Je stärker eine Frau war, desto mehr Kinder gebar sie, und dadurch wurde sie schwächer. In seinem fünfundvierzigsten Jahr erlangte Florentynkas Körper, befreit vom ewigen Gebärkreislauf, sein ganz eigenes Nirvana der Unfruchtbarkeit.
Seit Florentynka den Verstand verloren hatte, tauchten in ihrer Nähe immer mehr Katzen und Hunde auf. Bald sahen die Leute in ihr die Erlöserin von ihrem schlechten Gewissen, und anstatt kleine Kätzchen oder Welpen zu ertränken, legten sie sie unter den Hortensienbusch. Die beiden Milchkühe ernährten bald eine ganze Herde kleiner Tierfindelkinder. Florentynka behandelte Tiere mit derselben Achtung wie Menschen. In der Frühe begrüßte sie sie mit einem guten Morgen, und wenn sie ihnen die Schälchen mit Milch vorsetzte, vergaß sie nie, ihnen guten Appetit zu wünschen. Sie nannte sie auch nicht »Hunde« oder »Katzen«, sondern »Hundeleute« und »Katzenleute«.
Florentynka hielt sich selbst keineswegs für verrückt. Der Mond verfolgte sie, wie es jeder normale Verfolger tut. Aber eines Nachts geschah etwas Sonderbares.
Wie immer bei Vollmond nahm Florentynka ihre Hunde mit auf den Hügel, um den Mond anzuschimpfen. Die Hunde legten sich rings um sie herum ins Gras, und sie schrie zum Himmel:
»Wo ist mein Sohn? Wohin hast du ihn entführt, du fette sil-

berne Kröte? Meinen Alten hast du betört und ins Wasser gezogen! Heute habe ich dich im Brunnen erwischt, auf frischer Tat hab ich dich ertappt, wie du uns das Wasser vergiftet hast ...«

Im Haus der Serafins ging das Licht an, und eine männliche Stimme rief ins Dunkel:

»Still, du verrücktes Weib! Wir wollen schlafen!«

»Ach, schlaft nur, schlaft, bis ihr tot seid! Wozu seid ihr denn überhaupt geboren, wenn ihr jetzt immer schlafen wollt?«

Die Stimme verstummte, und Florentynka setzte sich auf die Erde und blickte in das silberne Gesicht ihres Verfolgers. Es war über und über von Furchen durchzogen, triefäugig, wie von den Narben kosmischer Blattern gezeichnet. Die Hunde ließen sich im Gras nieder, und auch in ihren dunklen Augen spiegelte sich der Mond. Sie saßen ganz still, und dann legte die alte Frau ihre Hand auf den Kopf einer großen zottigen Hündin. In diesem Augenblick sah sie in ihrem Kopf einen Gedanken, der nicht aus ihr selbst kam, es war nicht einmal ein richtiger Gedanke, sondern vielmehr der Umriss, das Bild, der Eindruck eines Gedankens. Es war etwas, das ihrem Denken fremd war, und zwar nicht nur deshalb, weil es, wie sie fühlte, von außen kam, sondern weil es ganz anders war: einfarbig, klar, tief, sinnlich und duftend.

An einem Himmel standen zwei Monde, einer neben dem anderen. Da war ein Fluss, der kalt und fröhlich war. Und Häuser, anziehend und schrecklich zugleich. Die Silhouette des Waldes war ein seltsam erregender Anblick. Im Gras lagen Stöckchen, Steine, Blätter, angefüllt mit Bildern und Erinnerungen. Daneben verliefen wie Pfade bedeutungsvolle Streifen. Unter der Erde zogen sich warme, lebendige Gänge

hin. Alles war anders. Nur in den Umrissen war die Welt dieselbe geblieben. Da begriff Florentynka mit ihrem menschlichen Verstand, dass die Leute Recht hatten – sie war verrückt geworden.
»Rede ich mit dir?« fragte sie die große zottige Hündin, die ihr den Kopf auf die Knie gelegt hatte.
Sie wusste, dass das stimmte.
Sie kehrten nach Hause zurück. Florentynka goss den Rest der Abendmilch in die Schälchen, dann setzte sie sich selbst zum Essen hin. Sie tunkte ein Stück Brot in die Milch und kaute es dann mit ihren zahnlosen Kiefern. Während des Essens betrachtete sie einen der Hunde und versuchte, ihm etwas nur durch ein Bild zu sagen. Sie ließ einen Gedanken los und das, was sie sich ungefähr unter »Ich bin und esse« vorstellte. Der Hund hob den Kopf.
In dieser Nacht also lernte Florentynka, sei es durch ihren Verfolger, den Mond, sei es durch ihre Verrücktheit, mit ihren Hunden und Katzen zu sprechen. Diese Gespräche bestanden darin, dass sie Bilder aussandte. Das, was sich die Tiere vorstellten, war nicht so präzise und konkret wie die Sprache der Menschen. Sie reflektierten nicht. Aber dafür wurden die Dinge von innen gesehen, ohne diese menschliche Distanziertheit, die das Gefühl der Entfremdung mit sich bringt. Dadurch erschien die Welt freundlicher.
Für Florentynka waren diese zwei Monde aus den Bildern der Tiere am wichtigsten. Es war erstaunlich, dass die Tiere zwei Monde sahen, die Menschen aber nur einen. Florentynka konnte das nicht verstehen, und deshalb hörte sie schließlich auf, es verstehen zu wollen. Die beiden Monde waren verschieden, in gewissem Sinne sogar einander entgegengesetzt,

aber gleichzeitig waren sie identisch. Der eine war weich, ein wenig feucht und gefühlvoll. Der andere war hart wie Silber, er klang hell und leuchtete. Florentynkas Verfolger hatte also eine Doppelnatur, und damit stellte er eine noch größere Bedrohung für sie dar.

Die Zeit Misias

Mit zehn Jahren war Misia die Kleinste in der Klasse und saß in der ersten Reihe. Wenn die Lehrerin zwischen den Reihen auf und ab ging, strich sie ihr immer über den Kopf.

Auf dem Rückweg von der Schule sammelte Misia Dinge für ihre Puppen: Kastanienschalen als Teller, Eichelschalen als Tassen, Moos als Kopfkissen.

Aber wenn sie zu Hause war, konnte sie sich nicht entscheiden, was sie spielen wollte. Einerseits zog es sie zu den Puppen, sie wollte ihnen Kleidchen anziehen, sie mit Speisen füttern, die man nicht sehen kann, die aber dennoch existieren. Sie wollte ihre starren Körper in Windeln wickeln und ihnen einfache kleine Gutenachtgeschichten erzählen. Aber wenn sie sie dann in den Arm nahm, hatte sie keine Lust mehr. Dann waren es nicht mehr Karmilla, Judith und Bobasek. Misias Augen sahen die flachen, auf den rosigen Kunststoff aufgemalten Augen, die rotgefärbten Wangen, die ewig verschlossenen Münder, die sich mit nichts auf der Welt füttern lassen. Misia drehte das Ding um, das einmal Karmilla gewesen war, und gab ihm einen Klaps. Sie fühlte, dass sie auf stoffbezogene Sägespäne schlug. Die Puppe beklagte sich nicht und protestierte nicht. Misia setzte sie auf die Fensterbank, das rosige Gesicht nach draußen gerichtet, und beschäftigte sich nicht mehr mit ihr. Sie ging zu Mamas Toilettentisch, um dort herumzustöbern.

Es war herrlich, sich ins Schlafzimmer der Eltern zu schleichen und sich vor den zweiteiligen Spiegel zu setzen, der sogar das zeigte, was man normalerweise nicht sehen konnte – die Schatten in den Ecken, den eigenen Hinterkopf … Misia probierte die Perlenketten und Ringe an, öffnete die Flakons und erforschte lange das Geheimnis der Schminke. Eines Tages, als sie von ihren Karmillas besonders enttäuscht war, nahm sie die Schminke und malte sich den Mund blutrot. Das Rot der Schminke drehte das Rad der Zeit vorwärts, und Misia sah sich selbst als alte Frau kurz vor ihrem Tod. Heftig wischte sie sich die Schminke von den Lippen und kehrte zu ihren Puppen zurück. Sie nahm die plumpen, mit Sägespänen ausgestopften Händchen und ließ sie lautlos klatschen.

Aber sie kehrte immer wieder an den Toilettentisch der Mutter zurück. Sie probierte ihre seidenen Mieder an und ihre hochhackigen Schuhe. Aus einem Spitzenunterrock wurde ein bodenlanges Kleid. Sie betrachtete ihr Spiegelbild, und plötzlich kam sie sich lächerlich vor. ›Besser nähe ich Karmilla ein Ballkleid‹, dachte sie und kehrte von diesem Plan beflügelt zu ihren Puppen zurück.

Auf einem Abstecher zwischen den Puppen und Mamas Toilettentisch entdeckte Misia eines Tages die Küchenschublade. In dieser Schublade war alles. Die ganze Welt.

Erstens wurden hier die Fotografien aufbewahrt. Eine zeigte den Vater in russischer Uniform mit einem Bekannten. Sie hatten die Arme wie Freunde umeinander gelegt. Michał trug einen Schnurrbart, der von einem Ohr zum anderen reichte. Im Hintergrund sprudelte ein Springbrunnen. Auf einem anderen Foto waren die Köpfe von Papa und Mama. Mama trug einen weißen Schleier, und Papa hatte denselben schwarzen Schnurrbart wie auf dem anderen Bild. Misias Lieblingsfoto war ein Bild von Mama mit kurzen Haaren und einem Stirnband. Darauf sah Mama aus wie eine echte Dame. Von Misia war auch ein Bild da. Sie saß auf der Bank vor dem Haus mit der Kaffeemühle auf den Knien. Über ihrem Kopf blühte ein Fliederbusch.

Zweitens lag hier das, was, zumindest Misias Meinung nach, der wertvollste Gegenstand im ganzen Haus war, nämlich der »Mondstein«, wie sie ihn nannte. Ihr Vater hatte ihn eines Tages draußen auf dem Feld gefunden und gesagt, dieser Stein sei anders als die gewöhnlichen Steine. Er war fast vollkommen rund, und in die Oberfläche waren ganz kleine glitzernde Splitterchen eingeschmolzen. Er sah aus wie Weihnachtsbaumschmuck. Misia hielt ihn sich oft ans Ohr und wartete auf einen Ton, irgendein Zeichen von dem Stein. Aber der Stein schwieg.

Drittens war da ein altes Thermometer mit zerbrochener Quecksilbersäule. Das Quecksilber konnte also ganz ungehindert, unabhängig von Temperatur und Thermometersäule, im Innern umherwandern. Mal bildete es ein langes Rinnsal, dann wieder rollte es sich zu einer reglosen Kugel zusammen wie ein verschrecktes Tier. Mal erschien es schwarz, dann wieder silbrig, schwarz und weiß zugleich. Misia spielte gerne mit dem Thermometer und dem darin eingeschlossenen Quecksilber. Für sie war das Quecksilber ein Lebewesen. Sie nannte es »Fünkchen«. Wenn sie die Schublade öffnete, sagte sie leise:

»Guten Tag, Fünkchen.«

Viertens landete in der Schublade der alte, kaputte, längst nicht mehr modische Modeschmuck, alle diese Jahrmarktserwerbungen, denen man nicht hatte widerstehen können: ein gerissenes Kettchen, dessen graues Metall unter der abgetragenen Goldfarbe zum Vorschein kam, eine zarte durchbrochene Hornbrosche, die Aschenputtel darstellte, dem die Tauben halfen, die Erbsen aus der Asche zu lesen. Zwischen den Papieren schimmerten die Glassteine vergessener Kirmesringe, abgebrochene Haken von Ohrringen, Glasperlen in verschiedenen Formen. Misia bewunderte ihre einfache, ganz zweckfreie Schönheit. Durch den grünen Glasstein eines Ringes sah sie aus dem Fenster. Die Welt sah ganz anders aus. Schön. Sie konnte sich nie entscheiden, in welcher Welt sie am liebsten leben würde – in der grünen, der rubinroten, der himmelblauen oder der gelben.

Fünftens lag zwischen all den anderen Dingen auch das Federmesser, das hier vor den Kindern versteckt wurde. Misia fürchtete sich vor dem Messer, obwohl sie sich manchmal ausmalte, wie sie es benutzen würde. Zum Beispiel, um ihren Vater zu verteidigen, wenn ihm jemand etwas Böses zufügen wollte. Das Messer sah unschuldig aus. Es hatte einen dunkelroten Ebonitschaft, in dem die Klinge hinterhältig versteckt war. Misia hatte einmal gesehen, wie ihr Vater mit einer leichten Bewegung des Fingers die Klinge aufschnappen ließ. Das Klickgeräusch allein schon klang nach Angriff, und Misia lief es dabei kalt über den Rücken. Deshalb wollte sie das Messer nicht einmal zufällig berühren. Sie ließ es liegen, wo es war, in der hinteren rechten Ecke der Schublade, unter den Heiligenbildchen.

Sechstens lagen da – auf dem Messer – die im Laufe der Jahre

gesammelten Heiligenbildchen, wie sie der Pfarrer an die Kinder verteilte, wenn er traditionsgemäß nach Weihnachten seine Gemeindemitglieder besuchte. Alle stellten entweder die Muttergottes von Jeszkotle dar oder den kleinen Jesus in einem knappen Hemdchen, der ein Lamm weidet. Der kleine Jesus war rundlich und hatte blonde Löckchen. Misia hatte diesen kleinen Jesus gern. Ein Bild stellte den bärtigen Gottvater dar, der breit auf dem Himmelsthron saß. In der Hand hielt Gott einen zerbrochenen Stab, und Misia wusste lange nicht, was das darstellen sollte. Später erkannte sie, dass es ein Blitz war, den Gott da hielt, und sie begann sich vor ihm zu fürchten.
Zwischen den Bildchen lag auch ein Medaillon herum. Es war kein gewöhnliches Medaillon. Es war aus einer Kopekenmünze gemacht. Auf der einen Seite war das Bild der Muttergottes eingestanzt, auf der anderen breitete ein Adler die Flügel aus.
Siebtens klapperten in der Schublade kleine ebenmäßige Schweinsknöchelchen für das Würfelspiel. Wenn die Mutter Sülze aus Schweinsfüßen machte, passte Misia immer auf, dass sie die Knöchelchen nicht wegwarf. Die glatten kleinen Knochen mussten gründlich gereinigt und dann auf dem Ofen getrocknet werden. Misia hielt sie gerne in der Hand – sie waren leicht und einander zum Verwechseln ähnlich, obwohl sie von verschiedenen Schweinen stammten. Wie war das möglich, überlegte Misia, dass alle Schweine, die man zu Weihnachten oder zu Ostern schlachtete, dass alle Schweine auf der Welt diese selben Spielknöchelchen hatten? Manchmal dachte Misia an die lebenden Schweine, und dann taten sie ihr leid. Aber ihr Tod hatte zumindest eine gute, fröhliche Seite, es blieben immer diese kleinen Spielknochen übrig.

Achtens wurden in der Schublade die alten, verbrauchten Batterien aufbewahrt. Anfangs fasste Misia sie so wie das Federmesser überhaupt nicht an. Der Vater hatte ihr gesagt, sie könnten noch mit Strom geladen sein. Die Vorstellung, dass in diesen kleinen flachen Dosen Strom eingeschlossen sein sollte, war faszinierend. Es war etwas Ähnliches wie das Quecksilber in dem Thermometer. Doch das Quecksilber konnte man sehen, den Strom aber nicht. Wie sah Strom aus? Misia nahm eine Batterie und wog sie eine Zeit lang in der Hand. Der Strom war schwer. In so einer kleinen Dose musste viel Strom stecken. Bestimmt wurde er wie der Weißkohl fürs Sauerkraut ganz fest gestopft und mit der Fingerspitze nachgedrückt. Misia berührte den gelben Draht mit der Zunge und spürte ein leises Kribbeln – das waren die Reste des unsichtbaren elektrischen Stroms, die aus der Batterie kamen.

Neuntens fand Misia in der Schublade verschiedene Medikamente, und sie wusste, dass sie diese auf keinen Fall in den Mund stecken durfte.

Da waren Mamas Tabletten und Papas Salbe. Besonders vor Mamas weißen Tabletten in den Papiertütchen hatte sie Respekt. Bevor Mama sie nahm, war sie gereizt und hatte Kopfschmerzen. Wenn sie die Tablette geschluckt hatte, beruhigte sie sich und fing an, Patiencen zu legen.

Ja, und zehntens waren da ebendiese Karten für Patiencen und Kartenspiele. Auf der einen Seite hatten sie alle dasselbe Pflanzenmuster und sahen gleich aus, aber wenn Misia sie umdrehte, sah sie eine ganze Galerie von Porträts. Stundenlang betrachtete sie die Gesichter der Könige und Damen. Sie versuchte, die Beziehungen zwischen ihnen zu ergründen. Sie hatte den Verdacht, dass sie lange Gespräche führten, sobald sie nur die Schublade schloss, ja vielleicht stritten sie sogar untereinander um eingebildete Königreiche. Am liebsten mochte sie die Pik-Dame. Sie kam ihr am schönsten und am traurigsten vor. Die Pik-Dame hatte einen bösen Mann. Sie hatte keine Freunde. Sie war sehr einsam. Misia suchte immer nach ihr in Mamas Patiencereihen. Sie suchte sie auch dann, wenn Mama anfing, die Zukunft vorauszusagen. Aber Mama schaute zu lange in die ausgelegten Karten. Misia langweilte sich, wenn sich auf dem Tisch nichts tat. Dann kehrte sie wieder zur Schublade zurück, um weiter zu stöbern, denn darin war die ganze Welt enthalten.

Die Zeit Ähres

In Ähres Hütte auf dem Wydymacz lebten eine Schlange, eine Eule und ein Habicht. Die Tiere kamen sich nicht in die Quere. Die Schlange lebte in der Küche neben der Feuerstelle, wo Ähre ihr immer eine Schale mit Milch hinstellte. Die Eule saß auf dem Dachboden in der Nische eines vermauerten Fensters. Sie sah aus wie eine Statue. Der Habicht hauste im Dachstuhl, am höchsten Punkt des kleinen Hauses, aber sein eigentliches Zuhause war der Himmel.

Die Zähmung der Schlange dauerte am längsten. Ähre stellte ihr jeden Tag Milch bereit und schob dabei das Schälchen immer weiter ins Innere der Hütte. Eines Tages kroch ihr die Schlange bis vor die Füße. Ähre nahm sie in die Hand, und ihre warme Haut, die nach Gras und Milch roch, verdrehte der Schlange den Kopf. Die Schlange legte sich ihr um die Schultern und blickte mit ihren gelben Pupillen in Ähres helle Augen. Ähre nannte sie Goldling.

Goldling verliebte sich in Ähre. Ihre warme Haut hatte den kalten Körper und das kalte Herz der Schlange erwärmt. Goldling liebte ihren Geruch, die samtene Berührung ihrer Haut, mit der sich nichts auf der Welt vergleichen ließ. Wenn Ähre sich die Schlange auf den Arm legte, hatte das Tier das Gefühl, als verwandle es sich von einem ganz gewöhnlichen

Reptil in etwas ganz anderes, etwas Bedeutendes. Die Schlange brachte ihr die gefangenen Mäuse als Geschenk, schöne milchweiße Kiesel vom Flussufer, Rindenstücke. Einmal brachte sie ihr einen Apfel, und die Frau hob ihn an ihr Gesicht und lachte, und ihr Lachen roch nach Überfluss.

»Du Verführer!« sagte sie zärtlich zu der Schlange.

Manchmal warf sie Goldling eines ihrer Kleidungsstücke hin, dann ringelte er sich in das Kleid und roch sich an dem Rest von Ähres Duft satt. Auf allen Wegen wartete er auf sie, egal, wohin sie ging, er folgte jeder ihrer Bewegungen. Tagsüber durfte er auf ihrem Bett liegen. Sie trug ihn um den Hals wie eine Silberkette, legte ihn sich um die Hüften, er ersetzte ihr die Armreifen, und nachts, wenn sie schlief, betrachtete er sie im Schlaf und leckte ihr heimlich die Ohren.

Goldling litt, wenn Ähre mit dem Bösen Mann schlief. Er spürte, dass der Böse Mann den Menschen und Tieren fremd war. Er verkroch sich dann im Laub oder sah der Sonne direkt in die Augen. Auf der Sonne lebte Goldlings Schutzengel. Die Schutzengel der Schlangen sind Drachen.

Einmal ging Ähre über die Wiesen zum Fluss und trug die Schlange um den Hals. Dort traf sie den Pfarrer. Er sah sie und wich entsetzt zurück.

»Du Hexe!« schrie er und fuchtelte mit seinem Stock. »Halt dich fern von Ur und Jeszkotle und meiner Gemeinde. Mit dem Teufel um den Hals gehst du spazieren? Hast du nicht gehört, was in der Bibel steht? Gott sprach zur Schlange ›Feindschaft will ich setzen zwischen dich und das Weib, es wird dir den Kopf zertreten, und du wirst es in die Ferse stechen .‹«

Ähre lachte auf und hob den Rock hoch, so dass man ihren nackten Unterleib sah.

»Weiche! Weiche, Satan!« schrie der Pfarrer und bekreuzigte sich mehrere Male hintereinander.

Im Sommer des Jahres neunzehnhundertsiebenundzwanzig wuchs ein Engelwurz vor Ähres Hütte empor. Ähre beobachtete die Pflanze von dem Moment an, als sie den ersten fetten, dicken, steifen Trieb aus der Erde streckte. Sie sah zu, wie sie langsam ihre großen Blätter entfaltete. Der Engelwurz wuchs den ganzen Sommer über, mit jedem Tag, mit jeder Stunde, bis er das Dach der Hütte erreicht hatte und seinen ausladenden Baldachin darüber aufspannte.

»Na, und was jetzt, junger Mann?« sagte Ähre, und in ihrer Stimme schwang ein leiser Spott. »Nun hast du dich so emporgedrängt und wolltest so hoch hinaus, dass deine Samen jetzt im Strohdach keimen müssen anstatt in der Erde.«

Der Engelwurz war an die zwei Meter hoch, und seine Blätter waren so mächtig, dass sie allen Pflanzen ringsum die Sonne wegnahmen. Gegen Ende des Sommers konnte keine einzige Pflanze mehr in seiner Nähe existieren. Zum Michaelstag blühte er auf, und ein paar heiße Nächte lang konnte Ähre nicht schlafen, weil ein so starker süßlich-bitterer Duft die Luft erfüllte. Der riesige sehnige Körper der Pflanze hob sich scharf von dem silbernen Mondhimmel ab. Ab und zu raschelte ein leichter Wind in dem Baldachin, und die verblühten Blütenblätter rieselten herab. Bei diesem Rascheln setzte sich Ähre auf und lauschte aufmerksam darauf, wie die Pflanze lebte. Die ganze Kammer war von den verführerischen Düften erfüllt.

Eines Nachts, als Ähre endlich eingeschlafen war, stand plötzlich ein junger blonder Mann vor ihr. Er war groß und kräftig. Seine Schultern und Waden sahen aus wie poliertes Holz.

Er stand in dem schwachen Licht des Mondes.
»Ich habe dich durchs Fenster beobachtet«, sagte er.
»Ich weiß. Du duftest so stark, dass es mir die Sinne verwirrt.«
Der junge Mann trat in die Mitte der Kammer und streckte beide Arme nach Ähre aus. Sie schmiegte sich in seine Arme und drückte ihr Gesicht an seinen mächtigen harten Brustkorb. Er hob sie ein wenig hoch, damit sich ihre Lippen berühren konnten. Unter ihren halb geschlossenen Lidern sah Ähre sein Gesicht, das rau war wie ein Pflanzenstengel.
»Ich habe dich den ganzen Sommer über begehrt«, sagte sie in seinen Mund hinein, der nach Bonbons, kandierten Früchten und regenfeuchter Erde roch.
»Ich dich auch.«
Sie legten sich auf den Boden und rieben sich aneinander wie Gräser. Dann setzte der Engelwurz Ähre auf seine Hüften und trieb rhythmisch seine Wurzeln in sie hinein, immer tiefer drang er in sie ein, durchdrang ihren ganzen Körper, erforschte seine innersten Winkel und sog den Saft daraus. Bis zum Morgen, als der Himmel grau wurde und die Vögel zu zwitschern begannen, trank er aus ihr. Dann wurde der Engelwurz von einem Zittern ergriffen, und der harte Körper wurde starr wie Holz. Die großen Fächerblätter raschelten, und trockene dornige Keime rieselten auf Ähres nackten erschöpften Körper. Der blonde junge Mann kehrte vor das Haus zurück, und Ähre zupfte sich den ganzen Tag lang die duftenden Samen aus den Haaren.

Die Zeit Michałs

Von Anfang an hatte Misia ihn bezaubert, schon von dem Augenblick an, als er sie das erste Mal vor dem Haus im Sand spielen sah. Er schloss sie sofort in sein Herz, und sie passte genau in die kleine verwüstete Stelle in seiner Seele. Er schenkte ihr die Kaffeemühle, die er als Kriegstrophäe aus dem Osten mitgebracht hatte. Mit der Kaffeemühle legte er sein eigenes Leben in die Hände des kleinen Mädchens, um alles wieder von vorne anfangen zu können.

Er sah zu, wie sie heranwuchs, wie ihr die ersten Milchzähne ausfielen und an deren Stelle neue weiße Zähne kamen, die für ihren kleinen Mund zu groß waren. Mit einer sinnlichen Freude sah er zu, wenn abends ihre Zöpfe aufgelöst wurden und die Bürste mit langsamen, trägen Bewegungen durch ihr Haar fuhr. Misias Haare waren erst kastanienbraun, dann dunkelbraun, aber immer schimmerte es rot darin, wie von Blut oder Feuer. Michał ließ nicht zu, dass sie abgeschnitten wurden, nicht einmal während ihrer Krankheit, als die Haare verschwitzt und verfilzt am Kopfkissen klebten. Damals sagte der Arzt aus Jeszkotle, dass Misia vielleicht nicht überleben würde. Michał wurde ohnmächtig. Er rutschte vom Stuhl und fiel auf den Boden. Es war klar, was Michałs Körper damit sagen wollte: wenn Misia stirbt, wird auch er sterben.

Genau so, ganz eindeutig, daran gibt es gar keinen Zweifel. Michał wusste nicht, wie er seine Gefühle ausdrücken sollte. Er glaubte, wenn man liebte, müsse man immerzu geben. Deshalb überraschte er sie mit immer neuen Geschenken, er suchte im Fluss nach glänzenden Steinen für sie, schnitzte Flöten aus Weidenholz, blies Eier aus, faltete Vögel aus Papier, kaufte Spielzeug in Kielce – er tat einfach alles, was einem kleinen Mädchen gefallen konnte. Aber vor allem ging es ihm um große Dinge, um Dinge, die dauerhaft und zugleich schön waren, Dinge, mit denen die Zeit mehr zu tun hat als der Mensch. Diese Dinge sollten seine Liebe für immer über die Zeiten hinweg festhalten. Und sie sollten Misia für immer über die Zeiten hinweg an sie binden. Sie würden seine Liebe verewigen.
Wäre Michał ein mächtiger Herrscher gewesen, hätte er für Misia ein großes Bauwerk auf dem Gipfel eines Berges errichtet, ein schönes und unzerstörbares Bauwerk. Aber da Michał nur ein gewöhnlicher Müller war, kaufte er Misia Kleider und Spielsachen und machte Vögel aus Papier für sie.
Sie hatte mehr Kleider als alle anderen Kinder in der Gegend. Sie sah so hübsch aus wie die jungen Damen im Schloss. Sie hatte echte Puppen aus dem Spielzeuggeschäft in Kielce, mit Schlafaugen, und wenn man sie auf den Rücken drehte, gaben sie ein Quietschen von sich, das sich wie das Weinen eines Kindes anhören sollte. Sie hatte einen hölzernen Puppenwagen – ja sogar zwei Puppenwagen, einen davon mit abnehmbarem Verdeck. Sie hatte ein zweistöckiges Puppenhaus und mehrere Teddybären aus Plüsch. Wo Michał auch hinfuhr, er dachte immer an Misia und sehnte sich immer nach ihr. Niemals schimpfte er mit ihr.

»Du kannst ihr ruhig auch mal einen Klaps auf den Hintern geben«, sagte Genowefa vorwurfsvoll.

Allein bei dem Gedanken, diesen zarten, zutraulichen Körper zu schlagen, wurde es Michał ganz schwindlig, so wie damals, als er ohnmächtig wurde. Wenn ihre Mutter böse auf sie war, flüchtete Misia deshalb oft zu ihrem Vater. Sie verbarg sich in seiner mehlbestäubten Jacke wie ein kleines Tier. Er stand dann wie erstarrt, immer wieder überrascht von diesem durch nichts getrübten Vertrauen.

Als sie in die Schule kam, machte er in der Mühle jeden Tag eine kurze Pause, um hinaus auf die Brücke zu gehen und nach ihr Ausschau zu halten, wenn sie zurückkam. Ihre kleine Gestalt tauchte bei den Pappeln auf, und dieser Anblick gab Michał all das zurück, was er verloren hatte, wenn Misia morgens das Haus verließ. Später sah er sich ihre Hefte an und half ihr bei den Hausaufgaben. Er brachte ihr auch Russisch und Deutsch bei. Er führte ihre kleine Hand durch alle Buchstaben des Alphabets. Er spitzte ihr die Bleistifte.

Irgendwann wurde es anders. Das war im Jahr neunzehnhundertneunundzwanzig. Izydor war schon auf der Welt, der Lebensrhythmus hatte sich geändert. Einmal sah Michał Genowefa und Misia dabei zu, wie sie Wäsche auf die Leine hängten. Beide waren sie fast gleich groß und trugen weiße Kopftücher, und auf der Leine hing die Wäsche – Hemden, Mieder, Unterröcke, die einen nur ein bisschen kleiner als die anderen, sehr weiblichen. Einen Augenblick lang überlegte er, wem die kleineren gehörten, und als er es begriff, wurde er verwirrt wie ein junger Bursche. Bisher hatte er Misias Kleiderminiaturen immer voll Zärtlichkeit betrachtet. Als er jetzt die Leine mit den Wäscheteilen sah, überkam ihn ein Zorn

auf die Zeit, die so schnell verging. Er wünschte, er hätte die Wäsche nicht gesehen.
Etwa um diese Zeit, vielleicht auch etwas später, sagte ihm Genowefa eines Abends vor dem Einschlafen mit schläfriger Stimme, dass Misia ihre Tage bekommen hatte. Dann schmiegte sie sich an ihn und seufzte im Traum wie eine alte Frau. Michał konnte keinen Schlaf finden. Er lag da und starrte in die Dunkelheit. Als er endlich einschlief, hatte er einen wirren, sonderbaren Traum.
Er träumte, er ginge einen Rain entlang, und zu beiden Seiten wuchs Getreide oder hohes gelbes Gras. Er sah, dass Ähre hindurchging. Sie hatte eine Sense bei sich, und damit schnitt sie die Ähren ab.
»Sieh mal«, sagte sie zu ihm, »sie bluten.«
Er bückte sich hinab und sah, wie aus den durchtrennten Halmen tatsächlich Blutstropfen traten. Ihm erschien das unnatürlich und schrecklich zugleich. Er bekam Angst. Er wollte fortgehen, aber als er sich umdrehte, sah er Misia im Gras. Sie trug ihre Schuluniform und lag mit geschlossenen Augen da. Er wusste, dass sie an Typhus gestorben war.
»Sie lebt«, sagte Ähre. »Aber es ist immer so, dass man erst einmal stirbt.«
Sie beugte sich über Misia und sagte ihr etwas ins Ohr. Misia wachte auf.
»Komm, wir gehen nach Hause.« Michał nahm seine Tochter an der Hand und versuchte, sie hinter sich herzuziehen.
Aber Misia war anders als sonst, als sei sie noch nicht richtig zu sich gekommen. Sie sah ihn nicht an.
»Nein, Papa, ich habe so viel zu tun, ich komme nicht mit.«
Da zeigte Ähre mit dem Finger auf ihren Mund.

»Siehst du, sie bewegt die Lippen nicht, wenn sie spricht.« Michał begriff in diesem Traum, dass eine Art Tod Misia berührt hatte. Es war kein endgültiger Tod, doch war er genauso Furcht erregend wie der echte.

Die Zeit Izydors

Der November neunzehnhundertachtundzwanzig war ein stürmischer und regnerischer Monat. So war es auch an dem Tag, als bei Genowefa die Wehen zur Geburt ihres zweiten Kindes einsetzten.

Michał ging mit Misia zu den Serafins, sobald die Hebamme Kucmerka herbeigeeilt war. Serafin stellte eine Flasche Wodka auf den Tisch, und bald kamen weitere Nachbarn. Alle wollten sie auf den Nachkommen von Michał Niebieski trinken.

Zur selben Zeit kochte Kucmerka Wasser ab und bereitete die Laken vor. Genowefa schleppte sich unter monotonem Stöhnen durch die ganze Küche.

Zu derselben Zeit breitete sich am herbstlichen Firmament Saturn im Schützen aus wie ein großer Eisberg. Der mächtige Pluto, der Planet, der hilft, die Grenzen zu überschreiten, stand im Zeichen des Krebses. In dieser Nacht hielt er Mars und den zarten Mond umfangen. Die empfindlichen Ohren der Engel nahmen in der Harmonie der acht Himmel ein Geräusch wahr, das sich anhörte wie das Klirren einer Tasse, die zu Boden fällt und in tausend Splitter zerspringt.

Zur selben Zeit hatte Ähre gerade die Kammer ausgefegt und hockte sich in eine Ecke auf ein Bündel Stroh vom letzten Jahr. Ihre Wehen setzten ein. Sie dauerten ein paar Minuten.

Sie gebar einen großen schönen Säugling. In der Kammer roch es nach Engelwurz.
Zur selben Zeit begannen im Haus der Niebieskis bei Genowefa Komplikationen. Als das Köpfchen des Kindes sichtbar wurde, verlor sie das Bewusstsein. Erschrocken öffnete Kucmerka das Fenster und rief hinaus in die Dunkelheit:
»Michał! Michał! Leute!«
Aber der Wind übertönte ihre Stimme, und Kucmerka begriff, dass sie allein zurechtkommen musste.
»Ein Schwächling bist du, keine Frau!« schrie sie die Ohnmächtige an, um ihr Mut zu machen. »Tanzen kannst du, aber nicht gebären! Das Kind erstickt, es erstickt …« Sie schlug Genowefa ins Gesicht.
»Ein Mädchen? Ein Junge?« fragte Genowefa kaum bei Bewusstsein, doch der Schmerz brachte sie zur Besinnung und sie begann zu pressen.
»Junge, Mädchen, was ist der Unterschied? Noch einmal, noch einmal …«
Das Kind glitt in die Hände der Hebamme, und Genowefa wurde wieder ohnmächtig. Kucmerka kümmerte sich um das Kind. Es wimmerte leise.
»Ein Mädchen?« Genowefa war wieder zu sich gekommen.
»Ein Mädchen, ein Mädchen?« äffte die Hebamme sie nach.
»Ein Kümmerling bist du und keine Frau!«
Ganz außer Atem kamen ein paar Frauen herein.
»Geht und sagt Michał, dass er einen Sohn hat«, wies sie die Kucmerka an.
Das Kind bekam den Namen Izydor. Um Genowefa stand es nicht gut. Sie hatte Fieber und konnte den Kleinen nicht stillen. In ihrem Fieberwahn schrie sie, man habe ihr das Kind

vertauscht. Als sie wieder zu sich kam, waren ihre ersten Worte:
»Gebt mir meine Tochter.«
»Wir haben einen Sohn«, sagte Michał.

Genowefa betrachtete den Säugling lange. Es war ein Junge, und er war groß und blass. Er hatte dünne Augenlider, in denen man die hellblauen Äderchen sah. Sein Kopf schien zu groß, zu massig. Er war sehr unruhig. Er weinte, zuckte beim kleinsten Geräusch zusammen und steigerte sich in ein solches Geschrei hinein, dass er durch nichts zu beruhigen war. Ein Knarren des Fußbodens, das Ticken der Uhr weckten ihn auf.
»Das kommt von der Kuhmilch«, sagte die Kucmerka. »Du musst anfangen, ihn zu stillen.«
»Ich hab keine Milch, ich hab keine Milch«, jammerte Genowefa verzweifelt. »Wir müssen schnell eine Amme finden.«
»Ähre hat ein Kind bekommen.«
»Ähre will ich nicht«, sagte Genowefa.
In Jeszkotle fanden sie eine Amme. Es war eine Jüdin, der einer ihrer Zwillinge gestorben war. Michał musste sie zwei Mal täglich mit dem Wagen zur Mühle holen.
Jetzt wurde Izydor mit Muttermilch gestillt, doch er weinte weiter. Genowefa trug ihn nächtelang auf dem Arm in der Küche und im Wohnzimmer herum, immer hin und her. Sie versuchte auch liegen zu bleiben und das Weinen einfach zu ignorieren, aber dann stand Michał auf, und ganz leise, um Misias Träume nicht zu stören, wickelte er den Kleinen in eine Decke und trug ihn hinaus unter den Sternenhimmel. Er trug seinen Sohn auf den Hügel oder über die Landstraße bis

zum Waldrand. Das Wiegen und der Duft der Kiefern beruhigten das Kind, doch sobald Michał mit ihm zurückkehrte und über die Schwelle des Hauses trat, fing es wieder an zu weinen.

Manchmal stellte sich Michał schlafend und beobachtete aus den halb geschlossenen Augen seine Frau, die an der Wiege stand und das Kind ansah. Leidenschaftslos und kühl betrachtete sie es, wie ein Ding, einen Gegenstand, und nicht wie einen Menschen. Was sich dort im Kopf von Mutter und Kind abspielte, wusste Michał nicht, aber eines Tages vertraute ihm Genowefa flüsternd an:

»Das ist nicht unser Kind. Das ist Ähres Kind. Kucmerka hat mir gesagt, es sei ein Mädchen, das weiß ich noch. Danach muss etwas geschehen sein. Vielleicht hat Ähre Kucmerka behext, denn als ich aufwachte, war es ein Sohn.«

Michał setzte sich auf und zündete die Lampe an. Er blickte auf das tränennasse Gesicht seiner Frau.

»Genia, so darfst du nicht denken. Das ist Izydor, unser Sohn. Er sieht mir ähnlich. Wir haben doch einen Sohn gewollt.«

Irgendetwas von diesem kurzen nächtlichen Gespräch blieb im Haus der Niebieskis hängen. Jetzt beobachteten sie beide das Kind. Michał suchte nach Ähnlichkeiten. Genowefa zählte heimlich die Finger und Zehen des Kindes, untersuchte die Haut auf seinen Schultern und die Form seiner Ohren. Und je älter das Kind wurde, desto mehr Beweise fand sie dafür, dass es nicht ihr eigenes war.

An seinem ersten Geburtstag hatte Izydor noch keinen einzigen Zahn. Er konnte kaum sitzen und war nur wenig gewachsen. Es war sichtbar, dass sein ganzes Wachstum in den

Kopf ging; obwohl sein Gesichtchen klein blieb, wuchs Izydors Kopf seitlich und oberhalb der Brauen in die Länge und in die Breite.

Im Frühling des Jahres neunzehnhundertdreißig fuhren sie mit ihm zum Arzt nach Taszów.

»Das könnte ein Wasserkopf sein, und wahrscheinlich wird das Kind sterben. Da kann man nichts machen.«

Die Worte des Arztes waren wie eine Zauberformel, die in Genowefa die Liebe erweckten, die unter dem Argwohn erfroren war.

Genowefa begann Izydor zu lieben wie man einen Hund oder ein krankes hilfloses Tierchen liebt. Es war die reinste menschliche Barmherzigkeit.

Die Zeit des Freiherrn Popielski

Für den Freiherrn Popielski gingen die Geschäfte gut. Mit jedem Jahr mehrte sich sein Besitz um einen weiteren Fischteich. Die Karpfen in diesen Teichen waren fett und riesig. Sie begaben sich selbst in die Netze, wenn es an der Zeit dafür war. Der Freiherr liebte es, über die Deiche zu spazieren, seine Kreise zu ziehen, aufs Wasser und in den Himmel zu schauen. Der Fischreichtum wirkte beruhigend auf seine Nerven, dank seiner Teiche sah er in allem einen Sinn. Je mehr Teiche, desto mehr Sinn. Die Gedanken des Freiherrn Popielski waren vollauf mit den Teichen beschäftigt und hatten viel zu tun: es galt zu planen, zu bedenken, zu berechnen, zu schaffen und zu kombinieren. Über die Teiche konnte der Freiherr immerzu nachsinnen, und dann schweifte sein Denken nicht in die dunklen kalten Gegenden ab, die ihn verschlangen wie ein Sumpf.

Abends widmete der Freiherr seine Zeit der Familie. Seine Frau, dünn und zart wie ein Schilfrohr, überschüttete ihn mit einem Hagel von Problemen, die ihm alle gering und unwichtig vorkamen. Die Dienstboten, der Empfang, die Schulen der Kinder, das Auto, Geld, das Heim. Sie saß abends mit ihm im Salon, und ihre monotone Stimme übertönte das Radio. Früher war der Freiherr froh gewesen, wenn sie ihm die

Schultern massierte. Jetzt blätterten die dünnen Finger seiner Frau in der Stunde eine Seite des Buches um, in dem sie seit einem Jahr las. Die Kinder wuchsen heran, und der Freiherr wusste immer weniger von ihnen. Seine älteste Tochter mit ihren verächtlich aufgeworfenen Lippen machte ihn verlegen und gehemmt wie die Anwesenheit einer fremden oder sogar feindseligen Person. Sein Sohn war scheu und schweigsam, er setzte sich nicht länger bei ihm auf den Schoß und zupfte ihn nicht mehr am Schnurrbart. Der jüngste Sohn, der verwöhnte Liebling, war störrisch und hatte gelegentlich Wutanfälle.
Im Jahre neunzehnhunderteinunddreißig fuhren die Popielskis mit den Kindern nach Italien. Nach der Rückkehr aus den Ferien wusste der Freiherr, dass er nun endlich seine Leidenschaft gefunden hatte, nämlich die Kunst. Er begann Bildbände über Malerei zu sammeln und hielt sich dann immer öfter in Krakau auf, wo er Bilder kaufte. Er lud auch häufig Künstler auf sein Schloss ein, diskutierte mit ihnen und trank. Im Morgengrauen führte er die ganze Gesellschaft an seine Teiche und zeigte ihnen die olivfarbenen Körper der riesigen Karpfen.
Im Jahr darauf verliebte sich der Freiherr Popielski leidenschaftlich in Maria Szer, eine ganz junge Malerin aus Krakau, die im Stil des Futurismus und des Tachismus malte. Wie so oft bei plötzlichen Leidenschaften ergaben sich in seinem Leben nun eine ganze Reihe bedeutungsvoller Zufälle; sie entdeckten, dass sie gemeinsame Bekannte hatten, und verspürten beide den Drang zu spontanen Reisen. Dank Maria Szer verliebte sich Popielski auch in die moderne Kunst. Seine Geliebte war wie der Futurismus und Tachismus selbst: voller Energie, verrückt, doch in manchen Dingen verteufelt nüchtern. Ihr Körper war glatt und fest wie der einer Statue. Helle

Haarsträhnen klebten ihr auf der Stirn, wenn sie an den riesigen Leinwänden arbeitete. Sie war das Gegenteil der Ehefrau des Freiherrn. Im Vergleich zu ihr erinnerte die Freifrau an eine klassische Landschaft aus dem 18. Jahrhundert: voller Details, harmonisch und schmerzlich statisch.

In seinem achtunddreißigsten Lebensjahr fühlte der Freiherr Popielski, dass er den Sex entdeckt hatte. Dieser Sex war wild und verrückt wie die moderne Kunst, wie Maria Szer. Neben dem Bett im Atelier stand ein riesiger Spiegel, in dem sich die Verwandlung von Maria Szer und Freiherr Popielski in Mann und Frau vollständig widerspiegelte. Die zerwühlten Laken und Schafsfelle spiegelten sich darin, die farbverschmierten nackten Körper, die verzerrten Gesichter, die nackten Brüste und Genitalien, die Rücken mit Streifen der im Schweiß zerlaufenen Schminke.

Wenn der Freiherr Popielski mit seinem neuen Auto aus Krakau zu seinem Schloss zurückfuhr, schmiedete er Pläne für eine Flucht mit Maria, er dachte an Afrika oder Brasilien, doch sobald er über die Schwelle seines Hauses trat, freute er sich, dass alles an seinem Platz war, beständig, ungefährdet, sicher.

Nach sechs Monaten der Tollheit eröffnete Maria Szer dem Freiherrn, dass sie nach Amerika fahre. Dort sei alles neu, voller Schwung und Energie, sagte sie. Dort könne man das eigene Leben selbst gestalten wie ein futuristisches Bild. Nach ihrer Abreise bekam der Freiherr Popielski eine sonderbare Krankheit mit einer Vielzahl von Symptomen, die man der Einfachheit halber als Gelenkentzündung bezeichnete. Einen Monat lang lag er im Bett, wo er sich in aller Ruhe seinem Leiden hingeben konnte.

Es war weniger der Schmerz oder die Schwäche, die ihn einen ganzen Monat ans Bett fesselten, als vielmehr die Rückkehr der Erkenntnis, die er in den vergangenen Jahren versucht hatte zu verdrängen: dass die Welt zu Ende ging und die Wirklichkeit wie ein verfaulter Baum zerfiel, dass der Schimmel die Materie von unten zersetzte und dass alles ohne jeden Sinn geschah und keinerlei Bedeutung hatte. Der Körper des Freiherrn fügte sich dieser Vergänglichkeit und zerfiel ebenfalls. Dasselbe geschah mit seinem Willen. Die Zeit zwischen einer Entscheidung und ihrer Verwirklichung blähte sich auf und schien unüberwindlich. Die Kehle des Freiherrn Popielski war geschwollen und wie zugeschnürt. Das alles aber bedeutete, dass er noch lebte, dass sich in seinem Körper noch etwas bewegte, dass sein Blut noch zirkulierte und sein Herz noch schlug. ›Mich hat es erwischt‹, dachte der Freiherr und versuchte von seinem Bett aus den Blick an etwas zu heften, aber sein Blick war klebrig geworden, er wanderte über die Dinge im Zimmer und blieb darauf sitzen wie eine Fliege. »Patz«, saß er auf einem Stapel Bücher, die der Freiherr sich hatte bringen lassen, ohne eines davon zu lesen. »Patz«, das war die Arzneiflasche. »Patz«, ein Flecken auf der Wand. »Patz«, ein Stück Himmel draußen vor dem Fenster. Es ermüdete ihn, Menschen ins Gesicht zu schauen. Sie kamen ihm so beweglich, so unstet vor. Man musste sehr wachsam sein, um etwas Gleichbleibendes in ihm zu erkennen, und der Freiherr Popielski hatte keine Kraft zur Wachsamkeit. Er wandte die Augen ab.

Der Freiherr Popielski hatte das überwältigende und erschreckende Gefühl, dass die Welt und alles, was darin gut und schlecht war, an ihm vorüberging: Liebe, Sex, Geld, Begeisterung, ferne Reisen, schöne Bilder, weise Bücher, herrliche Menschen, all das glitt an ihm vorbei, während seine Zeit unaufhaltsam ablief. In einem Anfall plötzlicher Verzweiflung hatte er dann Lust aufzuspringen und irgendwohin zu eilen. Aber wohin und wozu? Er ließ sich wieder in die Kissen sinken und würgte an einem ungeweinten Weinen.

Wieder brachte der Frühling Hoffnung auf eine Erlösung. Als er, allerdings auf einen Stock gestützt, wieder auf den Beinen war, blieb er einmal an seinem Lieblingsteich stehen und stellte sich die erste Frage: Wer bin ich? Unruhe überfiel ihn. Woher komme ich, wo ist mein Ursprung? Er kehrte nach Hause zurück und zwang sich mit Mühe zum Lesen. Über die Antike und Prähistorie, über Ausgrabungen und die kretische Kultur, über Anthropologie und Heraldik. Doch das ganze Wissen führte ihn nirgendwohin, deshalb stellte er sich die zweite Frage: Was kann man überhaupt wissen? Und welchen Nutzen hat man von dem erworbenen Wissen? Und kann man etwas ganz und vollständig erkennen? Er dachte unaufhörlich darüber nach, und samstags diskutierte er mit Pełski darüber, der zum Bridge kam. Aber diese Gespräche und Grübeleien führten zu keinem Ergebnis. Mit der Zeit hatte er nicht einmal mehr Lust, den Mund aufzutun. Er wusste, was Pełski sagen würde, er wusste, was er selbst sagen würde. Er hatte das Gefühl, dass sie immer dasselbe sagten, dass sie ihren Text wiederholten, als spielten sie eine Rolle, dass sie sich wie Nachtfalter einer Lampe näherten, um dann vor dem Offenbaren zu fliehen, das sie verbrennen könnte. Schließlich stellte er sich die dritte Frage: Wie soll man handeln, wie soll man leben, was soll man tun und was nicht? Er las den *Fürsten* von Machiavelli, Schriften von Thoreau, Kropotkin, Kotarbinski. Den ganzen Sommer über las er so viel, dass er sein Zimmer fast nicht verließ. Die Freifrau Popielska machte sich deshalb Sorgen, und eines Abends kam sie in sein Arbeitszimmer und sagte:

»Die Leute sagen, der Rabbi von Jeszkotle ist ein Heiler. Ich bin bei ihm gewesen und habe ihn gebeten, zu uns zu kommen. Er hat zugesagt.«

Der Freiherr musste lächeln über die entwaffnende Naivität seiner Frau.

Das Gespräch entwickelte sich anders, als er es sich vorgestellt hatte. Der Rabbi erschien in Begleitung eines jungen Juden, weil er kein Polnisch sprach. Der Freiherr Popielski hatte keine Lust, sich und seine Leiden diesem sonderbaren Paar anzuvertrauen. Deshalb setzte er dem Alten seine Fragen vor, ohne eigentlich mit einer Antwort zu rechnen. Der Junge mit den Pejes übersetzte die klaren, eindeutigen polnischen Sätze in die gewundene und kehlige Sprache des Rabbis. Und dann überraschte der Rabbi den Freiherrn.

»Du sammelst Fragen. Das ist gut. Ich habe noch eine weitere, letzte Frage für deine Sammlung. Wohin streben wir? Was ist das Ziel der Zeit?«

Der Rabbi stand auf. Zum Abschied gab er dem Freiherrn höflich die Hand. Kurz darauf sagte er noch etwas Unverständliches an der Tür, und der Junge übersetzte:

»Die Zeit mancher Stämme vollendet sich jetzt. Deshalb gebe ich dir etwas, was jetzt dein Eigentum werden soll.«

Den Freiherrn amüsierte der geheimnisvolle Ton und der Ernst des Juden. Seit Monaten aß er zum ersten Mal mit Appetit sein Abendessen und zog seine Frau auf.

»Du ziehst wirklich alle Register, um mich von meiner Gelenkentzündung zu heilen. Die beste Medizin gegen kranke Gelenke ist offensichtlich ein alter Jude, der auf eine Frage mit einer anderen Frage antwortet.«

Zum Abendessen gab es Karpfen in Aspik.

Am nächsten Tag kam der Junge mit den Pejes zum Freiherrn und brachte ihm eine ziemlich große Holzschachtel. Neugierig öffnete der Freiherr sie. Die Schachtel war in Fächer unterteilt. In einem lag ein altes Buch mit dem lateinischen Titel: *Ignis fatuus, oder Lehrreiches Spiel für einen Spieler.*

In dem mit Samt ausgeschlagenen Fach lag ein achtseitiger Würfel. Jede Seite zeigte eine andere Anzahl Augen von eins bis acht. Der Freiherr Popielski hatte noch nie einen solchen Spielwürfel gesehen. In den anderen Fächern lagen kleine Messingfiguren, die Menschen, Tiere und Gegenstände darstellten. Darunter fand er ein mehrfach gefaltetes und an den Faltkanten abgestoßenes Stück Tuch. Das merkwürdige Geschenk verwunderte ihn immer mehr. Er breitete das Tuch auf dem Boden aus, bis es fast den ganzen freien Platz zwischen dem Schreibtisch und den Bücherregalen einnahm. Es war ein Spiel, eine Art Gesellschaftsspiel in Gestalt eines großen kreisförmigen Labyrinths.

Die Zeit des Wassermanns Pluszcz

Der Wassermann ist die Seele eines Bauern, der Pluszcz hieß. Pluszcz war an einem Augusttag im Teich ertrunken, als ihm der Wodka das Blut zu sehr verdünnt hatte. Er war mit seinem Fuhrwerk auf dem Heimweg von Wola, als die Pferde plötzlich vor den Schatten im Mondschein scheuten und den Wagen zum Umstürzen brachten. Der Bauer fiel in das seichte Wasser, und die Pferde zogen beschämt ab. Das Wasser am Ufer des Teichs war warm, die Augusthitze hatte es aufgeheizt, und Pluszcz fühlte sich wohl darin. Er merkte nicht, dass er starb. Als das warme Wasser in Pluszczs Lungen drang, stöhnte er wohl auf, aber nüchtern wurde er nicht.

In seinem betrunkenen Körper gefangen, blieb die betäubte Seele mit ihren unvergebenen Sünden und ohne eine Landkarte für den weiteren Weg zu Gott wie ein Hund bei dem Körper sitzen, der langsam im Schilfgras erkaltete.

Eine solche Seele ist blind und ratlos. Hartnäckig kehrt sie zum Körper zurück, weil sie keine andere Existenz kennt. Doch sehnt sie sich nach dem Land, aus dem sie kommt, in dem sie von jeher war und aus dem sie in die Welt der Materie gestoßen worden ist. Sie erinnert sich an ihre Heimat und denkt an sie, klagt und schmachtet, weiß aber nicht, wie sie dorthin zurückkehren soll. Wellen der Verzweiflung ergreifen sie. Dann verlässt sie den Körper, der bereits verwest, und sucht auf eigene Faust ihren Weg. Sie treibt sich an Kreuzwegen und Landstraßen herum, lungert am Straßenrand, in der Hoffnung, dass einer sie mitnimmt. Sie nimmt verschiedene Formen an. Sie schlüpft in Dinge und Tiere, manchmal sogar in Menschen, die nicht ganz bei Bewusstsein sind, aber nirgendwo wird sie heimisch. In der Welt der Materie ist sie eine Vertriebene, und die Welt des Geistes will sie auch nicht haben. Denn um zur Welt des Geistes zu gelangen, braucht man eine Landkarte.

Nach diesen erfolglosen Wanderungen kehrt die Seele zu ihrem alten Körper oder zu der Stelle zurück, wo sie den Körper verlassen hat. Doch der kalte, tote Körper ist für sie dasselbe wie für einen lebendigen Menschen der verkohlte Trümmerhaufen seines Hauses. Die Seele versucht, das tote Herz, die toten schlaffen Lider zu bewegen, aber ihr fehlt es an Kraft oder Entschlossenheit. Und gemäß der göttlichen Ordnung sagt der tote Körper: Nein. So wird der Körper des Menschen zum verhassten Haus und die Todesstätte des Körpers zum verhassten Gefängnis der Seele. Die Seele des Wassermanns raschelt im Schilf, gibt sich als Schatten und leiht sich manchmal vom Nebel eine Gestalt, in der sie mit den Menschen Kontakt aufnehmen will. Sie versteht nicht, warum die Menschen ihr aus dem Weg gehen, warum sie Entsetzen in ihnen weckt.

So dachte auch die Seele von Pluszcz in ihrer Verwirrung, sie sei immer noch Pluszcz.

Mit der Zeit keimte in Pluszcz' Seele eine gewisse Enttäuschung, ein Widerwillen gegen alles Menschliche. Ein Wirrwarr alter Überreste menschlicher oder sogar tierischer Gedanken und verschiedener Erinnerungen und Bilder herrschte in ihr. So glaubte sie, wenn sie noch einmal den Augenblick der Katastrophe, des Todes von Pluszcz oder eines anderen Menschen durchspielen könnte, würde sie befreit. Deshalb war sie so begierig danach, noch einmal Pferde scheu zu machen, einen Wagen zum Umstürzen zu bringen und einen Menschen ertrinken zu lassen. Und so wurde aus der Seele von Pluszcz der Wassermann.

Zum Wohnsitz wählte sich der Wassermann einen Waldweiher mit einem Damm und einer Brücke, einen ganzen Wald namens Wodenica und die Wiesen von Papiernia bis zum Wydymacz, wo der Nebel besonders dicht wallte. Ziel- und gedankenlos trieb er sich in seinem Revier herum. Nur manchmal, wenn er einem Tier oder Menschen begegnete, ließ ihn ein Gefühl von Wut aufleben. Sein Weiterleben bekam einen Sinn. Er versuchte dann um jeden Preis, dem Lebewesen, das ihm über den Weg gelaufen war, ein Leid zuzufügen, egal, ob es klein oder groß war, Hauptsache, es war ein Leid.

Der Wassermann lernte seine Möglichkeiten immer besser kennen. Anfangs hielt er sich für schwach und wehrlos, für eine Art Windhauch, eine kleine Nebelschwade oder eine Pfütze. Dann entdeckte er, dass er sich allein durch einen Gedanken schneller fortbewegen konnte, als man es jemals vermuten würde. Wenn er nur an einen Ort dachte, befand er sich im selben Augenblick schon dort. Er entdeckte auch, dass der Nebel ihm gehorchte, und dass er ihn nach Belieben beherrschen konnte. Er konnte sich seiner Kraft oder seiner Gestalt bedienen, seine sämtlichen Schwaden manipulieren, die Sonne damit verdunkeln, den Horizont unkenntlich machen und die Nacht verlängern. Der Wassermann ernannte sich in Gedanken selbst zum »Herrscher des Nebels«, und von dem Moment an wurde er tatsächlich dazu.

Der Herrscher des Nebels fühlte sich am wohlsten unter Wasser. Ganze Jahre lag er unter der Wasseroberfläche auf seinem Bett aus Schlamm und faulenden Blättern. Von dort unten betrachtete er die wechselnden Jahreszeiten, die Wanderungen von Sonne und Mond. Von dort sah er den Regen, die fallenden Blätter im Herbst, den Tanz der Libellen im Sommer, badende Menschen, die orangefarbenen Füße der Wildenten. Manchmal weckte ihn etwas aus diesem Dämmerzustand, manchmal nicht. Er dachte nicht darüber nach. Er lebte so vor sich hin.

Die Zeit des alten Boski

Der alte Boski hatte sein ganzes Leben auf dem Dach des Schlosses verbracht. Es war ein großes Schloss, und deshalb war auch das Dach groß, voller Schrägen, Neigen und Kanten. Und das alles war mit schönen Holzschindeln gedeckt. Wenn man das Schlossdach eingeebnet und auf der Erde ausgebreitet hätte, hätte es das ganze Land bedeckt, das Boski besaß.
Die Bewirtschaftung dieses Stücks Land überließ Boski seiner Frau und seinen Kindern. Er hatte drei Töchter und einen stattlichen und gescheiten Sohn namens Pawel. Er selbst stieg jeden Tag aufs Dach und tauschte die morschen und angefaulten Schindeln gegen neue aus. Seine Arbeit kannte kein Ende. Sie hatte auch keinen Anfang, denn Boski fing nicht an einer bestimmten Stelle an und arbeitete sich nicht in eine bestimmte Richtung voran. Er rutschte auf den Knien einmal hierhin, einmal dorthin, überprüfte das Dach Meter für Meter und ersetzte hier etwas und da etwas.
Mittags kam seine Frau und brachte ihm sein Mittagessen in einem Doppeltopf. In einem Behälter war Mehlsuppe, im anderen Kartoffeln oder Grütze mit Grieben und Dickmilch oder Kohl mit Kartoffeln. Der alte Boski stieg zum Mittagessen nicht hinab. Er bekam seinen Doppeltopf in dem Eimer für die Schindeln, der an einer Schnur hochgezogen wurde.

Boski aß und kauend schaute er sich die Welt ringsum an. Vom Dach des Schlosses aus konnte er die Wiesen sehen, die Schwarze, die Dächer von Ur und menschliche Gestalten, die so klein und zerbrechlich waren, dass der alte Boski sie gerne umgeblasen und wie Krümel vom Tisch von der Welt gewischt hätte. Bei diesem Gedanken stopfte er sich die nächste Portion in den Mund, und über sein sonnengegerbtes Gesicht zog sich eine Grimasse, die man für ein Lächeln hätte halten können. Jeden Tag wieder freute sich Boski an diesem Augenblick, an dieser Vorstellung der in alle Richtungen zerblasenen Menschen. Manchmal stellte er sich auch vor, sein Atem würde zu einem Hurrikan, würde die Dächer von den Häusern reißen, Bäume entwurzeln, Obstgärten verwüsten, Wasser würde die Ebene überschwemmen, und die Menschen würden in aller Hast Boote bauen, um sich und ihre Habe zu retten. In der Erde würden sich Spalten auftun, aus denen Flammen schlagen würden. Von dem Kampf des Wassers mit dem Feuer würde Dampf zum Himmel aufsteigen. Alles würde bis in die Grundfesten erschüttert und schließlich einstürzen wie das Dach eines alten Hauses. Die Menschen hätten keine Bedeutung mehr, Boski würde die ganze Welt vernichten.
Er schluckte einen Bissen hinunter und seufzte. Seine Vision verflog. Dann drehte er sich eine Zigarette und schaute näher hin: auf den Hof, der das Schloss umgab, auf den Park, den Graben, die Schwäne und den Weiher. Er betrachtete die Kutschen, die angefahren kamen, und später die Automobile. Vom Dach aus sah er die Hüte der Damen und die Glatzen der Herren, er sah den Freiherrn, der vom Ausritt zurückkam, und die Freifrau, die sich immer mit kleinen Schrittchen

fortbewegte. Er sah das junge Fräulein, das zart und zerbrechlich war, und ihre Hunde, die im Dorf Angst und Schrecken verbreiteten. Er sah das ununterbrochene Hin und Her unzähliger Menschen, ihre Gesten und Mienen zur Begrüßung und zum Abschied, Menschen, die kamen, und Menschen, die gingen, die miteinander sprachen und zuhörten.

Aber was gingen sie ihn an? Er rauchte seine Zigarette zu Ende, und sein Blick kehrte hartnäckig immer wieder zu den Holzschindeln zurück, als wollte er sich wie eine parasitäre Flussmuschel darauf niederlassen und sich an ihnen sättigen und nähren. Mit dem nächsten Gedanken war er schon wieder beim Zurechtstutzen und Abschleifen, und so ging seine Mittagspause zu Ende.

Seine Frau nahm das Geschirr in Empfang, das er an der Schnur herabließ, und kehrte über die Wiesen nach Ur zurück.

Die Zeit des Pawel Boski

Pawel, der Sohn des alten Boski, wollte jemand sein, der *wichtig* war. Er fürchtete, wenn er nicht bald handelte, werde er genauso *unwichtig* wie sein Vater und sein Leben lang auf irgendwelchen Dächern Schindeln verlegen. Deshalb verließ er mit sechzehn Jahren sein Elternhaus, in dem seine unansehnlichen Schwestern das Zepter schwangen, und verdingte sich in Jeszkotle bei einem Juden. Der Jude hieß Aba Kozienicki und handelte mit Holz. Am Anfang arbeitete Pawel als ganz gewöhnlicher Holzhacker und Verlader, doch Aba Kozienicki fand offensichtlich bald Gefallen an ihm und vertraute ihm die verantwortungsvolle Aufgabe an, die Stämme zu kennzeichnen und zu sortieren.

Pawel Boski blickte immer in die Zukunft, sogar beim Sortieren der Stämme. Die Vergangenheit interessierte ihn nicht. Allein der Gedanke, dass man die Zukunft gestalten, auf den Verlauf der Ereignisse Einfluss nehmen konnte, gab ihm ein Hochgefühl. Manchmal dachte er über den Lauf der Dinge nach. Wäre er derselbe, der er jetzt war, wenn er im Schloss der Popielskis geboren worden wäre? Würde er genauso denken? Würde ihm Misia Niebieski auch so gefallen? Würde er dann auch Sanitäter werden wollen oder würde er nach Höherem streben, um vielleicht Arzt zu werden oder Professor?

Einer Sache war sich Boski gewiss, und das war die Bedeutung des Wissens. Wissen und Bildung stehen jedem Menschen offen. Natürlich hatten es manche leichter, diese Popielskis und ihresgleichen zum Beispiel. Das war ungerecht. Andererseits aber konnte er ebenso lernen und Wissen akkumulieren, wenn es auch eine größere Anstrengung war, da er seinen eigenen Lebensunterhalt verdienen und die Eltern unterstützen musste. Nach der Arbeit ging er deshalb zur Gemeindebücherei und lieh sich Bücher aus. Die Gemeindebücherei war nicht gut ausgestattet. Es gab keine Enzyklopädien und Lexika. Die Regale standen voll mit Titeln wie *Die Töchter der Könige* oder *Ohne Mitgift* – lauter Bücher für Weiber. Zu Hause versteckte er die ausgeliehenen Bücher unter der Bettdecke, damit seine Schwestern sie nicht fanden. Er mochte es nicht, wenn sie seine Sachen anfassten.

Alle drei Schwestern waren groß, schwer und grob. Ihre Köpfe wirkten klein. Ihre Stirnen waren niedrig, ihr Haar hell und dick. Wie Stroh. Stasia war die hübscheste von ihnen. Wenn sie lächelte, blitzten weiße Zähne in ihrem sonnengegerbten Gesicht. Ihre plumpen Entenbeine verdarben den Eindruck ein bisschen. Tosia, die mittlere, war mit einem Wirt aus Kotuszów verlobt, und die breite, kräftige Zosia sollte bald als Dienstmädchen nach Kielce gehen. Pawel freute sich, dass sie das Haus verließen, obwohl er sein Elternhaus genauso wenig mochte wie seine Schwestern.

Er hasste den Schmutz, der in den Ritzen der alten Holzhütte saß, im Fußboden und unter den Fingernägeln steckte. Er hasste den Gestank von Kuhmist, der sich in der ganzen Kleidung festsetzte, sobald man in die Ställe ging. Er hasste den Geruch der gekochten Kartoffeln für die Schweine, der dem gesamten Haus und jedem Ding darin anhaftete und in Haut und Haare drang. Er hasste die bäurische Sprache, in der die Eltern redeten, und die ihm selbst manchmal auf die Zunge schlüpfte. Er hasste das grobe Tuch, das rohe Holz, die Holzlöffel, die Wallfahrtsbildchen, die dicken Beine seiner Schwestern. Manchmal gelang es ihm, diesen Hass irgendwo in der Gegend seiner Kinnbacken zu sammeln, und dann fühlte er eine gewaltige Kraft in sich aufsteigen. Er wusste, dass er alles haben würde, was er begehrte, dass er vorwärts drängen würde und dass ihn nichts und niemand dabei aufhalten konnte.

Die Zeit des Spiels

Das Labyrinth, das auf dem Stoff eingezeichnet war, bestand aus acht Kreisen oder Sphären, den so genannten Welten. Je näher man der Mitte kam, desto dichter wurde das Labyrinth, desto zahlreicher wurden die Sackgassen und die Wege, die nirgendwohin führten. Die äußeren Sphären hingegen wirkten heller und geräumiger, die Pfade des Labyrinths erschienen hier breiter und weniger verwirrend, als wollten sie zu Erkundungsgängen einladen. Die Sphäre, die den Mittelpunkt des Labyrinths bildete – der dunkelste und verworrenste Bereich –, hieß die Erste Welt. Mit ungeschickter Hand hatte jemand mit einem Kopierstift einen Pfeil neben diese Welt gezeichnet und »Ur« darüber geschrieben. »Warum Ur?« fragte sich der Freiherr Popielski. »Warum nicht Kotuszów, Jeszkotle, Kielce, Krakau, Paris oder London?« Ein kompliziertes System von Wegen, Kreuzungen, Gabelungen und Feldern führte auf gewundenem Weg zu dem einzigen Durchgang zur nächsten kreisförmigen Sphäre, die als Zweite Welt bezeichnet wurde. Im Vergleich mit dem Weggewirr des Zentrums war hier alles etwas großzügiger angelegt. Zwei Ausgänge führten zur Dritten Welt, und der Freiherr Popielski begriff schnell, dass jede Welt doppelt so viele Ausgänge zur nächsten Welt hatte wie die vorherige. Mit der Spitze seines

Füllers zählte er sorgfältig die Anzahl der Ausgänge aus der letzten Welt des Labyrinths. Es waren 128.
Das Büchlein *Ignis fatuus, oder Lehrreiches Spiel für einen Spieler* war nichts weiter als eine Spielanleitung auf Latein und Polnisch. Der Freiherr blätterte eine Seite nach der anderen um, und alles erschien ihm sehr kompliziert. Die Anleitung beschrieb der Reihe nach jedes mögliche Würfelergebnis, jede Bewegung, jede Spielfigur und jede der Acht Welten. Die Beschreibung schien ihm unzusammenhängend und voller Abschweifungen zu sein, und zu guter Letzt dachte der Freiherr, er habe es hier mit dem Werk eines Irren zu tun.

»Das Spiel ist eine Art Weg, auf dem der Mensch immer wieder vor eine Wahl gestellt wird«, lauteten die ersten Worte. »Die getroffene Wahl ergibt sich immer von selbst, doch hat der Spieler zuweilen den Eindruck, dass er sie bewusst selbst getroffen hat. Das kann ihn unter Umständen erschrecken, denn er fühlt sich dann verantwortlich dafür, wo er sich befindet, und für das, was ihm widerfährt.
Der Weg offenbart sich dem Spieler wie Risse im Eis – Linien, die sich in Schwindel erregendem Tempo spalten, die kreisen und die Richtung wechseln. Oder wie ein Blitz am Himmel, der sich auf ganz unvorhersehbare Weise einen Weg durch die Luft bahnt. Der Spieler, der an Gott glaubt, sagt dann ›göttliches Urteil‹ oder ›der Finger Gottes‹, dieser allgewaltige und mächtige Ausläufer Gottes. Wenn er aber nicht an Gott glaubt, wird er sagen ›Zufall‹, ›Zusammentreffen bestimmter Umstände‹. Manchmal wird der Spieler die Worte ›meine freie Entscheidung‹ benutzen, aber er wird sie mit Sicherheit leiser und ohne Überzeugung aussprechen.

Das Spiel ist die Landkarte einer Flucht. Sie beginnt im Zentrum des Labyrinths. Ihr Ziel ist es, alle Sphären zu durchlaufen und sich von den Fesseln der Acht Welten zu befreien.«

Freiherr Popielski überflog die komplizierte Beschreibung der Spielfiguren und der Strategie bei der Eröffnung des Spiels, bis er zur Charakterisierung der Ersten Welt kam. Er las:

»Am Anfang gab es keinen Gott. Es gab weder Zeit noch Raum. Es gab nichts als Licht und Dunkelheit. Und das war vollkommen.«
Er hatte das Gefühl, diese Worte irgendwoher zu kennen.
»Das Licht bewegte sich in sich selbst und erstrahlte. Eine Säule Licht drang in das Dunkel und fand dort die seit jeher unbewegliche Materie. Wie ein kraftvoller Blitz schlug das Licht in die Materie, bis sie Gott darin weckte. Halb benommen und seines eigenen Seins noch nicht gewiss, blickte Gott sich um, und da er niemanden außerhalb seiner selbst sah, beschloss er, dass er Gott war. Da er für sich selbst unbenannt und unbegriffen war, wollte er sich erkennen. Als er sich zum ersten Mal selbst sah, fiel das Wort – für Gott war Erkennen Benennen. So rutscht das Wort aus Gottes Mund heraus und zerspringt in tausend Stücke, die zu den Keimen der Welten werden. Von diesem Augenblick an wachsen die Welten, und Gott spiegelt sich in ihnen wie in einem Spiegel. Er begutachtet sein vielfaches Spiegelbild, er sieht immer mehr von sich selbst, er erkennt sich immer besser, und diese Erkenntnis bereichert ihn und die Welten.
Gott erkennt sich im Fluss der Zeit, denn nur das, was un-

fassbar und unstet ist, ist Gott ähnlich. Er erkennt sich in den Felsen, die heiß aus dem Meer emportauchen, in den sonnenverliebten Pflanzen, in den Generationen der Tiere. Mit dem Erscheinen des Menschen erlebt Gott eine Offenbarung: zum ersten Mal kann er die dünne Linie von Tag und Nacht benennen, diese zarte Grenze, auf der das Helle dunkel wird und das Dunkle hell. Von da an betrachtet er sich mit den Augen der Menschen. Er sieht sein Gesicht in tausendfacher Gestalt und probiert sie alle an wie Masken, und wie ein Schauspieler wird er eine Zeit lang selbst zur Maske. Mit dem Mund der Menschen betet er zu sich selbst, entdeckt in sich den Widerspruch, denn das Abbild im Spiegel wird oft Realität, und die Realität wird zum Abbild.
›Wer bin ich?‹ fragt Gott. ›Gott oder Mensch, oder vielleicht das eine und das andere zugleich oder keines davon? Habe ich die Menschen erschaffen oder sie mich?‹
Der Mensch zieht ihn an, deshalb schleicht er sich an die Betten der Liebenden und entdeckt dort die Liebe. Er schleicht sich an die Betten der Alten und entdeckt dort die Vergänglichkeit. Er schleicht sich an die Betten der Sterbenden und entdeckt dort den Tod.«

›Ich probiere es einfach aus‹, dachte sich Freiherr Popielski. Er kehrte an den Anfang des Buches zurück und stellte die Messingfiguren vor sich auf.

Die Zeit Misias

Misia merkte, dass dieser große blonde Sohn der Boskis sie in der Kirche dauernd ansah. Als sie nach der Messe herauskam, stand er draußen und schaute sie wieder unverwandt an. Misia spürte seinen Blick auf sich wie ein unbequemes Kleidungsstück. Sie hatte Angst, sich frei zu bewegen oder tief zu atmen. Er brachte sie in Verlegenheit.

So ging es den ganzen Winter, von Weihnachten bis Ostern. Als es wärmer wurde, trug Misia mit jeder Woche leichtere Kleider, wenn sie in die Kirche ging, und sie fühlte Pawels Blick noch stärker. An Fronleichnam dann berührte der Blick ihren bloßen Nacken und ihre nackten Arme. Misia fühlte, dass er weich und angenehm war wie zarte Liebkosungen einer Katze, wie Federn, wie die flaumigen Samen der Pusteblume. An diesem Sonntag kam Pawel Boski auf Misia zu und bot ihr an, sie nach Hause zu begleiten. Sie willigte ein.

Er redete den ganzen Weg über, und was er sagte, versetzte sie in Staunen. Er sagte, sie sei so zierlich wie eine Schweizer Luxusuhr. Misia hatte sich nie zuvor als zierlich betrachtet. Er sagte, ihre Haare hätten die Farbe von kostbarstem Gold. Misia hatte ihre Haare immer für braun gehalten. Er sagte ihr auch, ihre Haut dufte nach Vanille. Misia traute sich nicht zu gestehen, dass sie einen Kuchen gebacken hatte.

Durch Pawel Boskis Worte entdeckte Misia sich selbst ganz neu. Als sie dann zu Hause war, konnte sie sich auf keine Arbeit konzentrieren. Sie dachte allerdings nicht an Pawel, sondern an sich selbst. ›Ich bin ein hübsches Mädchen‹, dachte sie. ›Meine Füße sind klein wie die einer Chinesin. Ich habe schönes Haar. Mein Lächeln ist sehr weiblich. Ich dufte nach Vanille. Man sehnt sich danach, mich wiederzusehen. Ich bin eine Frau.‹
Kurz vor den Ferien sagte Misia zu ihrem Vater, sie wolle nicht mehr ins Lehrerinnenseminar nach Taszów gehen, sie habe nicht genug Verstand zum Rechnen und Schönschreiben. Sie war immer noch mit Rachel Szenbert befreundet, aber die Gespräche, die sie jetzt führten, waren anders. Sie gingen zusammen die Landstraße entlang zum Wald. Rachel wollte Misia überreden, die Schule nicht aufzugeben. Sie versprach, ihr beim Rechnen zu helfen. Misia erzählte Rachel von Pawel Boski. Rachel hörte zu, wie es sich für eine Freundin gehört, aber sie war anderer Meinung.
»Ich will einen Arzt oder so heiraten. Ich will höchstens zwei Kinder, damit ich mir nicht die Figur verderbe.«
»Ich will nur eine Tochter.«
»Misia, halt doch durch bis zum Abitur.«
»Ich will heiraten.«
Als Misia mit Pawel spazieren ging, nahmen sie denselben Weg. Als sie den Wald erreicht hatten, fassten sie sich an der Hand. Pawels Hand war groß und heiß, Misias zierlich und kalt. Sie bogen von der Landstraße in einen Waldweg ein, und dann blieb Pawel stehen und zog Misia mit seiner großen starken Hand an sich. Er roch nach Seife und nach Sonne. Misia wurde ganz schwach, nachgiebig und biegsam. Der

Mann in seinem gestärkten weißen Hemd kam ihr riesig vor. Sie reichte ihm kaum bis zur Brust. Sie hörte auf zu denken. Das war gefährlich. Sie kam erst wieder zu Bewusstsein, als ihre Brüste schon nackt waren und Pawels Lippen über ihren Bauch glitten.

»Nein«, sagte sie.

»Du musst mich heiraten.«

»Ich weiß.«

»Ich will um deine Hand anhalten.«

»Gut.«

»Wann?«

»Bald.«

»Wird er einverstanden sein? Wird dein Vater einverstanden sein?«

»Es ist egal, ob er einverstanden ist oder nicht. Ich will dich heiraten und damit basta.«

»Aber …«

»Ich liebe dich.«

Misia strich sich die Haare zurecht, und sie kehrten auf die Landstraße zurück, als hätten sie sie nie verlassen.

Die Zeit Michałs

Michał hielt nicht viel von Pawel. Vielleicht sah er gut aus, aber das war schon alles. Wenn Michał seine breiten Schultern sah, seine kräftigen Beine in den Reithosen und die glänzenden Stiefel, fühlte er sich schmerzlich alt und zusammengeschrumpft wie ein vertrockneter Apfel.

Pawel kam jetzt sehr oft zu ihnen. Er setzte sich an den Tisch und schlug die Beine übereinander. Die Hündin Lalka beschnupperte mit eingezogenem Schwanz die hohen Stiefel mit den Hundslederschäften. Er erzählte von den Geschäften, die er zusammen mit Kozienicki im Holzhandel machte, von der Sanitäterschule, an der er sich eingeschrieben hatte, von seinen großen Plänen für die Zukunft. Er sah Genowefa an und lächelte die ganze Zeit. Man konnte ausgiebig seine gleichmäßigen weißen Zähne betrachten. Genowefa war begeistert. Pawel brachte ihr kleine Geschenke mit. Errötend stellte sie die Blumen in die Vase und knisterte mit dem Zellophan der Bonbonniere.

›Was sind die Frauen doch naiv‹, dachte Michał.

Er hatte das Gefühl, seine Misia werde wie ein Ding in die ehrgeizigen Lebenspläne des Pawel Boski eingebaut. Und zwar ganz berechnend: sie war die einzige Tochter, praktisch ein Einzelkind, da Izydor ja nicht zählte. Sie würde eine schöne

Mitgift bekommen, sie war aus einer wohlhabenderen Familie, sie war anders als die anderen, elegant, schön gekleidet, zart. Scheinbar beiläufig erwähnte Michał seiner Frau und seiner Tochter gegenüber manchmal den alten Boski, der in seinem Leben vielleicht ganze hundert oder zweihundert Worte gesprochen hatte und die ganze Zeit auf dem Dach des Schlosses herumsaß, und Pawels missratene, hässliche Schwestern.
»Der alte Boski ist ein anständiger Mensch«, sagte Genowefa.
»Ist man etwa für seine Geschwister verantwortlich?« versetzte Misia und warf einen vielsagenden Blick auf Izydor. »Jede Familie hat so einen.«
Michał tat so, als lese er die Zeitung, wenn seine aufgeputzte Tochter sonntagnachmittags mit Pawel tanzen ging. Sie stand bestimmt eine Stunde lang vor dem Spiegel und machte sich schön. Er sah, wie sie ihre Brauen mit dem dunklen Stift der Mutter nachzog und sich heimlich die Lippen schminkte. Er sah, wie sie sich seitwärts vor den Spiegel stellte, um den Effekt ihres Mieders zu prüfen, wie sie sich ihr erstes Veilchenparfüm, das sie sich zum siebzehnten Geburtstag gewünscht hatte, hinter die Ohren tröpfelte. Wenn Genowefa und Izydor ihr aus dem Fenster nachschauten, sagte er kein Wort.
»Pawel hat mir gegenüber von der Heirat gesprochen. Er hat gesagt, er würde gerne schon jetzt um ihre Hand anhalten«, sagte Genowefa eines Sonntags.
Michał ließ sie erst gar nicht aussprechen.
»Nein. Sie ist noch zu jung. Wir schicken sie nach Kielce, in eine bessere Schule als die in Taszów.«
»Sie will doch gar nicht mehr in die Schule. Sie will heiraten. Siehst du das denn nicht?«
Michał schüttelte den Kopf.

»Nein, nein, nein. Sie ist noch zu jung. Was soll sie mit einem Kerl und mit Kindern, sie soll erst mal das Leben genießen … Wo sollen sie denn wohnen? Wo wird Pawel arbeiten? Geht er nicht auch noch zur Schule? Nein, sie müssen noch warten.«

»Worauf denn warten? Bis sie in aller Eile, Hals über Kopf, heiraten muss?«

Da dachte sich Michał das Haus aus. Ein großes komfortables Haus auf einem schönen Stück Land, das er seiner Tochter bauen wollte. Einen Garten und Keller sollte es haben, und er würde ihr einen Obstgarten anlegen. Ein Haus, das so war, dass Misia nicht ausziehen musste, ein Haus, in dem sie alle zusammen wohnen konnten. Mit genügend Zimmern für sie alle und Fenstern in alle vier Himmelsrichtungen. Das Haus würde ein Fundament aus Sandstein haben, und darauf echte Ziegelmauern, die mit dem besten Holz verkleidet würden, das er kriegen konnte. Es würde zweistöckig sein, dazu Dachboden und Keller, eine verglaste Veranda, ein Balkon für Misia, von der aus sie zu Fronleichnam die Prozession sehen konnte, wie sie über die Felder zog. In diesem Haus könnte Misia viele Kinder haben. Eine Mägdekammer würde es auch geben, denn Misia brauchte ein Dienstmädchen.

Am nächsten Tag aß er früher als gewöhnlich zu Mittag und schritt dann auf der Suche nach einem geeigneten Platz ganz Ur ab. Er dachte an den Hügel. Er dachte an die Wiesen bei der Weiße. Den ganzen Weg über rechnete er sich aus, dass der Bau eines solchen Hauses mindestens drei Jahre in Anspruch nehmen würde, und so lange würde sich Misias Hochzeit dann auch verzögern.

Die Zeit Florentynkas

Am Ostersamstag machte sich Florentynka mit einem ihrer Hunde zur Kirche auf, um das Essen weihen zu lassen. Sie stellte ein Glas mit Milch in den Korb, denn davon ernährten sie und ihre Hunde sich, und es war das Einzige, was sie im Haus hatte. Sie bedeckte das Glas mit frischen Rettichblättern und Immergrün.

In Jeszkotle werden die Körbe mit den Speisen für die Weihe auf den Seitenaltar der Muttergottes von Jeszkotle gestellt. Wenn es ums Essen geht, sind die Frauen gefragt – sowohl für die Zubereitung als auch für den Segen. Gott, der ein Mann ist, hat wichtigere Dinge im Kopf, wie zum Beispiel Kriege, Katastrophen, Eroberungen, Expeditionen ... Essen ist Frauensache.

Die Leute brachten also ihre Körbe auf den Seitenaltar der Muttergottes von Jeszkotle und warteten in den Bänken auf den Pfarrer mit dem Weihwasserwedel. Alle saßen schweigend da und rückten weit voneinander ab, denn am Ostersamstag ist die Kirche dunkel und still wie eine Höhle, wie ein Luftschutzbunker aus Beton, wie das Grab des ermordeten Gottessohns.

Florentynka trat mit ihrem Hund namens Kozioł an den Seitenaltar und stellte ihren Korb zu den anderen Körben. In den anderen Körben lagen Würste, Kuchen, Meerrettich mit Sahne, bunt bemalte Ostereier und weißes, kunstvoll gebackenes Brot. Ach, wie hungrig war Florentynka, und wie hungrig war ihr Hund!

Florentynka schaute das Bild der Muttergottes von Jeszkotle an und sah ein Lächeln auf ihrem glatten Gesicht. Kozioł schnupperte an einem Korb und zog ein Stück Wurst heraus.

»Da hängst du, gute Frau, und lächelst, und die Hunde fressen dir die Gaben weg«, sagte Florentynka leise. »Der Mensch kann Hunde manchmal einfach nicht begreifen. Du, liebe Muttergottes, verstehst die Tiere sicher genauso gut wie die Menschen. Du kennst sicher sogar die Gedanken des Mondes ...«

Florentynka seufzte.

»Ich gehe jetzt und bete zu deinem Mann, pass unterdessen bitte auf meinen Hund auf.«

Sie band den Hund an das kleine Gitter vor dem wundertätigen Bild, zwischen den Körben, über die gehäkelte Deckchen gelegt waren.

»Ich bin gleich zurück.«

Sie suchte sich einen Platz in der ersten Reihe zwischen den aufgeputzten Frauen aus Jeszkotle. Sie rückten ein Stück von ihr ab und warfen sich vielsagende Blicke zu.

Unterdessen kam der Küster an den Altar der Muttergottes von Jeszkotle, denn er sollte in der Kirche nach dem Rechten sehen. Zuerst nahm er eine Bewegung wahr, doch es dauerte einige Zeit, bis er glaubte, was seine Augen sahen. Als er begriff, dass sich dieser widerwärtige räudige Hund eben noch in den Körben mit den Weihespeisen zu schaffen gemacht hatte, lief sein Gesicht vor Zorn rot an. Empört über diese

Kirchenschändung, stürzte er sich auf das unverschämte Tier, um es hinauszujagen. Er packte die Schnur und entwirrte den Knoten mit wutzitternden Händen. In dem Augenblick hörte er eine leise Frauenstimme, die von dem Bild an sein Ohr drang:
»Lass den Hund in Ruhe! Ich passe für Florentynka aus Ur auf ihn auf.«

Die Zeit des Hauses

Für die Fundamente wurde ein ideales Quadrat ausgehoben. Die Seiten entsprachen den vier Himmelsrichtungen.
Michał, Pawel Boski und die Arbeiter errichteten erst Wände aus Stein, die die Grundmauer bildeten, dann aus Holzbalken. Als die Gewölbedecke des Kellers geschlossen war, begannen sie, diese Stelle als »Haus« zu bezeichnen, doch erst als der Dachstuhl errichtet und mit einem Kranz gekrönt war, wurde es ein richtiges Haus. Ein Bau wird erst dann zu einem Haus, wenn die Wände ein Stück Raum umschließen. Dieser umschlossene Raum ist die Seele des Hauses.
Zwei Jahre bauten sie an dem Haus. Im Jahre neunzehnhundertsechsunddreißig setzten sie den Richtkranz aufs Dach. Sie ließen sich vor dem Haus fotografieren.
Das Haus hatte Kellerräume. Einer davon hatte zwei Fenster und sollte gleichzeitig als Souterrain und als Sommerküche dienen. In dem Raum daneben war nur ein Fenster, hier sollten Vorratskammer, Waschkeller und die Schütte für die Winterkartoffeln untergebracht werden. Im dritten Kellerraum war gar kein Fenster – das sollte ein Verschlag für alle Fälle sein. Darunter ließ Michał noch einen vierten kleinen und kalten Kellerraum ausgraben, der war für das Eis und wer weiß was sonst noch.

Das Erdgeschoss lag hoch auf der Grundmauer aus Stein. Über eine Treppe mit einem Holzgeländer gelangte man hinein. Es gab zwei Eingänge. Der eine lag zur Straße hin, er führte durch die Veranda direkt in die große Diele, aus der man in die Zimmer gelangte. Der zweite Eingang führte durch den Flur zur Küche. Die Küche hatte ein großes Fenster, und an der gegenüberliegenden Wand stand der Herd. Er war mit hellblauen Kacheln verkleidet, die Misia in Taszów ausgesucht hatte. Der Herd war mit Beschlägen und Haken aus Messing versehen. In der Küche waren drei Türen: Eine zum größten Zimmer des Hauses, eine zum Spind unter der Treppe und eine zu einem kleinen Zimmer. Im Erdgeschoss waren die Räume alle untereinander verbunden. Wenn man alle Türen öffnete, konnte man im Kreis gehen.

Aus der Diele gelangte man über die Treppe in den ersten Stock, wo die nächsten vier Zimmer darauf warteten, fertig gestellt zu werden.

Darüber lag noch ein Stockwerk, das war der Dachboden. Dort hinauf stieg man über eine schmale Holztreppe. Den kleinen Izydor faszinierte der Dachboden, denn er hatte Fenster in alle vier Himmelsrichtungen.

Außen war das Haus mit Holzschindeln verkleidet, die wie Fischschuppen angeordnet waren. Das war eine Idee des alten Boski gewesen. Er hatte auch das Dach gedeckt, und es war so schön geworden wie das Dach des Schlosses. Vor dem Haus wuchs ein Fliederbusch. Der hatte schon da gestanden, als es das Haus noch gar nicht gab. Jetzt spiegelte er sich in den Fensterscheiben. Unter dem Flieder blieben die Leute aus Ur stehen und bewunderten dieses schöne Haus. Niemand in der Gegend hatte je ein so schönes Haus gebaut.

Auch der Freiherr Popielski kam auf seinem Pferd angeritten und klopfte Pawel Boski auf die Schulter. Pawel lud ihn zur Hochzeit ein.
Am Sonntag fuhr Michał zum Pfarrer, um ihn zur Hausweihe zu bitten. Der Pfarrer blieb auf der Veranda stehen und sah sich anerkennend um.
»Ein schönes Haus hast du deiner Tochter gebaut«, sagte er zu Michał.
Pawel zuckte mit den Schultern. Schließlich fingen sie an, das Haus zu möblieren. Die meisten Möbel machte der alte Boski, aber andere wurden mit dem Fuhrwerk aus Kielce gebracht. Zum Beispiel eine große Standuhr, die Wohnzimmerkredenz und ein großer runder Eichentisch mit geschnitzten Beinen.
Misia bekam ganz traurige Augen, wenn sie auf das Grundstück rings um das Haus schaute. Flaches graues Land mit trockenem Gras, wie es auf dem Brachfeld wächst. Deshalb kaufte Michał Bäume für Misia. Und im Laufe eines Tages legte er einen Obstgarten an. Apfel-, Birnen-, Pflaumen- und Walnussbäume. Genau in der Mitte dieses Gartens pflanzte er einen Apfelbaum, dessen Früchte Eva in Versuchung geführt hatten.

Die Zeit der Papuga

Die Mutter war gestorben, die Schwestern hatten Ehemänner gefunden, Pawel hatte Misia geheiratet, und so blieb Stasia Boska allein mit dem Vater zu Hause.

Das Leben mit dem alten Boski war schwer. Er war ewig unzufrieden und aufbrausend. Es kam vor, dass er sie mit einem schweren Gegenstand schlug, wenn sie das Mittagessen nicht rechtzeitig fertig hatte. Dann ging Stasia in den Garten, hockte sich zwischen die Johannisbeersträucher und weinte. Sie bemühte sich, leise zu weinen, um den Vater nicht noch mehr zu reizen.

Als Boski von seinem Sohn hörte, dass Michał Niebieski ein Grundstück gekauft hatte, um seiner Tochter darauf ein Haus zu bauen, konnte er nicht mehr schlafen. Ein paar Tage später kratzte er seine gesamten Ersparnisse zusammen und kaufte auch ein Grundstück – direkt daneben. Dort wollte er ein Haus für Stasia bauen. Er dachte lange darüber nach, wenn er oben auf dem Schlossdach saß. ›Warum soll Michał Niebieski seiner Tochter ein Haus hinstellen können und ich, Boski, nicht?‹ überlegte er. ›Warum soll ich nicht auch ein Haus bauen?‹

Also fing Boski an, ein Haus zu bauen.

Mit dem Stock zeichnete er ein Rechteck auf den Boden und

am nächsten Tag fing er an, die Fundamente auszuheben. Freiherr Popielski gab ihm Urlaub. Es war der erste Urlaub in Boskis Leben. Dann trug Boski große und kleine Steine aus der Umgebung zusammen, weiße Kalksteinbrocken, die er in den ausgehobenen Mulden aufeinander schichtete. Das dauerte einen Monat. Pawel kam zu seinem Vater und beklagte sich über die ausgehobene Grube.

»Was machst du da, Papa? Woher willst du das Geld nehmen? Mach dich doch nicht lächerlich, Papa, indem du mir einen Hühnerstall vor die Nase setzt.«

»Bist du jetzt vollkommen übergeschnappt? Ich baue ein Haus für deine Schwester.«

Pawel wusste, dass er seinen Vater nicht überzeugen konnte, und schließlich brachte er ihm das Bauholz mit dem Wagen.

Jetzt wuchsen die Häuser fast gleichzeitig empor. Das eine hoch und stattlich, mit großen Fenstern und geräumigen Zimmern. Das andere klein, geduckt, schief und mit winzigen Fenstern. Das eine stand im Freien, mit Ausblick auf Wald und Fluss. Das andere eingekeilt zwischen der Landstraße und der Straße nach Wola, hinter Johannisbeersträuchern und Holunder.

Während Boski mit dem Bau des Hauses beschäftigt war, hatte Stasia mehr Ruhe. Bis zum Mittag musste sie die Tiere versorgen, dann machte sie sich an die Vorbereitung des Mittagessens. Zuerst ging sie aufs Feld und grub Kartoffeln aus der sandigen Erde. Sie träumte, dass sie unter den Stauden vielleicht einen Schatz finden würde, ein Lumpenbündel mit kostbaren Edelsteinen darin oder eine Blechdose mit Dollars. Wenn sie dann die kleinen Kartoffeln schälte, stellte sie sich vor, sie sei eine Wunderheilerein und die Kartoffeln kranke

Menschen, die zu ihr kamen. Sie zog die Krankheiten aus ihrem Körper und reinigte sie von allen Unreinheiten. Dann warf sie die geschälten Kartoffeln in das kochende Wasser und bildete sich ein, sie braue jetzt ein Schönheitselixier, das ihr ganzes Leben verändern würde, sobald sie nur davon trank. Dann würde ihr auf der Landstraße ein Arzt oder ein Anwalt aus Kielce begegnen, der sie mit Geschenken überschütten und wie eine Prinzessin vergöttern würde. Deshalb dauerte die Zubereitung des Mittagessens immer so lange.
Eines Tages sah Stasia einen fremden Mann, als sie vor dem Haus Schmutzwasser ausgoß. Und es war genauso wie in ihren Träumen. Er kam auf sie zu und fragte nach dem Weg nach Kielce, und sie antwortete ihm. Ein paar Stunden später kam er zurück und traf wieder Stasia, die diesmal ein Joch auf den Schultern trug. Er half ihr beim Tragen und sie unterhielten sich länger. Er war allerdings weder Arzt noch Anwalt, sondern ein Arbeiter bei der Post, der die Telefonleitung von Kielce nach Taszów verlegte. Stasia fand ihn fröhlich und selbstsicher. Sie verabredete sich mit ihm zu einem Spaziergang am folgenden Mittwoch und zum Tanzen am Samstag. Und zur allgemeinen Verwunderung fand sogar der alte Boski Gefallen an ihm. Der Fremde hieß Papuga.
Von diesem Tag an veränderte sich Stasias Leben. Stasia blühte auf. Man sah sie öfter in Jeszkotle, wo sie bei Szenbert ihre Einkäufe machte, und vor aller Augen kutschierte Papuga sie im Einspänner. Im Herbst neunzehnhundertsiebenunddreißig wurde Stasia schwanger, und zu Weihnachten war Hochzeit. Sie wurde Frau Papuga. Das bescheidene Hochzeitsfest fand in dem einzigen Raum des gerade fertig gestellten Häuschens statt. Am nächsten Tag errichtete der alte Boski eine

Holzwand, die quer durch den Raum verlief und das Haus damit in zwei Hälften teilte.

Im Sommer brachte Stasia einen Sohn zur Welt. Die Telefonleitung reichte schon längst über die Grenzen von Ur hinaus. Papuga tauchte nur noch sonntags auf und war dann müde und fordernd. Die Zärtlichkeiten seiner Frau gingen ihm auf die Nerven, und er ärgerte sich, dass er so lange auf sein Mittagessen warten musste. Dann kam er nur noch jeden zweiten Sonntag nach Hause, und zu Allerheiligen erschien er gar nicht. Er sagte, er habe die Gräber seiner Angehörigen besuchen müssen, und Stasia glaubte ihm.

Als sie an Heiligabend mit dem Weihnachtsessen auf ihn wartete, sah sie sich in der Fensterscheibe, die die Nacht in einen Spiegel verwandelt hatte, und sie begriff, dass Papuga nie mehr wiederkommen würde.

Die Zeit von Misias Engel

Als Misia ihr erstes Kind gebar, zeigte ihr der Engel Jerusalem.

Misia lag im Schlafzimmer auf dem Bett in den weißen Kissen, umgeben vom Geruch der mit Lauge blank gescheuerten Dielen, und die Ripsgardinen mit Lilienmuster schirmten sie vor der Sonne ab. Der Arzt aus Jeszkotle war da, eine Krankenschwester, Genowefa und Pawel, der unentwegt die Geräte sterilisierte, und auch der Engel, den niemand sehen konnte.

Misia war ganz wirr im Kopf. Sie war müde. Die Wehen kamen plötzlich, und sie wusste sich nicht zu helfen. Sie schwebte zwischen Schlaf, Halbschlaf und Wachträumen. Sie hatte das Gefühl, sie sei auf die Größe einer Kaffeebohne geschrumpft, und fühlte sich in den Trichter einer riesigen Kaffeemühle fallen, die groß war wie ein Schloss. Sie stürzte in den dunklen Schlund und geriet ins Mahlwerk der Maschine. Es schmerzte. Ihr Körper wurde zu Staub.

Der Engel sah, was in Misias Kopf vor sich ging, und hatte Mitleid mit ihrem Körper, obwohl er nicht begriff, worin der Schmerz eigentlich bestand. Deshalb entführte er Misias Seele einen Augenblick lang an einen ganz anderen Ort. Er zeigte ihr Jerusalem.

Misia sah die unendlich weite Fläche einer fahlen Wüste, die sich wellte, als sei sie in Bewegung. Inmitten dieses Sandmeers lag in einer sanften Niederung die Stadt. Sie war ringsum von Mauern umgeben, in denen sich vier Tore befanden. Das erste war das Milchtor, das zweite das Honigtor, das dritte das Wein- und das vierte das Öltor. Von jedem Tor aus führte ein Weg in die Mitte. Durch das erste Tor wurden Ochsen getrieben, durch das zweite wurden Löwen geführt, durch das dritte wurden Falken getragen und durch das vierte gingen Menschen. Misia befand sich in der Mitte der Stadt, auf dem gepflasterten Marktplatz, wo das Haus des Erlösers stand. Sie blieb vor der Tür des Hauses stehen.

Jemand klopfte von innen, und Misia fragte erstaunt: »Wer ist da?«

»Ich bin's«, erwiderte eine Stimme.

»Komm heraus«, sagte sie. Da kam Jesus heraus und drückte sie an seine Brust. Misia roch den Geruch des Leinenstoffs, in den er gekleidet war. Sie schmiegte sich an das Leinenhemd und fühlte, wie sehr sie geliebt wurde. Jesus und die ganze Welt liebten sie.

Doch da nahm Misias Engel, der stets auf alles aufpasste, sie aus den Armen des Herrn Jesus und warf sie in den gebärenden Körper zurück. Misia seufzte auf und gebar einen Sohn.

Die Zeit Ähres

Zur Zeit des ersten Vollmonds im Herbst grub Ähre die Wurzeln von Kräutern aus: Seifenkraut, Beinwurz, Koriander, Zichorie und Eibisch. An den Teichen in Ur wuchsen viele solche Kräuter. Ähre nahm ihre Tochter, und zusammen gingen sie nachts durch den Wald und das Dorf.

Als sie einmal am Maikäferhügel vorbeigingen, sahen sie eine gebückte Frauengestalt, die von Hunden umringt war. Ihre Köpfe leuchteten weiß in dem milden silbrigen Licht des Mondes.

Ähre ging auf die Frau zu und zog Ruta hinter sich her. Als sie die alte Frau erreicht hatten, blieben sie stehen. Die Hunde begannen unruhig zu knurren.

»Florentynka«, sprach Ähre sie leise an.

Die Frau wandte ihnen ihr Gesicht zu. Ihre Augen waren so blass, als seien sie ausgebleicht. Ihr Gesicht erinnerte an einen verschrumpelten Apfel. Auf dem mageren Rücken lag ein schütterer grauer Zopf.

Sie setzten sich neben der alten Frau auf die Erde und blickten ebenfalls zu dem runden, selbstzufriedenen Mondgesicht auf.

»Er hat mir die Kinder genommen, den Mann verführt, und jetzt hat er mir den Verstand verwirrt«, beklagte sich Florentynka.

Ähre seufzte tief und schaute dem Mond ins Gesicht.
Einer der Hunde heulte auf.
»Ich hatte einen Traum«, sagte Ähre plötzlich. »Darin klopfte der Mond an mein Fenster und sagte: ›Ähre, du hast doch keine Mutter und deine Tochter keine Großmutter, nicht wahr?‹ – ›Ja, das stimmt‹, antwortete ich. Darauf sagte er: ›Im Dorf ist eine brave einsame Frau, der ich einmal ein Leid zugefügt habe, ich weiß gar nicht mehr warum. Sie hat weder Kinder noch Enkel. Geh zu ihr und sag ihr, sie soll mir verzeihen. Ich bin schon alt und mein Verstand ist schwach.‹ Das hat er gesagt. Und er hat noch hinzugefügt: ›Du findest sie auf dem Hügel. Da verflucht sie mich immer, wenn ich mich einmal im Monat der Welt in meiner ganzen Größe zeige.‹ – ›Warum willst du denn, dass sie dir verzeiht?‹ habe ich da gefragt. ›Wozu brauchst du denn die Vergebung eines Menschen?‹ Darauf hat er geantwortet: ›Weil der Kummer der Menschen dunkle Runzeln in mein Gesicht gräbt. Eines Tages wird mich der menschliche Kummer zum Erlöschen bringen.‹ Das hat er mir gesagt, und deshalb bin ich hierher gekommen.«
Florentynka sah Ähre durchdringend an.
»Ist das wahr?«
»Das ist die Wahrheit. Die reine Wahrheit.«
»Er will, dass ich ihm verzeihe?«
»Jawohl.«
»Und dass du meine Tochter und sie meine Enkelin wird?«
»Das hat er zu mir gesagt.«
Florentynka hob ihr Gesicht zum Himmel, und in ihren ausgebleichten Augen leuchtete etwas auf.
»Omilein, wie heißt der große Hund?« fragte die kleine Ruta.

Florentynka blinzelte.
»Kozioł.«
»Kozioł?«
»Ja. Du kannst ihn streicheln.«
Ruta streckte vorsichtig die Hand aus und legte sie auf den Kopf des Hundes.
»Das ist mein Vetter. Er ist sehr klug«, sagte Florentynka, und Ähre sah, wie ihr Tränen über die runzligen Wangen liefen.
»Der Mond ist nur die Maske der Sonne. Sie legt sie an, wenn sie nachts herauskommt, um auf die Welt aufzupassen. Der Mond hat ein kurzes Gedächtnis, er erinnert sich nicht mehr an das, was länger als einen Monat her ist. Alles geht ihm durcheinander. Verzeih ihm, Florentynka.«
Florentynka seufzte tief.
»Ich verzeihe ihm ja. Wir sind beide alt, was sollen wir uns da zanken«, sagte sie leise. »Ich verzeihe dir, du alter Trottel!« rief sie in den Himmel hinauf.
Ähre lachte, sie lachte immer lauter, bis die Hunde aus ihrem Schlaf erwachten und aufsprangen. Florentynka musste auch lachen. Sie stand auf und reckte die ausgebreiteten Arme zum Himmel.
»Ich verzeihe dir, Mond. Ich verzeihe dir alles, was du mir angetan hast!« rief sie in ihrer starken durchdringenden Stimme.
Plötzlich und unerwartet erhob sich von der Schwarze her ein leichter Wind und zerzauste die grauen Strähnen der alten Frau. In einem Haus ging das Licht an, und eine Männerstimme rief:
»Ruhe, Frau! Wir wollen schlafen!«

»Schlaft doch, schlaft, bis ihr tot seid!« rief Ähre über die Schulter zurück. »Wozu seid ihr überhaupt geboren, wenn ihr jetzt schlafen wollt?«

Die Zeit Rutas

»Geh nicht ins Dorf, dort bekommst du nur Schwierigkeiten«, sagte Ähre zu ihrer Tochter. »Manchmal meine ich, sie sind dort alle betrunken, so schwerfällig und so langsam wie sie sind. Sie leben nur auf, wenn etwas Schlimmes geschieht.«
Aber Ruta zog es nach Ur. Dort waren die Mühle und der Müller und die Müllerin, da waren die armen Knechte und Cherubin, der mit der Zange Zähne zog. Und Kinder liefen dort herum, die genauso waren wie sie. Zumindest sahen sie so aus wie sie. Und Häuser mit grünen Fensterläden standen da, und auf den Zäunen trocknete die weiße Wäsche, die weißer war als alles, was Ruta je gesehen hatte.
Wenn sie mit der Mutter durchs Dorf ging, fühlte Ruta, wie alle sie anstarrten. Die Frauen schirmten die Augen mit der Hand gegen die Sonne ab, und die Männer spuckten heimlich aus. Ihre Mutter schenkte dem keine Beachtung, aber Ruta hatte vor diesen Blicken Angst. Sie war bemüht, möglichst dicht neben der Mutter zu gehen, und hielt ihre große Hand ganz fest.
An den Sommerabenden, wenn die Menschen schon in ihren Häusern saßen und ihren Dingen nachgingen, kam Ruta gerne an den Rand des Dorfes und betrachtete die grauen Brocken der Katen und den hellen Rauch, der aus den Schornsteinen

aufstieg. Als sie etwas größer war, wurde sie mutiger und trat leise bis an die Fenster und schaute hinein. Bei den Serafins krabbelten immer kleine Kinder auf dem Fußboden herum. Ruta konnte sie stundenlang ansehen, zuschauen, wie sie sich mit einem Stück Holz beschäftigten, daran leckten und es in ihren patschigen Händchen drehten. Wie sie sich alle möglichen Dinge in den Mund steckten und daran saugten, als wäre es Zucker, oder unter den Tisch krochen und den hölzernen Tischhimmel anstaunten.

Dann brachten die Menschen ihre Kinder ins Bett, und Ruta betrachtete die Dinge, die sie angesammelt hatten: ihr Geschirr, ihre Kochtöpfe und ihr Besteck, ihre Gardinen, Heiligenbilder, Uhren, Wandbehänge, Topfblumen, Bilderrahmen mit Fotografien, die gemusterten Wachstuchdecken auf den Tischen, die Bettüberwürfe, die Körbe und all die vielen Kleinigkeiten, die jedes Haus unverwechselbar machen. Sie kannte alle Dinge im Dorf und wusste, wem sie gehörten. Weiße Netzgardinen hatte nur Florentynka. Bei den Malaks gab es einen kompletten Satz Nickelbesteck. Die junge Frau Cherubin machte schöne Häkelkissen. Bei den Serafins hing ein riesiges Bild von Jesus, der von einem Boot aus die Menschen belehrte. Einen grünen Bettüberwurf mit Rosenmuster sah man nur bei den Boskis, und später, als ihr Haus am Wald fast fertig war, wurden nach und nach wahre Schätze hineingetragen.

Dieses Haus gefiel Ruta sehr. Es war das größte und das schönste im Dorf. Es hatte ein schräges Dach mit einem Blitzableiter und einem Dachfenster, einen echten Balkon, eine verglaste Veranda und sogar einen Nebeneingang zur Küche. Ruta richtete sich in dem großen Fliederbusch einen

Sitz ein, von dem aus sie abends das Haus der Boskis beobachtete. Sie sah, wie in dem größten Zimmer der neue weiche Teppich ausgebreitet wurde, herrlich wie das Blätterdach eines Herbstwaldes. Sie saß im Flieder, als die große Standuhr gebracht wurde, deren Herz immerzu hin und her pendelte und die Zeit maß. Die Uhr musste ein Lebewesen sein, denn sie bewegte sich ganz von selbst. Sie sah die Spielsachen des kleinen Jungen, der Misias erster Sohn war, und dann die Wiege, die für das nächste Kind gekauft wurde.

Erst als sie jedes Ding, jeden noch so kleinen Gegenstand im neuen Haus der Boskis kennen gelernt hatte, wandte sie ihre Aufmerksamkeit dem Jungen in ihrem Alter zu. Der Fliederbusch war zu niedrig, um ihr den Blick in das Zimmer des Jungen auf dem Dachboden zu gewähren, und sie konnte nicht sehen, was er dort trieb. Sie wusste, dass er Izydor hieß und nicht so war wie die anderen Kinder. Sie wusste nicht, ob das gut oder schlecht war. Er hatte einen großen Kopf, sein Mund stand immer offen, und der Speichel tropfte ihm daraus auf das Kinn. Er war groß und dünn wie ein Schilfrohr im Teich.

Eines Abends packte Izydor Ruta am Bein, als sie dort im Fliederbusch saß. Sie entwand sich seinem Griff und lief davon. Aber nach ein paar Tagen kam sie wieder, und er wartete auf sie. Sie machte ihm auf ihrem Ast Platz. Dort saßen sie den ganzen Abend und sagten kein Wort. Izydor schaute zu, wie sein neues Zuhause lebte. Er sah, wie die Menschen die Lippen bewegten, ohne dass man hörte, was sie sagten. Er sah ihre planlosen Wanderungen von Zimmer zu Zimmer und in die Küche und die Speisekammer. Er sah Anteks lautloses Weinen.

Ruta und Izydor machte es Vergnügen, gemeinsam auf dem Baum zu schweigen.

Von da an trafen sie sich jeden Tag. Sie verschwanden aus dem Blickfeld der Menschen. Sie schlüpften durch ein Loch im Zaun auf Malaks Feld und gingen über die Straße nach Wola in Richtung Wald. Ruta pflückte, was am Wegrand wuchs: Johannisbrotschoten, Gänsefuß, Dost, Sauerampfer. Sie hielt sie Izydor unter die Nase und ließ ihn daran riechen.

»Das kann man essen. Und das hier kann man essen. Das hier auch.«

Von der Straße aus betrachteten sie die Schwarze, ein glänzender Riss, der sich mitten durch das grüne Tal zog. Sie gingen an dem dunklen, nach Pilzen duftenden Reizkerwäldchen vorbei und liefen in den Wald hinein.

»Lass uns nicht zu weit hineingehen«, wandte Izydor erst ein, aber dann verließ er sich ganz auf Ruta.

Im Wald war es immer warm und weich wie in der mit Samt ausgeschlagenen Schatulle, in der Michałs Medaille lag. Wo man sich auch hinlegte, gab der Waldboden mit seiner Schicht Kiefernnadeln leicht nach und es bildete sich eine Vertiefung, die sich dem Körper genau anpasste. Hoch oben war der Himmel, über den kreuz und quer die Kiefernwipfel wuchsen. Es duftete.

Ruta hatte viele Ideen. Sie spielten Verstecken, Bäume-Nachahmen und Fangen und legten mit kleinen Stöckchen alle möglichen Figuren, die manchmal so klein wie eine Hand waren, manchmal ein ganzes Stück Wald einnahmen. Im Sommer fanden sie Lichtungen, die gelb von Pfifferlingen waren, und betrachteten die ernsten Pilzfamilien.

Ruta hatte die Pilze lieber als die Pflanzen und Tiere. Sie

erzählte, das wahre Reich der Pilze liege unter der Erde verborgen, wohin die Sonne nie vordringe. Sie sagte, nur die zum Tode verurteilten oder zur Strafe aus dem Königreich vertriebenen Pilze kämen an die Oberfläche. Dort stürben sie am Sonnenschein oder von der Hand der Menschen, oder sie würden von Tieren zertreten. Das wahre unterirdische Pilzgeflecht sei unsterblich.

Im Herbst wurden Rutas Augen gelb und durchdringend wie die eines Vogels. Ruta ging auf Pilzjagd. Dann sprach sie noch weniger als früher. Izydor kam es vor, als sei sie gar nicht da. Sie wusste, an welchen Stellen ein Pilzgeflecht an die Erdoberfläche drang, wo die Pilze ihre Fühler in die Welt ausstreckten. Wenn sie einen Steinpilz oder einen Birkenschwamm fand, ließ sie sich davor nieder und beobachtete ihn lange, bevor sie erlaubte, dass er gepflückt wurde. Aber am liebsten hatte Ruta die Fliegenpilze. Sie kannte jede Lichtung, die sie bevorzugten. Die meisten Fliegenpilze gab es im Birkenwald auf der anderen Seite der Landstraße. In jenem Jahr, als Gottes Gegenwart in ganz Ur am stärksten spürbar war, erschienen die Fliegenpilze schon Anfang Juli und überzogen die lichten Stellen des Birkenwalds mit ihren roten Kappen. Ruta hüpfte zwischen ihnen umher, ohne einen zu zertreten. Dann hockte sie sich zwischen die Pilze und schaute ihnen unter die roten Röcke.

»Pass auf, die sind giftig«, sagte Izydor, aber Ruta lachte.

Sie zeigte Izydor verschiedene Fliegenpilze, nicht nur rote: Manche waren weiß oder grünlich, andere taten so, als seien sie andere Pilze und nahmen zum Beispiel das Aussehen von Champignons an.

»Meine Mama isst sie.«

»Du lügst, sie sind tödlich giftig«, empörte sich Izydor.
»Meiner Mama schadet das nicht. Wenn ich größer bin, kann ich sie auch essen.«
»Wie du meinst. Pass nur mit den weißen auf. Das sind die schlimmsten.«
Rutas Mut machte großen Eindruck auf Izydor. Aber es reichte ihm nicht, die Pilze nur anzuschauen. Er wollte auch etwas über sie wissen. In Misias Kochbuch fand er einen ganzen Abschnitt, der nur von Pilzen handelte. Auf einer Seite waren Zeichnungen von essbaren Pilzen, auf einer anderen von nicht essbaren und giftigen Pilzen. Zu ihrem nächsten Treffen brachte er das Buch unter seinem Pullover verborgen in den Wald mit und zeigte Ruta die Zeichnungen. Sie glaubte ihm nicht.
»Lies vor, was da steht.« Mit dem Finger zeigte sie auf die Bildunterschrift unter dem Fliegenpilz.
»*Amanita muscaria*. Roter Fliegenpilz.«
»Woher weißt du, dass das da steht?«
»Ich füge die Buchstaben zusammen.«
»Was ist das für ein Buchstabe?«
»A.«
»A? Sonst nichts? Nur a?«
»Das hier ist ein em.«
»Em.«
»Und das hier, das wie ein halbes em aussieht, ist ein en.«
»Bring mir bei, wie man liest, Izek.«
Also brachte Izydor Ruta das Lesen bei. Zuerst in Misias Kochbuch, dann kam er mit einem alten Kalender an. Ruta begriff schnell, aber sie langweilte sich auch schnell. Bis zum Herbst hatte Izydor ihr fast alles beigebracht, was er selbst konnte.

Als er einmal im Reizkerwäldchen auf sie wartete und dabei in dem Kalender blätterte, fiel plötzlich ein großer Schatten auf die weißen Seiten. Izydor hob den Kopf und erschrak. Hinter Ruta stand ihre Mutter. Sie war barfuß und sehr groß.
»Hab keine Angst vor mir«, sagte sie. »Ich kenne dich sehr gut.«
Izydor sagte nichts.
»Du bist ein kluger Junge.« Sie kniete vor ihm auf dem Boden und berührte seinen Kopf. »Du hast ein gutes Herz. Du wirst bei deinen Reisen weit kommen.«
Mit sicherem Griff zog sie ihn an sich und drückte ihn an ihre Brust. Izydor wurde von einer Art Lähmung oder Angst ergriffen, er hörte auf zu denken, als sei er eingeschlafen.
Danach ging Rutas Mutter fort. Ruta stocherte mit einem Stöckchen in der Erde.
»Sie hat dich gern. Sie fragt immer nach dir.«
»Sie fragt nach mir?«
»Du weißt ja gar nicht, wie stark sie ist. Sie kann ganz große Steine heben.«
»Keine Frau kann stärker sein als ein Mann.« Izydor hatte sich wieder gefangen.
»Sie kennt alle Geheimnisse.«
»Wenn sie so wäre, wie du sagst, würdet ihr nicht in einer verfallenen Hütte im Wald leben, sondern am Marktplatz in Jeszkotle. Sie würde Schuhe und Kleider tragen und hätte Hüte und Ringe. Dann wäre sie wirklich jemand.«
Ruta ließ den Kopf hängen.
»Ich zeig dir was, obwohl es ein Geheimnis ist.«
Sie gingen über den Wydymacz hinaus und an einem jungen Eichenhain vorbei, bis sie in ein Birkenwäldchen kamen. Izy-

dor war hier noch nie gewesen. Sie mussten weit von zu Hause entfernt sein. Plötzlich blieb Ruta stehen.

»Hier ist es.«

Izydor sah sich erstaunt um. Ringsum standen Birken. Der Wind raschelte in ihren zarten Blättern.

»Hier ist die Grenze von Ur«, sagte Ruta und streckte die Hand aus.

Izydor verstand nicht, was sie meinte.

»Hier hört Ur auf, dahinter ist nichts mehr.«

»Was heißt das – dahinter ist nichts mehr? Und Wola und Taszów und Kielce? Hier irgendwo muss die Straße nach Kielce sein.«

»Kielce gibt es gar nicht, und Wola und Taszów gehören zu Ur. Hier ist alles zu Ende.«

Izydor lachte und drehte sich auf dem Absatz um.

»Was redest du für einen Unsinn? Die Leute fahren doch nach Kielce. Mein Vater fährt nach Kielce. Misias Möbel sind aus Kielce gebracht worden. Pawel ist in Kielce gewesen. Mein Vater ist in Russland gewesen.«

»Das haben sie sich alle eingebildet. Sie machen sich auf die Reise, dann kommen sie an die Grenze, und hier erstarren sie. Sie träumen sicher, dass es Kielce und Russland gibt. Meine Mutter hat mir mal solche versteinerten Leute gezeigt. Sie stehen an der Straße nach Kielce. Sie sind ganz starr, ihre Augen sind offen, und sie sehen schrecklich aus. Wie Tote. Nach einiger Zeit wachen sie auf und kehren zurück, und ihre Träume halten sie für Erinnerungen. So ist das.«

»Jetzt werd ich's dir zeigen!« rief Izydor. Er trat ein paar Schritte zurück und lief dann in die Richtung, in der Rutas Meinung nach die Grenze war. Plötzlich blieb er stehen. Er

wusste selbst nicht, warum. Irgendetwas stimmte hier nicht. Er streckte die Hände aus, und seine Fingerspitzen verschwanden.
Izydor hatte das Gefühl, als spalte er sich innerlich in zwei verschiedene Jungen. Der eine stand mit ausgestreckten Armen da, denen ganz eindeutig die Fingerspitzen fehlten. Der andere Junge stand daneben und sah den ersten Jungen gar nicht, von den fehlenden Fingerspitzen einmal ganz zu schweigen. Izydor war zwei Jungen gleichzeitig.
»Izydor«, sagte Ruta, »komm, wir gehen zurück.«
Er kam wieder zu sich und steckte die Hände in die Hosentaschen. Seine Verdoppelung löste sich langsam auf. Sie machten sich auf den Rückweg.
»Diese Grenze verläuft gleich hinter Taszów, hinter Wola und hinter der Stadtgrenze von Kotuszów. Aber keiner weiß es genau. Diese Grenze kann fertige Menschen hervorbringen, und uns erscheint es dann so, als kämen sie von irgendwoher. Was mich am meisten erschreckt, ist, dass man nicht von hier weg kann. Als säße man in einem Kessel.«
Izydor brachte den ganzen Weg über kein Wort heraus. Erst als sie auf der Landstraße waren, sagte er:
»Wir könnten den Rucksack packen, Essen mitnehmen und die Grenze abgehen, um sie zu erkunden. Vielleicht ist irgendwo ein Loch.«
Ruta sprang über einen Ameisenhaufen und lief in den Wald zurück.
»Zerbrich dir nicht den Kopf darüber, Izek. Wozu brauchen wir irgendwelche andere Welten?«
Izydor sah ihr Kleid hier und da zwischen den Bäumen aufblitzen, dann war das Mädchen verschwunden.

Die Zeit Gottes

Es ist sonderbar, dass sich Gott, der jenseits aller Zeit ist, in der Zeit und ihrem Wandel offenbart. Wenn man nicht weiß, »wo« Gott ist – und solche Fragen stellen die Menschen zuweilen –, muss man all das betrachten, was sich wandelt, was sich in keine Gestalt fügt, was sich auf und ab bewegt und verschwindet: Die Oberfläche des Meeres, den Tanz der Sonnenkorona, die Erdbeben, die Verschiebungen der Kontinente, die Schneeschmelze und den Weg der Gletscher, die Flüsse, die dem Meer zufließen, das Keimen der Saat, den Wind, der Berge formt, die Entwicklung der Frucht im Mutterleib, die Fältchen um die Augen, die Verwesung des Körpers im Grab, die Gärung des Weins, die Pilze, die nach dem Regen sprießen.
Gott ist in der Wandlung. Gott pulsiert im Wandel. Mal ist er mehr da, mal weniger, dann wieder gar nicht. Denn Gott offenbart sich sogar darin, dass er nicht da ist.
Die Menschen – die sich ja selbst immerfort wandeln – haben Angst vor allem, was unstet und ewig veränderlich ist, deshalb haben sie sich etwas ausgedacht, was nicht existiert, nämlich das Unwandelbare, und sie haben beschlossen, dass das Ewige und Unwandelbare vollkommen ist. Also haben sie Gott die Unwandelbarkeit zugeschrieben. Und auf diese Weise haben sie die Fähigkeit verloren, ihn zu verstehen.

Im Sommer neunzehnhundertneununddreißig war Gott in allem ringsum gegenwärtig, deshalb kam es zu seltenen und ungewöhnlichen Begebenheiten.

Am Anfang der Zeit schuf Gott alle möglichen Dinge, doch ist er auch der Gott der unmöglichen Dinge, der Dinge, die entweder gar nicht oder nur selten vorkommen.

Gott offenbarte sich in den pflaumengroßen Blaubeeren, die gleich vor Ähres Haus in der Sonne reiften. Ähre pflückte die reifeste, rieb die dunkelblaue Schale mit einem Tuch blank und sah darin eine andere Welt. Der Himmel darin war dunkel, fast schwarz, die Sonne trüb und fern, die Wälder sahen aus wie Ansammlungen nackter, in den Boden gerammter Stöcke, und die Erde selbst, trunken und schwankend, wies lauter Löcher auf. Die Menschen rutschten von ihr ab und stürzten in einen schwarzen Abgrund. Ähre aß die Beere mit dieser düsteren Prophezeiung und spürte ihren herben Geschmack auf der Zunge. Sie begriff, dass sie für den Winter größere Vorräte anlegen musste als je zuvor.

Jetzt holte Ähre Ruta jeden Morgen noch in der Dämmerung aus dem Bett, zusammen gingen sie in den Wald und trugen seinen ganzen Reichtum heim: Körbe voller Pilze, Kannen mit Walderdbeeren und Blaubeeren, junge Haselnüsse, Berberitzen, Traubenkirschen, Preiselbeeren, Kornelkirschen, Holunder, Hagebutten und Sanddorn. Tagelang trockneten sie alles in der Sonne und im Schatten, und voller Unruhe überzeugten sie sich immer wieder, ob die Sonne auch noch so schien wie immer.

Gott versetzte Ähre auch körperlich in Unruhe. Ihre Brüste füllten sich plötzlich und auf wunderbare Weise mit Milch. Als die Leute davon hörten, kamen sie heimlich zu Ähre, sie hielten ihre kranken Körperteile unter ihre Brustwarzen, und Ähre ließ einen weißen Strahl darauf fließen. Die Milch heilte den jungen Krasny von seiner Augenentzündung, Franek Serafin von den Warzen auf seinen Händen, Florentynka von einem Geschwür und ein jüdisches Kind aus Jeszkotle von der Schuppenflechte.

Alle, die so Heilung fanden, kamen im Krieg um. Denn auf diese Weise offenbart sich Gott.

Die Zeit des Freiherrn Popielski

Dem Freiherrn Popielski offenbarte sich Gott in dem Spiel, das der Rabbiner ihm gegeben hatte. Der Freiherr nahm etliche Anläufe, das Spiel zu beginnen, aber er hatte Schwierigkeiten, die sonderbaren Anweisungen zu verstehen. Er zog immer wieder das Büchlein hervor und las die Anleitung, bis er sie fast auswendig konnte. Um das Spiel beginnen zu können, musste man eine Eins würfeln, doch jedes Mal würfelte der Freiherr eine Null. Das stand im Widerspruch zu allen Grundsätzen der Wahrscheinlichkeitsrechnung, und der Freiherr fühlte sich betrogen. Vielleicht war dieser sonderbare achtseitige Würfel gefälscht? Doch um ehrlich zu spielen, musste er mit einem nächsten Würfelversuch bis zum nächsten Tag warten, denn das war die Spielregel. Und dann gelang es ihm wieder nicht. Das ging den ganzen Frühling so. Dem Freiherrn verging seine Heiterkeit, und er wurde ungeduldig. In dem unruhigen Sommer neunzehnhundertneununddreißig ließ sich schließlich die starrköpfige Eins auf dem Würfel blicken, und der Freiherr Popielski atmete auf. Das Spiel begann.

Jetzt brauchte er viel freie Zeit und Ruhe, denn das Spiel nahm ihn sehr in Beschlag. Es verlangte vollkommene Aufmerksamkeit selbst an den Tagen, an denen er nicht spielte.

Abends schloss er sich in der Bibliothek ein, breitete das Tuch aus, rollte den achtseitigen Würfel lange und zärtlich in seinen Händen hin und her. Oder er befolgte die Anweisungen der Spielanleitung. Es regte ihn auf, dass er so viel Zeit damit verschwendete, aber er konnte nicht mehr aufhören.

»Es gibt Krieg«, sagte seine Frau.

»In einer zivilisierten Welt gibt es keinen Krieg«, antwortete er.

»In der zivilisierten Welt vielleicht nicht. Aber hier gibt es Krieg. Die Pełskis gehen nach Amerika.«

Bei dem Wort »Amerika« überkam den Freiherrn ein Anflug von Unruhe, aber nichts hatte mehr dieselbe Bedeutung wie früher. Vor dem Spiel.

Im August meldete sich der Freiherr zur Mobilmachung, wurde aber mit Rücksicht auf seinen Gesundheitszustand freigestellt. Im September hörten sie Radio, bis auf Deutsch gesendet wurde. Nachts grub die Freifrau im Park ihr Silber ein. Der Freiherr saß nächtelang über seinem Spiel.

»Sie haben nicht einmal gekämpft. Sie sind nach Hause zurückgekehrt. Pawel Boski hat nicht mal eine Waffe in der Hand gehabt«, weinte die Freifrau. »Wir haben verloren, Felix.«

Er nickte in Gedanken versunken mit dem Kopf.

»Felix, wir haben diesen Krieg verloren!«

»Lass mich in Ruhe«, sagte er und ging in die Bibliothek.

Jeden Tag enthüllte ihm das Spiel etwas Neues, etwas, was er nicht gewusst und nicht geahnt hatte. Wie war das möglich? Eine der ersten Anweisungen war der Traum. Um zum nächsten Feld vorrücken zu können, musste der Freiherr träumen, er sei ein Hund. ›Wie absonderlich‹, dachte er etwas ange-

widert. Aber er legte sich ins Bett, dachte an Hunde und daran, dass er selbst ein Hund sein könnte. In diesen Bildern vor dem Einschlafen sah er sich selbst als Hund, als einen Bluthund, der Wasservögel aufspürte und über die Wiesen jagte. Doch in der Nacht dann taten seine Träume, was sie wollten. Es war schwer, im Traum aufzuhören, ein Mensch zu sein. Einen gewissen Fortschritt erzielte er in einem Traum von den Fischteichen. Freiherr Popielski träumte, er sei ein olivfarbener Karpfen. Er schwamm in grünem Wasser, in dem die Sonne nur als trübes Licht zu sehen war. Er hatte weder eine Frau noch ein Schloss, nichts gehörte ihm und nichts kümmerte ihn. Das war ein schöner Traum.
An dem Tag, an dem die Deutschen bei ihm im Schloss auftauchten, träumte der Freiherr endlich am frühen Morgen, er sei ein Hund. In dem Traum lief er auf dem Marktplatz in Jeszkotle herum und suchte etwas, er wusste selbst nicht, was. An Szenberts Laden scharrte er abgenagte Knochen und Abfall aus und fraß sie mit Genuss. Der Geruch der Pferdeäpfel und die menschlichen Exkremente in den Büschen zogen ihn an. Frisches Blut roch wie Ambrosia.
Der Freiherr wachte verwundert auf. ›Das ist doch irrational, das ist absurd‹, dachte er, aber er war froh, dass das Spiel jetzt weitergehen konnte.
Die Deutschen waren sehr höflich. Hauptmann Gropius und noch ein anderer Mann. Der Freiherr ging zu ihnen hinaus. Er war bemüht, die Distanz zu wahren.
»Ich kann Sie gut verstehen«, sagte Hauptmann Gropius, als er seine saure Miene sah. »Leider stehen wir hier als die Angreifer, die Besatzungsmacht vor Ihnen. Doch wir sind zivilisierte Menschen.«

Sie wollten größere Mengen Holz kaufen. Freiherr Popielski versprach, sich um eine Holzlieferung zu kümmern, aber in seinem tiefsten Innern hatte er nicht vor, sich von dem Spiel ablenken zu lassen. Damit war das Gespräch zwischen den Besatzern und dem Besetzten auch schon beendet. Der Freiherr kehrte zu dem Spiel zurück. Er freute sich, dass er ein Hund geworden war und jetzt auf das nächste Feld vorrücken konnte.
In der folgenden Nacht träumte der Freiherr, er lese die Spielanleitung. Die Worte hüpften vor seinen müden Augen hin und her, denn dem Teil des Freiherrn, der den Traum hatte, war das Lesen nicht geläufig.

»Die Zweite Welt schuf Gott, als er jung war. Er hatte noch keine Erfahrung, deshalb ist in dieser Welt alles blass und verschwommen, und die Dinge zerfallen schneller zu Staub. Der Krieg währt ewig. Die Menschen werden geboren, verlieben sich leidenschaftlich und sterben ganz plötzlich, denn der Tod ist allgegenwärtig. Doch je mehr Leiden ihnen das Leben bringt, desto mehr wollen sie leben.
Ur existiert nicht. Es hat es nie gegeben, denn über die Stelle, an der es jemand hätte gründen können, ziehen unentwegt Horden ausgehungerter Soldaten von Osten nach Westen. Nichts hat einen Namen. Die Erde ist von Bomben durchlöchert, beide Flüsse sind krank und verwundet, sie führen trübes Wasser und lassen sich nur mit Mühe unterscheiden. Die Steine zerbröckeln in den Fingern hungriger Kinder.
In dieser Welt begegnete Kain Abel auf dem Feld und sagte: ›Es gibt weder Recht noch Richter! Es gibt kein Jenseits, keinen Lohn für die Gerechten und keine Strafe für die

Übeltäter. Diese Welt ist nicht aus Gnade geschaffen, in ihr herrscht kein Mitleid. Warum ist denn dein Opfer angenommen und meines zurückgewiesen worden? Wozu braucht Gott ein totes Lamm?‹ Abel entgegnete: ›Meins wurde angenommen, weil ich Gott liebe, deins aber abgelehnt, weil du ihn hasst. Solche wie dich sollte es gar nicht geben.‹ Da erschlug Abel Kain.«

Die Zeit Kurts

Kurt sah Ur von dem Lastwagen aus, der die Soldaten der Wehrmacht herbrachte. Für Kurt unterschied sich Ur durch nichts von den anderen Dörfern, an denen sie in dem fremden Feindesland vorbeigefahren waren. Die Dörfer unterschieden sich überhaupt sehr wenig von denen, die er aus den Ferien kannte. Höchstens durch ihre engeren Gassen und ärmlicheren Häuser, die komischen schiefen Holzzäune und die geweißten Mauern. Kurt verstand nicht viel von Dörfern. Er kam aus einer großen Stadt und er sehnte sich nach dieser Stadt. Er hatte Frau und Kind dort zurückgelassen.

Sie versuchten erst gar nicht, in den Bauernhäuschen Quartier zu nehmen. Sie nahmen Cherubins Garten in Beschlag und machten sich daran, hölzerne Baracken zu bauen. In einer davon sollte die Küche untergebracht werden, in der Kurt das Kommando hatte. Hauptmann Gropius nahm ihn im Geländewagen mit nach Jeszkotle und zum Schloss, nach Kotuszów und in die umliegenden Dörfer. Sie kauften Holz, Kühe und Eier zu sehr niedrigen Preisen, die sie selbst festlegten, oder sie bezahlten gar nicht. Auf diesen Exkursionen sah Kurt dieses feindliche unterjochte Land aus der Nähe, er stand ihm Auge in Auge gegenüber. Er sah die Körbe mit Eiern, die aus den Verschlägen getragen wurden, mit Spuren von Hühnerkot auf den cremefarbenen Eierschalen, und die ablehnenden, feindseligen Blicke der Bäuerinnen. Er sah die schwerfälligen mageren Kühe und wunderte sich über die Zärtlichkeit, mit der sie versorgt wurden. Er sah die Hühner, die in den Misthaufen scharrten, die Äpfel, die auf den Dachböden trockneten, die runden Brote, die einmal im Monat gebacken wurden, und die barfüßigen blauäugigen Kinder, deren helle Stimmchen ihn an seine Tochter erinnerten. Doch all das war fremd. Vielleicht wegen der harten Sprache, die hier gesprochen wurde, vielleicht wegen der fremden Gesichtszüge. Wenn Hauptmann Gropius manchmal seufzte, dieses ganze Land sollte man dem Erdboden gleichmachen und dann eine neue Ordnung darauf gründen, gab Kurt ihm innerlich Recht. Es wäre sauberer und ordentlicher hier. Dann wieder kam ihm der unerträgliche Gedanke, er solle eigentlich nach Hause zurückkehren und diese Flecken sandiger Erde, diese Menschen, Kühe und Eierkörbe in Frieden lassen. Nachts träumte er von dem glatten, hellen Körper seiner Frau, und alles im Traum roch vertraut, sicher, anders als hier.

»Sieh nur, Kurt«, sagte Hauptmann Gropius, als sie wieder unterwegs waren, um Vorräte zu beschaffen, »sieh nur, wie viel Arbeitskraft, wie viel Raum, wie viel Land. Sieh dir mal ihre mächtigen Flüsse an, Kurt. Anstelle dieser primitiven Mühlen könnte man hier überall Wasserkraftwerke errichten, alles elektrifizieren, Fabriken bauen und sie alle endlich mal zur Arbeit antreiben. Schau sie dir mal an, Kurt, so übel sind sie gar nicht. Ich hab die Slaven sogar gern. Weißt du, dass der Name dieser Rasse von dem lateinischen Wort *sclavus* für Sklave stammt? Das ist ein Volk, dem das Dienen im Blut liegt …«

Kurt hörte ihm nicht sehr aufmerksam zu. Er sehnte sich nach seinem Zuhause.

Sie nahmen alles, was ihnen in die Hände fiel. Manchmal betraten sie eine Stube und Kurt hatte oft das Gefühl, dass die Menschen ihre Lebensmittel gerade in irgendwelchen Winkeln versteckt hatten. Dann zog Hauptmann Gropius seine Pistole hervor und schrie wütend:

»Im Namen der Wehrmacht beschlagnahmt!«

In solchen Augenblicken fühlte Kurt sich wie ein Dieb.

Abends betete er: »Bitte mach, dass ich nicht weiter nach Osten gehen muss. Mach, dass ich hier bleiben kann und auf demselben Weg nach Hause zurückkehren kann. Mach, dass der Krieg aufhört.«

Langsam gewöhnte sich Kurt an das fremde Land. Er wusste ungefähr, welcher Bauer wo lebte, und er fand an ihren sonderbaren Nachnamen genauso Geschmack wie an den hiesigen Karpfen. Er hatte Tiere gern und ließ deshalb alle Küchenabfälle zu der alten mageren Frau bringen, die mit einer ganzen Reihe ausgemergelter Hunde nebenan lebte. Schließlich erreichte er sogar, dass ihn die alte Frau zur Begrüßung zahnlos und schweigend anlächelte. Auch die Kinder aus dem neu gebauten Haus am Wald kamen zu ihm. Der Junge war ein wenig älter als das Mädchen. Beide hatten sie ganz helle, fast weiße Haare, wie seine Tochter. Das Mädchen hob das patschige Händchen und brabbelte:

»Hajhitla!«

Kurt gab ihnen Bonbons. Die Soldaten, die Wache standen, lächelten.

Am Anfang des Jahres neunzehnhundertdreiundvierzig wurde Hauptmann Gropius an die Ostfront geschickt. Offen-

sichtlich hatte er abends nicht gebetet. Kurt wurde befördert, aber das freute ihn überhaupt nicht. Eine Beförderung zu diesem Zeitpunkt war gefährlich, sie entfernte ihn weiter von zu Hause. Die Versorgung wurde immer schwieriger, und Kurt fuhr täglich mit ein paar Männern die umliegenden Dörfer ab. Mit der Stimme von Hauptmann Gropius sagte er:
»Im Namen der Wehrmacht beschlagnahmt!«
Und holte, was zu holen war.
Seine Leute halfen der SS-Abteilung bei der Deportation der Juden von Jeszkotle. Kurt beaufsichtigte die Verladung auf Lastwagen. Es tat ihm leid, obwohl er wusste, dass sie an Orte gebracht wurden, die besser für sie waren. Es war ihm unangenehm, wenn sie in Kellern und auf Dachböden nach jüdischen Flüchtlingen suchen mussten, Frauen, die vor Angst schier verrückt waren, über die Felder jagen und ihnen die Kinder aus den Armen reißen mussten. Er befahl, auf sie zu schießen, denn er hatte keine Wahl. Und er schoss auch selbst, denn er war kein Drückeberger. Die Juden wollten nicht auf die Lastwagen, sie flüchteten und sie schrien. Er dachte lieber nicht darüber nach. Es war ja schließlich Krieg. Abends betete er: »Bitte mach, dass ich nicht von hier in den Osten muss. Mach, dass ich bis zum Kriegsende hier bleiben kann. Lieber Gott, mach, dass sie mich nicht an die Ostfront holen.« Und Gott erhörte seine Gebete.
Im Frühjahr neunzehnhundertvierundvierzig bekam Kurt den Befehl, alles nach Kotuszów zu verlegen. Also ein Dorf weiter nach Westen, ein Dorf näher an zu Hause. Es hieß, die Bolschewiken seien im Anmarsch, aber das konnte Kurt nicht glauben. Als sie alle dann später mit ihrer ganzen Habe auf den Lastwagen saßen, erlebte Kurt einen russischen Flieger-

angriff. Die deutschen Garnisonen in Taszów wurden bombardiert. Ein paar Bomben schlugen in die Teiche ein. Eine traf die Scheune der Alten mit den Hunden. Die Hunde rannten wie von Sinnen auf dem Hügel herum. Kurts Soldaten begannen zu schießen. Kurt versuchte nicht, sie davon abzuhalten. Sie waren es nicht selbst, die schossen. Es war ihre Angst in dem fremden Land und ihre Sehnsucht nach ihrem Zuhause. Und ihre Furcht vor dem Tod. Rasend vor Angst, stürzten sich die Hunde auf die voll beladenen Lastwagen und bissen in die Gummireifen. Die Soldaten schossen ihnen genau zwischen die Augen. Die Wucht des Schusses schleuderte die Hundekörper zurück, und es sah aus, als schlügen sie Purzelbäume. In Zeitlupensaltos verspritzten sie dunkles Blut. Kurt sah, wie die alte Frau, die er so gut kannte, aus dem Haus gelaufen kam und versuchte, die Hunde, die noch lebten, wegzuziehen, dann nahm sie die verwundeten Tiere auf den Arm und trug sie in den Garten. Ihre graue Schürze färbte sich tiefrot. Sie schrie etwas, das Kurt nicht verstehen konnte. Als Kommandant hätte er dieser sinnlosen Schießerei ein Ende setzen müssen, aber ihn überfiel plötzlich die Vorstellung, er sei hier Zeuge des Weltuntergangs und gehöre zu den Engeln, die die Welt von Sünde und Schmutz reinigen müssen. Dass etwas enden müsse, damit es einen neuen Anfang geben könne. Es war schrecklich, aber es musste sein. Es gab keine Umkehr, denn diese Welt war dem Tode geweiht.
Dann erschoss Kurt die Alte, die ihn so oft zur Begrüßung schweigend und zahnlos angelächelt hatte.
In Kotuszów sammelten sich die Soldaten aus der ganzen Gegend. Sie besetzten alle Gebäude, die von den Angriffen verschont geblieben waren, und bauten einen Beobachtungs-

posten. Kurts Aufgabe war es jetzt, Ur zu beobachten. Deshalb blieb Kurt trotz des Umzugs weiter in Ur.
Aus sicherer Entfernung, oberhalb der Linie, die Wald und Fluss bildeten, sah er Ur jetzt als eine Siedlung verstreuter Häuser. Auch das neue Haus am Wald, wo die Kinder mit den weißblonden Haaren wohnten, konnte er genau erkennen.
Im Spätsommer sah Kurt plötzlich die Bolschewiken durch das Fernglas. Ihre erbsengroßen Autos bewegten sich Unheil verkündend und in vollkommener Stille voran. Eine Unzahl mohnkorngroßer Soldaten schwärmte von ihnen aus. Kurt kam es vor wie eine Invasion kleiner, lebensgefährlicher Insekten. Er erschauderte.
Von August bis zum Januar des folgenden Jahres beobachtete er Ur mehrere Male am Tag. In dieser Zeit lernte er jeden Baum, jeden Pfad, jedes Haus kennen. Er sah die Linden an der Landstraße und den Maikäferhügel, die Wiesen, den Wald, die kleinen Wäldchen. Er sah Menschen auf ihren Fuhrwerken das Dorf verlassen und hinter dem Wald verschwinden. Am Abend sah er vereinzelte Plünderer, die von weitem wie Werwölfe aussahen. Er sah, wie die Bolschewiken mit jedem Tag und jeder Stunde mehr und mehr Soldaten und Kriegsgerät zusammenzogen. Manchmal beschossen sie sich gegenseitig – nicht, um sich Schaden zuzufügen, denn dazu war die Zeit noch nicht gekommen, sondern um sich einander in Erinnerung zu bringen.
Nach Einbruch der Dämmerung zeichnete er Landkarten und übertrug Ur auf Papier. Das bereitete ihm Vergnügen, denn erstaunlicherweise empfand er Sehnsucht nach Ur. Er dachte sogar daran, dass er dann, wenn die Welt von diesem

ganzen Wirrwarr befreit wäre, seine zwei Frauen hierher holen und sich hier niederlassen könnte, um Karpfen zu züchten und die Mühle zu betreiben.
Da Gott Kurts Gedanken lesen konnte wie eine Landkarte und sich daran gewöhnt hatte, ihm seine Wünsche zu erfüllen, erlaubte er ihm, für immer in Ur zu bleiben. Er bestimmte ihm eine dieser vereinzelten verirrten Kugeln, von denen es heißt, Gott habe ihren Lauf gelenkt.
Bevor die Bewohner von Ur den Mut aufbrachten, die Leichen zu begraben, die die Januaroffensive hinterlassen hatte, war es schon Frühling, und deshalb erkannte niemand in dem verwesenden Leichnam eines deutschen Soldaten Kurt. Er wurde in dem Erlenwäldchen gleich neben den Pfarrerswiesen begraben, und dort liegt er bis heute.

Die Zeit Genowefas

Genowefa wusch die weiße Wäsche in der Schwarze. Vor Kälte waren ihre Hände ganz starr. Sie hob sie hoch zur Sonne. Zwischen ihren Fingern konnte sie Jeszkotle sehen. Sie sah vier Militärlastwagen, die an der Kapelle des heiligen Rochus vorbei zum Markt fuhren. Danach verschwanden sie hinter den Kastanienbäumen bei der Kirche. Als sie die Hände wieder ins Wasser tauchte, hörte sie Schüsse. Die Strömung des Flusses riss ihr das Laken aus der Hand. Die einzelnen Schüsse wurden zu einem Trommelfeuer, und Genowefas Herz begann zu rasen. Sie lief dem kraftlos dahintreibenden weißen Leintuch am Ufer entlang hinterher, bis es hinter der Flussbiegung verschwand.

Über Jeszkotle stieg eine Rauchwolke auf. Ratlos blieb Genowefa an der Stelle stehen, die von ihrem Haus, dem Wäscheeimer und dem brennenden Jeszkotle gleich weit entfernt war. Sie dachte sofort an Misia und die Kinder. Ihr Mund war ganz ausgetrocknet, als sie lief, um den Eimer zu holen.

»Muttergottes von Jeszkotle, Muttergottes von Jeszkotle …«, wiederholte sie mehrere Male und schaute verzweifelt zu der Kirche auf der anderen Seite des Flusses hinüber. Sie stand ungerührt genauso da wie zuvor.

Die Lastwagen fuhren mit schwankenden Segeltuchverdecken auf die Dorfwiesen. Aus einem Wagen strömten Soldaten und bildeten ein Spalier. Plötzlich trat eine Menschenkolonne aus dem Schatten der Kastanienbäume. Sie liefen, stolperten, rappelten sich auf, sie trugen Koffer und schoben kleine Wagen. Die Soldaten schoben die Menschen mit Gewalt in die Wagen. Es ging so schnell, dass Genowefa nicht begriff, was da vor ihren Augen geschah. Sie hob die Hand an die Augen, weil die untergehende Sonne sie blendete, und erst da sah sie den alten Schlomo im aufgeknöpften Kaftan, die blonden Kinder der Genz' und der Kindels, Frau Szenbert in einem hellblauen Kleid, ihre Tochter mit einem Säugling auf dem Arm, den kleingewachsenen Rabbi, der gestützt wurde. Und sie konnte ganz deutlich Eli erkennen, der seinen Sohn an der Hand hielt. Dann entstand eine plötzliche Aufruhr, und die Menge durchbrach das Soldatenspalier. Die Menschen liefen in alle Richtungen auseinander, diejenigen, die schon in den Lastwagen waren, sprangen hinaus. Aus dem Augenwinkel sah Genowefa das Feuer an den Gewehrmündungen, und gleich darauf ertönte der betäubende Donner langer Maschinengewehrsalven. Die kleine Gestalt des Mannes, die sie nicht aus den Augen gelassen hatte, schwankte und stürzte wie andere, wie unendlich viele andere. Genowefa ließ den Eimer fallen und stieg in den Fluss. Die Strömung zerrte an ihrem Rock und riss ihr die Beine weg. Die Maschinengewehre schwiegen, als wären sie müde.
Als Genowefa am anderen Ufer der Schwarze stehen blieb, fuhr ein beladener Lastwagen schon in Richtung Straße davon. In den anderen Wagen stiegen schweigend Menschen. Sie sah, wie sie sich gegenseitig helfend die Hände reichten.

Ein Soldat erledigte die Menschen, die verletzt am Boden lagen, mit einzelnen Schüssen. Der nächste Lastwagen fuhr ab.
Eine Gestalt rappelte sich vom Boden auf und versuchte, zum Fluss zu laufen. Genowefa erkannte sofort Rachel Szenbert, Misias Altersgenossin. Sie hielt einen Säugling im Arm. Ein Soldat hockte sich hin und legte gelassen sein Gewehr auf das Mädchen an. Ungeschickt versuchte sie, Haken zu schlagen. Der Soldat schoss, und Rachel hielt inne. Sie schwankte kurz, dann fiel sie. Genowefa sah, wie der Soldat zu ihr lief und sie mit dem Fuß auf den Rücken drehte. Dann schoss er auf das weiße Bündelchen und kehrte zu den Lastwagen zurück.
Genowefas Beine gaben unter ihr nach, und sie sackte in die Knie.
Als die Lastwagen abgefahren waren, stand sie mit großer Mühe auf und wankte über die Wiesen. Ihre Beine waren schwer wie Stein und gehorchten ihr nicht. Der nasse Rock zog sie zu Boden.
Eli lag ins Gras gekrümmt da. Seit vielen Jahren sah Genowefa ihn zum ersten Mal wieder aus der Nähe. Sie setzte sich neben ihn und stand von da an nie wieder auf ihren eigenen Beinen.

Die Zeit der Szenberts

In der folgenden Nacht weckte Michał Pawel, und die beiden gingen zusammen hinaus. Misia konnte nicht mehr einschlafen. Sie meinte, in der Ferne vereinzelte, unheilvolle Schüsse zu hören. Ihre Mutter lag reglos und mit geöffneten Augen auf dem Bett. Misia horchte auf ihren Atem.

Am frühen Morgen kamen die Männer mit fremden Menschen zurück. Sie brachten sie in den Keller und schlossen ab.

»Sie werden uns alle umbringen«, sagte sie Pawel ins Ohr, als er wieder ins Bett gekommen war. »Sie werden uns an die Wand stellen und das Haus anzünden.«

»Das sind Szenberts Schwiegersohn und seine Schwester mit ihren Kindern. Sonst hat keiner überlebt«, antwortete er.

Am Morgen brachte Misia Essen in den Keller. Sie öffnete die Tür und sagte guten Morgen. Sie sah sie alle auf einen Blick: eine untersetzte Frau, einen Jungen von zwölf oder dreizehn Jahren, ein kleines Mädchen. Sie kannte sie nicht. Aber sie kannte Szenberts Schwiegersohn, Rachels Mann. Er hatte ihnen den Rücken zugekehrt und schlug stumpf mit dem Kopf gegen die Wand. »Was soll aus uns werden?« fragte die Frau.

»Ich weiß es nicht«, sagte Misia.

Bis Ostern wohnten sie in dem vierten, dunkelsten Keller. Nur ein Mal kam die Frau mit der Tochter hinauf, um sich zu baden. Misia half der Frau, die langen schwarzen Haare zu kämmen. Michał ging jeden Abend zu ihnen hinunter und brachte ihnen Landkarten und etwas zu essen. Am zweiten Ostertag brachte er sie nachts auf den Weg nach Taszów.

Ein paar Tage später stand er mit seinem Nachbarn Krasny am Zaun, der ihre beiden Grundstücke trennte. Sie redeten von den Russen, die jetzt wohl wirklich nicht mehr weit seien. Michał fragte nicht nach Krasnys Sohn, der bei den Partisanen war. So hieß es jedenfalls. Ganz zum Schluss drehte Krasny sich noch einmal um und sagte:

»An der Straße nach Taszów, im Neubruch, da liegen ein paar ermordete Juden.«

Die Zeit Michałs

Im Sommer neunzehnhundertvierundvierzig kamen die Russen. Den ganzen Tag über zogen sie auf der Landstraße von Taszów her vorüber. Alles war mit Staub bedeckt: ihre Lastwagen, Panzer, Geschütze und Anhänger, ihre Uniformen, Haare und Gesichter, sie sahen aus, als seien sie eben der Erde entstiegen, als habe sich ein Märchenheer erhoben, das im Reich des Herrschers über den Osten in tiefem Schlaf gelegen hätte.

Die Menschen standen am Wegrand und begrüßten die Spitze der Kolonne voller Freude. Die Gesichter der Soldaten zeigten keine Reaktion. Ihre Blicke glitten gleichgültig über die Gesichter der Menschen, die sie willkommen hießen. Die Soldaten hatten seltsame Uniformen, ausgefranste Mäntel, unter denen manchmal überraschende Farben zum Vorschein kamen: dunkelrote Hosen, das festliche Schwarz von Westen und das Gold erbeuteter Uhren.

Michał schob den Rollstuhl, in dem Genowefa saß, auf die Veranda hinaus.

»Wo sind die Kinder? Michał, hol die Kinder her«, murmelte Genowefa immer wieder undeutlich.

Michał ging zum Zaun und nahm Antek und Adelka fest an der Hand. Sein Herz hämmerte.

Er sah nicht diesen Krieg, sondern den damaligen. Vor sich sah er wieder die endlosen Weiten des Landes, das er damals durchquert hatte. Es musste ein Traum sein, denn nur im Traum wiederholt sich alles wie ein Refrain. Er hatte denselben Traum, lang gezogen, schweigend, schrecklich wie die Soldatenkolonnen, wie vom Schmerz gedämpfte Explosionen.

»Opa, wann kriegen wir eine polnische Armee?« fragte Adelka und hob eine Fahne hoch, die sie sich aus einem Stöckchen und einem Stoffrest gemacht hatte.

Er nahm sie seiner Enkeltochter weg und warf sie in den Fliederbusch, dann brachte er die Kinder zurück ins Haus. Er setzte sich in der Küche ans Fenster und sah hinüber nach Kotuszów und Papiernia, wo immer noch die Deutschen standen. Er begriff, dass die Straße nach Wola jetzt die Frontlinie bildete. Exakt.

Izydor kam in die Küche gestürzt.

»Papa, komm! Ein paar Offiziere stehen da und wollen reden. Komm!«

Michał erstarrte. Er ließ sich von Izydor die Treppe hinunter vor das Haus führen. Er sah Misia, Genowefa, die Nachbarn Krasny und eine Gruppe Kinder aus ganz Ur. In der Mitte stand ein offenes Armeeauto, in dem zwei Männer saßen. Ein dritter Mann sprach mit Pawel. Pawel machte wie immer den Eindruck, als verstehe er alles. Als er den Schwiegervater sah, wurde er lebhafter.

»Da ist unser Vater. Er spricht eure Sprache. Er hat in eurer Armee gekämpft.«

»In unserer Armee?« wunderte sich der Russe.

Michał sah sein Gesicht, und es überlief ihn heiß. Sein Herz schlug ihm bis zum Hals. Er wusste, dass er jetzt etwas sagen musste, aber seine Zunge erstarrte. Er drehte sie im Mund hin und her wie eine heiße Kartoffel. Er versuchte irgendein noch so einfaches Wort damit zu bilden, aber er konnte es nicht, er hatte alles vergessen.

Der junge Offizier sah ihn neugierig an. Unter der Uniformjacke schauten schwarze Frackschöße hervor. In den Schlitzaugen zeigte sich ein freudiger Schimmer.

»Nu, otiec, schto s wami? Schto s wami?«[2]

Michał hatte das Gefühl, als sei das alles, der schlitzäugige Offizier, diese Straße, diese Kolonne staubbedeckter Soldaten, als sei das alles schon einmal dagewesen, als habe sogar dieses *schto s wami* schon einmal stattgefunden. Es kam ihm so vor, als habe die Zeit sich zurückgedreht. Ihn packte die Angst.

»Menja zovut Michail Jozefowitsch Niebieski«,[3] sagte er mit zitternder Stimme.

2 »Was ist los mit euch, Alter? Was ist los?«

3 »Ich heiße Michail Jozefowitsch Niebieski.«

Die Zeit Izydors

Der junge Offizier mit den Schlitzaugen hieß Ivan Mukta. Er war Adjutant eines düsteren Leutnants mit blutunterlaufenen Augen.

»*Wasch dom ponravilsja lejtnantu. Budjet kwartira*«,[4] sagte er fröhlich und trug das Gepäck des Leutnants ins Haus. Dabei schnitt er Gesichter, die alle Kinder außer Izydor zum Lachen brachten.

Izydor betrachtete ihn eindringlich und hatte das Gefühl, dass er da zum ersten Mal einen wirklichen Fremden vor sich hatte. Die Deutschen waren zwar böse, aber sie sahen genauso aus wie die Leute aus Ur. Ohne die Uniformen hätte man sie nicht voneinander unterscheiden können. Das Gleiche galt für die Juden in Jeszkotle, die höchstens eine etwas gebräuntere Haut und dunklere Augen hatten. Aber Ivan Mukta war anders, er sah niemandem ähnlich. Sein Gesicht war rund und pausbäckig und hatte eine sonderbare Hautfarbe – wie die Strömung der Schwarze an einem sonnigen Tag. Ivans Haare wirkten manchmal dunkelblau, und sein Mund erinnerte an eine Maulbeere. Aber am sonderbarsten waren die Augen: schmal wie Schlitze, schwarz und durchdringend, la-

4 »Dem Leutnant gefällt euer Haus. Wir nehmen hier Quartier.«

gen sie tief unter den gespannten Lidern. Und es wusste wohl niemand, was sie ausdrückten. Izydor schaute wie gebannt auf diese Augen.

Ivan Mukta brachte seinen Leutnant in dem größten und schönsten Zimmer im Erdgeschoss unter, da, wo die Standuhr war.

Izydor fand heraus, wie er den Russen beobachten konnte. Er kletterte auf den Fliederbusch und blickte von dort ins Zimmer. Der düstere Leutnant studierte Landkarten, die auf dem Tisch ausgebreitet waren, oder er saß lange über seinen Teller gebeugt.

Dafür war Ivan Mukta allgegenwärtig. Wenn er dem Leutnant das Frühstück serviert und die Stiefel geputzt hatte, half er Misia in der Küche: er hackte Holz, brachte den Hühnern ihr Futter, pflückte Johannisbeeren zum Einwecken, spielte mit Adelka, holte Wasser am Brunnen.

»Das ist sehr nett von Ihnen, Herr Ivan, aber ich komme allein zurecht«, sagte Misia anfangs, aber dann fand sie offensichtlich Gefallen daran.

Nach ein paar Wochen konnte Ivan Mukta Polnisch.

Izydor machte es sich zu seiner wichtigsten Aufgabe, Ivan Mukta nicht aus den Augen zu lassen. Er beobachtete ihn die ganze Zeit und fürchtete, einmal aus den Augen gelassen, könnte der Russe lebensgefährlich werden. Es regte ihn auf, wie Ivan Misia den Hof machte. Das Leben seiner Schwester war in Gefahr, deshalb suchte Izydor nach Vorwänden, um sich in der Küche aufzuhalten. Manchmal versuchte Mukta, Izydor anzusprechen, aber das versetzte den Jungen in solche Aufregung, dass er doppelt so heftig sabberte und stotterte.

»Er ist so auf die Welt gekommen«, seufzte Misia.

Ivan Mukta saß oft am Tisch und trank Unmengen Tee. Er brachte seinen eigenen Zucker mit, lose oder in angeschmutzten Klumpen, die er im Mund hielt, während er den Tee trank. Dabei erzählte er faszinierende Geschichten. Izydor versuchte, in allem, was er tat, Gleichgültigkeit zu demonstrieren, aber der Russe erzählte so spannende Geschichten ... Izydor musste den Schein wahren und so tun, als habe er etwas Dringendes in der Küche zu tun. Es war nicht einfach, eine Stunde lang Wasser zu trinken oder Holz unter der Herdplatte nachzulegen. Misia, die immer schnell kombinierte, setzte ihrem Bruder dann eine Schale mit Kartoffeln vor und gab ihm ein Messer in die Hand. Einmal holte Izydor tief Luft und prustete dann unvermittelt heraus:

»Die Russen sagen, dass es Gott nicht gibt.«

Ivan Mukta setzte sein Glas ab und sah Izydor mit seinen undurchdringlichen Augen an.

»Es geht nicht darum, ob es Gott gibt oder nicht. Das ist unwichtig. Glauben oder nicht glauben, das ist die Frage.«

»Ich glaube, dass es ihn gibt«, sagte Izydor und reckte sein Kinn kämpferisch vor. »Wenn es ihn gibt, dann zahlt es sich für mich aus, dass ich glaube. Wenn es ihn nicht gibt, kostet mich der Glaube nichts.«

»Gut gedacht«, lobte Ivan Mukta. »Aber so einfach ist es nicht, dass der Glaube nichts kostet.«

Misia rührte heftig mit einem Holzlöffel in der Suppe und räusperte sich.

»Und Sie? Was meinen Sie? Gibt es Gott oder gibt es ihn nicht?«

»Das ist so.« Ivan hob die Hand auf die Höhe seines Gesichts und spreizte vier Finger, und Izydor kam es vor, als blinzele er ihm mit einem Auge zu. Er streckte den ersten Finger vor.

»Entweder Gott war und ist, oder« – damit streckte er den zweiten Finger vor – »es gibt ihn nicht und hat ihn nie gegeben. Oder aber ...« – er streckte den dritten Finger vor – »... es hat Gott gegeben und gibt ihn jetzt nicht mehr. Und die letzte Möglichkeit ist ...«, dabei stieß Ivan alle vier Finger vor, »... es gibt Gott noch nicht und er wird noch kommen.«

»Izek, geh und hol mir Holz«, sagte Misia in demselben Ton wie damals, als die Männer dreckige Witze erzählten.

Izydor ging hinaus und dachte die ganze Zeit an Ivan Mukta. Dass Ivan Mukta noch viel zu sagen haben musste.

Ein paar Tage später erwischte er Ivan ganz allein. Er saß auf der Bank vor dem Haus und putzte sein Gewehr.

»Wie ist es da, wo du wohnst?« fragte Izydor mutig.

»Genauso wie hier. Nur dass es keinen Wald gibt. Es gibt einen Fluss, aber der ist sehr groß und er fließt sehr weit.«

Izydor ging nicht weiter darauf ein.

»Bist du alt oder jung? Wir haben keine Ahnung, wie alt du überhaupt bist.«

»Ich hab so mein Alter.«

»Kann es zum Beispiel sein, dass du siebzig bist?«

Ivan musste lachen und stellte sein Gewehr beiseite. Er gab keine Antwort.

»Ivan, meinst du, es ist möglich, dass es Gott nicht gibt? Woher kommt dann alles?«

Ivan drehte sich eine Zigarette, dann nahm er einen Zug und schnitt eine Grimasse.

»Schau dich doch mal um. Was siehst du?«

»Ich sehe die Straße und dahinter die Felder und die Pflaumenbäume und dazwischen das Gras ...« Izydor sah den Russen fragend an. »... und dahinter den Wald, da sind bestimmt Pilze, aber die kann man von hier aus nicht sehen ... und ich sehe noch den Himmel, der am unteren Rand hellblau ist und oben weiß und bewölkt.«

»Und wo ist da Gott?«

»Er ist unsichtbar. Er ist darunter. Er lenkt und beherrscht alles, er gibt die Gesetze und richtet alles ein, wie es ihm passt ...«

»Gut, Izydor. Ich weiß, dass du klug bist, auch wenn du nicht danach aussiehst. Ich weiß, du hast Fantasie.« Ivan senkte die Stimme und sprach jetzt sehr langsam. »Stell dir jetzt einmal vor, dass es darunter, wie du sagst, gar keinen Gott gibt. Dass niemand für irgendetwas sorgt, dass die ganze Welt ein einziges großes Durcheinander ist, oder schlimmer noch, eine Maschine, eine kaputte Häckselmaschine, die nur funktioniert, weil sie einmal in Schwung gekommen ist ...«

Da sah Izydor noch einmal hin, wie Ivan Mukta ihm gesagt hatte. Er nahm alle seine Sinne zusammen und öffnete die Augen so weit, dass sie anfingen zu tränen. Dann sah er einen kurzen Augenblick lang alles völlig anders. Ringsum dehnte sich der Raum leer und endlos. Alles, was in diesem toten Raum existierte, alles, was darin lebte, war hilflos und einsam. Die Dinge geschahen durch Zufall, und da, wo der Zufall fehlschlug, traten mechanische Gesetze in Kraft. Die unaufhörlich arbeitende Maschine der Natur. Die Kolben und Zahnräder der Geschichte. Gesetzmäßigkeiten, die von innen her vermoderten und zu Staub zerfielen. Überall herrschten Kälte und Trauer. Alle Wesen hatten das Bedürfnis, sich an etwas zu drängen, sich an etwas zu schmiegen, an Dinge, aneinander, doch was daraus erwuchs, waren nur Leid und Verzweiflung.

Alles, was Izydor sah, war von Vergänglichkeit gezeichnet. Unter der bunten äußeren Hülle war nichts als Fäulnis, Zerfall und Vernichtung.

Die Zeit Ivan Muktas

Ivan Mukta zeigte Izydor alle wichtigen Dinge.
Zuerst zeigte er ihm die Welt ohne Gott.
Dann ging er mit ihm in den Wald, wo die Partisanen begraben waren, die die Deutschen erschossen hatten. Izydor hatte viele dieser Männer gekannt. Danach bekam er hohes Fieber und lag im kühlen Schlafzimmer auf dem Bett seiner Schwester. Misia wollte Ivan Mukta nicht zu ihm lassen.
»Es macht Ihnen Spaß, ihm all diese schrecklichen Dinge zu zeigen. Aber er ist noch ein Kind.«
Zu guter Letzt erlaubte sie Ivan, am Bett des Kranken zu sitzen. Das Gewehr legte er ans Fußende.
»Ivan, erzähl mir vom Tod und davon, was nach dem Tod geschieht. Und sag mir, ob meine Seele unsterblich ist und ewig leben wird«, bat Izydor.
»In dir ist ein kleiner Funke, der nie verlischt. Ich habe ihn auch.«
»Haben wir alle diesen Funken? Die Deutschen auch?«
»Alle. Aber jetzt musst du schlafen. Wenn du wieder gesund bist, nehme ich dich mit zu unseren Leuten in den Wald.«
»Gehen Sie jetzt«, sagte Misia, als sie aus der Küche hereinschaute.
Als Izydor wieder gesund war, hielt Ivan sein Versprechen

und nahm ihn zu den russischen Abteilungen mit, die im Wald stationiert waren. Er ließ ihn auch durch sein Fernglas die Deutschen in Kotuszów betrachten. Izydor wunderte sich, dass die Deutschen, durchs Fernglas gesehen, von den Russen nicht zu unterscheiden waren. Sie hatten Uniformen ähnlicher Farbe, ähnliche Schützengräben und ähnliche Helme. Umso weniger konnte er verstehen, warum sie auf Ivan schossen, als er in seiner ledernen Meldertasche die Befehle des düsteren Leutnants trug. Sie schossen auch auf Izydor, als er ihn begleitete. Izydor musste schwören, dass er niemandem davon erzählen würde. Wenn der Vater davon erführe, würde er ihn nach Strich und Faden versohlen.
Ivan Mukta zeigte Izydor noch etwas, von dem er niemandem erzählen konnte. Nicht deshalb, weil er es nicht durfte oder weil Ivan es ihm verboten hatte, sondern weil die Erinnerung daran Unruhe und Scham in ihm weckte, die zu groß waren, um davon zu reden, aber nicht zu groß, um daran zu denken.
»Alles vereinigt sich miteinander. Das ist seit ewigen Zeiten so. Das Bedürfnis nach Vereinigung ist das stärkste Bedürfnis, das es gibt. Da braucht man sich nur umzuschauen.«
Er ließ sich auf dem Pfad, auf dem sie gingen, in die Hocke nieder und zeigte mit dem Finger auf zwei Insekten, die am Hinterleib miteinander verbunden waren.
»Das ist der Trieb, etwas, was sich nicht beherrschen lässt.«
Plötzlich knöpfte Ivan Mukta seine Hose auf und schüttelte sein Glied.
»Das ist das Instrument zur Vereinigung. Es passt in das Loch, das die Frauen zwischen den Beinen haben, denn auf der Welt herrscht Ordnung. Jedes Ding passt zu einem anderen.«

Izydor wurde rot bis über beide Ohren. Er wusste nicht, was er sagen sollte. Er senkte den Blick und schaute auf den Pfad. Sie gingen auf das Feld hinter dem Hügel, das außerhalb der Schussweite der Deutschen lag. Bei den verlassenen Häusern weidete eine Ziege.

»Wenn es zum Beispiel wie jetzt wenig Frauen gibt, passt das Instrument in die Hand, in die Hintern anderer Soldaten, in eine Grube, die man sich in der Erde gräbt, in das eine oder andere Tier. Bleib hier stehen und schau zu«, sagte Ivan Mukta schnell und gab Izydor seine Mütze und die Tasche mit den Karten. Er lief zu der Ziege, schob sein Gewehr auf den Rücken und ließ seine Hose herunter.

Izydor sah, wie sich Ivan an das Hinterteil der Ziege schmiegte und begann, seinen Unterleib rhythmisch zu bewegen. Je schneller Ivans Bewegungen wurden, desto mehr erstarrte Izydor.

Als Ivan zu ihm zurückkam, um die Kartentasche und die Mütze wieder in Empfang zu nehmen, weinte Izydor.

»Warum weinst du? Tut dir das Tier leid?«

»Ich will nach Hause.«

»Aber sicher! Geh! Alle wollen nach Hause.«

Der Junge drehte sich um und lief auf den Wald zu. Ivan Mukta wischte sich mit dem Handrücken über die schweißnasse Stirn, setzte die Mütze auf und machte sich wieder auf den Weg. Dabei pfiff er eine traurige Melodie.

Die Zeit Rutas

Ähre fürchtete sich vor den Leuten im Wald. Sie beobachtete sie aus einem Versteck, wenn sie mit ihrem fremdartigen Geschwätz die Ruhe des Waldes störten. Sie trugen dicke Kleidung, die sie auch in der Sommerhitze nicht ablegten. Sie schleppten Waffen herum. Bis zum Wydymacz waren sie noch nicht gekommen, aber sie ahnte, dass das früher oder später geschehen würde. Sie wusste, dass sie sich gegenseitig verfolgten, um einander zu töten, und sie überlegte, wohin sie mit Ruta vor ihnen fliehen konnte. Manchmal hatten sie bei Florentynka übernachtet, aber im Dorf war Ähre unruhig. Nachts träumte sie, der Himmel sei ein metallener Deckel, den niemand öffnen könne.

Ähre war schon lange nicht mehr in Ur gewesen und wusste nicht, dass die Wolaer Straße die Grenze zwischen den Russen und den Deutschen bildete. Sie wusste nicht, dass Kurt Florentynka erschossen und die Maschinengewehre ihre Hunde getötet hatten. Sie grub eine kleine Höhle unter dem Haus, damit sie beide ein Versteck hätten, wenn die Männer in Uniformen kamen. Über dem Graben vergaß sie alles andere. Sie wurde unvorsichtig. Sie ließ Ruta allein ins Dorf gehen. Sie packte ihr einen Korb mit Brombeeren und Kartoffeln, die sie von den Feldern gestohlen hatte. Erst als Ruta

weg war, begriff Ähre, dass sie einen schrecklichen Fehler begangen hatte.
Ruta ging ihre gewohnte Strecke vom Wydymacz ins Dorf zu Florentynka. Der Weg führte sie durch Papiernia und dann über die Straße nach Wola, am Waldrand entlang. In dem Weidenkorb trug sie die Lebensmittel für die alte Frau. Florentynka sollte ihr einen Hund mitgeben, der sie vor den Menschen beschützen konnte. Ihre Mutter hatte ihr gesagt, sobald sie einen Menschen sah, ganz gleich ob aus Ur oder einen Fremden, sollte sie in den Wald verschwinden und davonlaufen.
Ruta war ganz in Gedanken an den Hund versunken, als sie einen Mann sah, der an einen Baum pinkelte. Sie blieb stehen und ging langsam rückwärts. Da packte jemand sie mit großer Kraft von hinten an den Armen und drehte sie um, dass es wehtat. Der Mann, der gepinkelt hatte, kam zu ihr und schlug sie so heftig ins Gesicht, dass sie schwankte und zu Boden fiel. Die Männer legten ihre Gewehre ab und vergewaltigten sie. Erst der eine, dann der andere, und dann kam noch ein dritter.
Ruta lag auf der Straße nach Wola, die die Grenze zwischen den Deutschen und den Russen bildete. Neben ihr lag der Korb mit den Brombeeren und den Kartoffeln. So fand die andere Patrouille sie. Die Uniformen dieser Männer hatten eine andere Farbe. Nacheinander legten sie sich auf sie und nacheinander gaben sie dem nächsten ihr Gewehr zum Festhalten. Dann standen sie über ihr und rauchten. Den Korb mit den Nahrungsmitteln nahmen sie mit.
Ähre fand Ruta zu spät. Das Kleid des Mädchens war bis über ihr kindliches Gesicht hochgerissen, und ihr Körper war

zerschunden. Der Bauch und die Schenkel waren rot von Blut, über dem die Fliegen kreisten. Sie war bewusstlos.
Die Mutter nahm sie auf den Arm und brachte sie in die Grube, die sie unter dem Haus gegraben hatte. Sie bettete sie auf Klettenblätter, und der Geruch erinnerte sie an den Tag, an dem ihr erstes Kind gestorben war. Sie legte sich neben das Mädchen und horchte auf ihre Atemzüge. Dann stand sie auf und mischte mit zitternden Händen Kräuter. Es roch nach Engelwurz.

Die Zeit Misias

Eines Tages im August sagten die Russen zu Michał, er solle alle Bewohner von Ur zusammentrommeln und in den Wald bringen. Sie sagten, die Front könne jederzeit nach Ur vorrücken.

Er tat, was sie verlangten. Er ging an allen Häusern vorbei und sagte überall:

»Die Front kann jederzeit nach Ur vorrücken.«

Wie mechanisch ging er auch zu Florentynkas Haus, und erst als er die leeren Hundeschüsseln sah, fiel ihm ein, dass Florentynka nicht mehr lebte.

»Und was wird aus euch?« fragte er Ivan Mukta.

»Wir sind im Krieg. Unseretwegen ist die Front ja da.«

»Meine Frau ist krank. Sie kann nicht laufen. Wir bleiben beide hier.«

Ivan Mukta zuckte mit den Schultern.

Misia und Stasia Papuga saßen auf dem Fuhrwerk. Sie hielten die Kinder an sich gedrückt. Misias Augen waren geschwollen vom Weinen.

»Papa, komm mit uns. Ich bitte dich. Bitte.«

»Wir hüten das Haus. Uns wird schon nichts geschehen. Ich habe Schlimmeres erlebt.«

Eine Kuh ließen sie Michał zurück, eine andere banden sie an den Wagen. Izydor holte die anderen aus dem Stall und nahm ihnen den Strick vom Hals. Sie wollten sich nicht rühren, da hob Pawel einen Stock auf und klatschte ihnen aufs Hinterteil. Ivan Mukta stieß einen langgezogenen Pfiff aus, und die erschrockenen Kühe setzten sich in Bewegung und trabten durch Stasias Beete aufs Feld hinaus. Später sahen sie vom Wagen aus, wie die Kühe, überrumpelt von der unerwarteten Freiheit, ganz benommen dastanden. Misia weinte den ganzen Weg über.

Von der Landstraße bog das Fuhrwerk in den Wald ab, die Räder passten genau in die Furchen der Wagen, die vor ihnen dort hergefahren waren. Misia ging zu Fuß hinterher und hielt die Kinder an der Hand. Am Wegrand wuchsen viele Pfifferlinge und Butterpilze. Immer wieder blieb sie stehen, bückte sich und zog die Pilze mit Moos und Gras aus dem Boden.

»Du musst den Stiel drinlassen, ein Stück vom Stiel muss in der Erde bleiben!« jammerte Izydor. »Sonst wachsen sie nie wieder nach.«

»Na und«, sagte Misia.

Die Nächte waren warm, deshalb schliefen sie auf mitgebrachten Decken auf der Erde. Die Männer gruben den ganzen Tag Erdhöhlen und hackten Holz. Die Frauen kochten und borgten sich gegenseitig Salz zu den Kartoffeln, ganz wie im Dorf.

Die Boskis wohnten unter den großen Kiefern. Auf den Zweigen trockneten die Windeln. Neben den Boskis hatten sich Frau Malaks Schwestern niedergelassen. Der Mann der jüngeren war Partisan bei der Heimatarmee, der Mann der älteren bei der »Jedrus«-Truppe. Pawel und Izydor bauten den beiden Frauen eine Erdhöhle.

Stillschweigend verteilten sich die Leute in der neuen Siedlung genauso, wie sie in Ur gewohnt hatten. Sie ließen sogar eine freie Stelle zwischen den Krasnys und Cherubins. In Ur stand dort Florentynkas Haus.

Eines Tages Anfang September kam Ähre mit ihrer Tochter in die Waldsiedlung. Man sah gleich, dass das Mädchen krank war. Sie konnte sich kaum auf den Beinen halten. Sie war übersät mit Blutergüssen und hatte hohes Fieber. Pawel Boski, der im Wald die Rolle des Arztes übernommen hatte, ging mit seiner Tasche zu ihnen. In der Tasche hatte er Jod, Verbandszeug, Tabletten gegen Durchfall und Sulfinamidpulver. Aber Ähre ließ ihn nicht an ihre Tochter heran. Sie bat die Frauen um heißes Wasser und brühte ihre Kräuter auf. Misia gab ihnen eine Decke. Es sah danach aus, dass Ähre bei ihnen bleiben wollte, deshalb hoben die Männer auch ihr eine kleine Erdhöhle aus.

Am Abend, wenn es im Wald ganz still war, saßen sie um die schwach glimmenden Feuerstellen und lauschten. Manchmal wurde die Nacht blitzartig erhellt, als tobe in der Nähe ein Gewitter. Danach hörten sie einen vom Wald gedämpften dunklen, schrecklichen Donner.

Es gab ein paar Mutige, die ab und zu ins Dorf gingen. Um Kartoffeln aus ihren Gemüsegärten oder Mehl zu holen, oder einfach deshalb, weil sie das Leben in der Ungewissheit nicht ertragen konnten. Am häufigsten machte sich die alte Frau Serafin auf den Weg, die nicht mehr viel um ihr Leben gab. Manchmal kam eine der Schwiegertöchter mit, und eine von ihnen war es, von der Misia dann erfuhr:

»Du hast kein Haus mehr. Nur noch ein Haufen Trümmer ist davon übrig.«

Die Zeit des Bösen Mannes

Seit die Menschen aus Ur in den Wald geflüchtet waren und dort in ihren Erdhütten lebten, fühlte sich der Böse Mann im Wald nicht mehr zu Hause. Menschen drängten überall hin, in jedes Gehölz und auf jede Lichtung. Sie stachen Torf und suchten Pilze und Nüsse. Abseits der hastig aufgeschlagenen Lager erleichterten sie sich mitten auf einem Walderdbeerstrauch oder auf das frische Gras. An wärmeren Abenden hörte er, wie sie sich in den Büschen begatteten. Verwundert sah er, wie jämmerlich die Unterkünfte waren, die sie sich bauten, und wie viel Zeit sie dafür brauchten.

Er beobachtete sie tagelang, doch je länger er sie betrachtete, desto mehr fürchtete und hasste er sie. Sie waren laut und verlogen. Pausenlos ging ihr Mundwerk, und die Laute, die sie ausstießen, waren ohne jeden Sinn. Es war weder Weinen noch Schreien noch zufriedenes Brummen. Ihre Sprache bedeutete nichts. Überall hinterließen sie ihre Spuren und Gerüche. Sie waren schamlos und achtlos. Wenn das unheilverkündende Dröhnen ertönte und der Himmel sich in der Nacht rot färbte, wurden sie von Panik und Verzweiflung ergriffen und wussten nicht, wohin sie flüchten und wo sie sich verstecken sollten. Er roch ihre Angst. Sie stanken wie die Ratten, die in die Falle des Bösen Mannes gegangen waren.

Die Gerüche, die sie um sich verbreiteten, reizten den Bösen Mann. Doch es waren auch angenehme neue Düfte darunter: der Geruch von gebratenem Fleisch und gekochten Kartoffeln, von Milch, Pelzen und Fellen, der Geruch von Zichorienkaffee, Asche und Roggenkörnern. Manche waren auch schrecklich, untierisch, rein menschlich: Kernseife, Karbol, Lauge, Papier, Schießpulver, Schmieröl und Schwefel.
Einmal blieb der Böse Mann am Waldrand stehen und schaute auf das Dorf. Es war leer und reglos wie ein Kadaver. Bei einigen Häusern waren die Dächer zerstört, andere hatten zertrümmerte Scheiben. Weder Hunde noch Vögel waren im Dorf. Nichts. Dieser Anblick gefiel dem Bösen Mann. Da die Leute in den Wald gekommen waren, ging der Böse Mann ins Dorf.

Die Zeit des Spiels

In dem Büchlein *Ignis fatuus, oder Lehrreiches Spiel für einen Spieler* beginnt die Beschreibung der Dritten Welt mit den folgenden Worten:

»Zwischen Himmel und Erde existieren Acht Welten. Sie hängen reglos im Raum wie Federbetten, die man zum Lüften hinausgehängt hat.
Die Dritte Welt schuf Gott vor sehr langer Zeit. Er fing an mit den Meeren und Vulkanen und hörte mit den Pflanzen und Tieren auf. Da jedoch das Schaffen selbst nur Mühe und Arbeit ist und nichts Erhebendes an sich hat, wurde Gott müde und missmutig. Die neue Welt kam ihm langweilig vor. Die Tiere hatten keinen Sinn für die Harmonie der Schöpfung, sie bewunderten Gott nicht und lobten ihn nicht. Sie aßen und mehrten sich. Sie fragten Gott nicht, warum er den Himmel blau und das Wasser nass gemacht hatte. Der Igel staunte nicht über seine Stacheln und der Löwe nicht über seine Zähne, und die Vögel dachten nicht über ihre Flügel nach.
Diese Welt bestand sehr lange, und schließlich langweilte sie Gott zu Tode. Also stieg Gott auf die Erde hinab und verlieh jedem Tier, das ihm über den Weg lief, mit Gewalt Finger,

Hände, ein Gesicht, eine dünne Haut, Verstand und die Fähigkeit zum Staunen, kurz, er verwandelte die Tiere in Menschen. Doch die Tiere wollten überhaupt nicht in Menschen verwandelt werden, denn die Menschen kamen ihnen schrecklich vor wie Monster und Ungeheuer. Deshalb taten sie sich zusammen, fingen Gott und ertränkten ihn. Und dabei blieb es.

In der Dritten Welt gibt es weder Gott noch Menschen.«

Die Zeit Misias

Misia zog sich zwei Röcke und zwei Pullover übereinander an und band sich ein Tuch um den Kopf. Ganz leise, um niemanden zu wecken, stahl sie sich aus der Erdhöhle. Der Wald dämpfte den eintönigen Donner der fernen Geschütze. Sie nahm den Rucksack und wollte sich schon aufmachen, als ihr Blick auf Adelka fiel. Das Kind kam auf sie zu.

»Ich komme mit dir.«

Misia wurde böse.

»Geh in die Hütte zurück. Sofort. Ich komme gleich wieder.«

Adelka klammerte sich krampfhaft an die beiden Röcke und begann zu weinen. Misia zögerte. Dann kehrte sie in die Hütte zurück und holte die Felljacke für ihre Tochter.

Sie blieben am Waldrand stehen und erwarteten, Ur vor sich liegen zu sehen. Aber da war kein Ur. Gegen den dunklen Himmel war nicht die kleinste Rauchsäule zu sehen, kein Licht leuchtete, kein einziger Hund bellte. Nur im Westen, irgendwo über Kotuszów, lag ein bräunliches Flackern auf den tiefhängenden Wolken. Misia überlief ein Schauder, und ein lange zurückliegender Traum fiel ihr ein, in dem es genauso gewesen war. ›Ich träume‹, dachte sie. ›Ich liege auf der Pritsche in der Erdhöhle. Ich bin nirgendwohin gegangen. Das hier ist ein Traum.‹ Und dann sagte sie sich, dass sie wohl noch früher eingeschlafen sein musste. Es kam ihr vor, als liege sie auf ihrem neuen Doppelbett, und neben ihr schlafe Pawel. Es gab keinen Krieg. Sie hatte einen langen Albtraum von den Deutschen, den Russen, der Front, dem Wald und den Erdhütten. Das half. Misia hatte keine Angst mehr und trat auf die Landstraße hinaus. Der feuchte Schotter auf der Straße knirschte unter ihren Schuhen. Voller Hoffnung redete sich Misia ein, sie sei noch viel früher eingeschlafen. Das eintönige Kurbeln der Kaffeemühle hatte sie ermüdet, und sie war auf der Bank vor der Mühle eingenickt. Sie war ein Kind und träumte jetzt einen kindlichen Traum vom erwachsenen Leben und dem Krieg.

»Ich will aufwachen«, sagte sie laut.

Adelka sah sie erstaunt an, und Misia begriff, dass kein Kind imstande wäre, die Erschießung der Juden, Florentynkas Tod, die Partisanen, das, was man Ruta angetan hatte, die Evakuierung und die Lähmung der Mutter zu träumen.

Sie blickte hoch: der Himmel sah aus wie der Boden einer Konservendose, die Gott über die Menschen gestülpt hatte.

Sie kamen an einem dunklen Schatten vorbei, und Misia ahnte, dass das ihre Scheune war. Sie trat an den Wegrand und tastete mit ausgestreckten Armen durch die Finsternis. Sie spürte die rauen Latten des Zauns. Undeutlich hörte sie merkwürdige gedämpfte Klänge.

»Da spielt jemand Ziehharmonika«, sagte Adelka.

Sie blieben vor dem Tor stehen, und Misias Herz schlug heftig. Ihr Haus stand, das fühlte sie, obwohl sie es nicht sah. Sie spürte eine mächtige viereckige Masse vor sich, sie spürte ihr Gewicht und ihre Art, den Raum auszufüllen. Tastend öffnete sie das Tor und trat auf die Veranda.

Die Musik kam aus dem Inneren des Hauses. Die Tür zwischen Veranda und Diele war mit Brettern zugenagelt, so wie sie sie hinterlassen hatten. Sie gingen zum Kücheneingang. Die Musik wurde lauter. Jemand spielte beschwingte Lieder auf dem Akkordeon. Misia bekreuzigte sich, nahm Adelka fest an die Hand und öffnete die Tür.

Die Musik verstummte. Sie sah ihre Küche, die von Rauch und Dämmerlicht erfüllt war. Vor den Fenstern hingen Decken. Am Tisch, an den Wänden, sogar auf der Anrichte saßen Soldaten. Einer von ihnen richtete plötzlich sein Gewehr auf sie. Misia hob langsam die Hände.

Der düstere Leutnant erhob sich vom Tisch. Er griff nach ihrer hochgereckten Hand und schüttelte sie zur Begrüßung.

»*Eto nasza pomieschtchica*«,[5] sagte er, und Misia knickste unbeholfen.

Ivan Mukta war auch unter den Soldaten. Er trug einen Verband um den Kopf. Von ihm erfuhr Misia, dass ihre Eltern mit der Kuh in der Mühle wohnten. Sonst war niemand mehr in Ur. Ivan führte Misia nach oben und öffnete ihr die Tür zum Südzimmer. Misia sah den winterlichen Nachthimmel vor sich. Das Südzimmer gab es nicht mehr, aber das kam ihr seltsam unwichtig vor. Was war schon der Verlust eines einzelnen Zimmers, wenn man damit gerechnet hatte, das ganze Haus verloren zu haben?

»Frau Misia«, sagte Ivan auf der Treppe zu ihr, »Sie müssen unbedingt Ihre Eltern von hier wegholen und sich im Wald verstecken. Gleich nach euren Feiertagen wird die Front vorrücken. Es wird schreckliche Kämpfe geben. Aber sagen

[5] »Das ist unsere Frau Besitzerin.«

Sie niemandem etwas davon. Das ist ein militärisches Geheimnis.«
»Danke«, sagte Misia, und erst kurz darauf ging ihr das volle Ausmaß der Bedrohlichkeit dieser Worte auf. »Mein Gott, was soll aus uns werden? Wie sollen wir den Winter im Wald überleben? Wozu ist dieser Krieg, Ivan? Wer führt ihn? Warum zieht ihr selbst in diese Schlächterei und tötet andere?«
Ivan Mukta sah sie traurig an und gab keine Antwort.
Misia verteilte Kartoffelmesser an die angetrunkenen Soldaten. Sie holte Schmalz aus dem Versteck im Keller und briet eine große Schüssel voll Bratkartoffeln. Die Soldaten kannten keine Bratkartoffeln. Erst betrachteten sie sie misstrauisch, dann aßen sie mit wachsendem Appetit.
»Sie können nicht glauben, dass das Kartoffeln sind«, erklärte Ivan Mukta.
Weitere Wodkaflaschen erschienen auf dem Tisch. Das Akkordeon ertönte wieder. Misia legte Adelka im Spind unter der Treppe schlafen, dieser Ort erschien ihr am sichersten.
Die Anwesenheit einer Frau brachte die Soldaten in Fahrt. Sie begannen zu tanzen, erst auf dem Fußboden, dann auf dem Tisch. Die anderen klatschten im Takt der Musik. Der Wodka strömte durch ihre Kehlen, und eine plötzliche Raserei erfasste sie: sie stampften mit den Füßen, schrien, schlugen mit den Gewehren auf den Boden. Dann zog ein helläugiger junger Offizier die Pistole aus dem Halfter und schoss ein paar Mal an die Decke. Der Putz rieselte in die Gläser. Von dem Lärm betäubt, hielt Misia schützend die Arme über ihren Kopf. Plötzlich wurde es still, und Misia hörte sich schreien. Wie ein Echo drang das angstvolle Weinen des Kindes unter der Treppe hervor.

Der düstere Leutnant schrie den Helläugigen an und griff nach dem Pistolenhalfter. Ivan Mukta kniete neben Misia.
»Haben Sie keine Angst, Misia. Das ist nur Spaß.«
Sie überließen Misia ein ganzes Zimmer. Zwei Mal sah sie nach, ob sie die Tür auch abgeschlossen hatte.
Als sie am Morgen zur Mühle ging, trat der helläugige Offizier auf sie zu und sagte etwas zur Entschuldigung. Er zeigte ihr den Ring an seinem Finger und irgendwelche Papiere. Wie immer tauchte Ivan Mukta plötzlich aus dem Nichts auf.
»Er hat Frau und Kind in Moskau. Er bittet Sie wegen gestern Abend sehr um Verzeihung. Das ist die Unruhe, die ihn dann packt.«
Misia wusste nicht, was sie tun sollte. Einem plötzlichen Impuls folgend, ging sie zu dem Mann und drückte ihn an sich. Seine Uniform roch nach Erde.
»Sehen Sie zu, dass Sie nicht umkommen, Ivan«, sagte sie zum Abschied zu Mukta.
Er nickte und lächelte. Seine Augen sahen jetzt wie zwei schwarze Striche aus.
»Solche wie ich kommen nicht um.«
Misia sah ihn noch einmal an, und sie hatte das Gefühl, als kenne sie Ivan schon seit langer Zeit.
»Also dann auf Wiedersehen.«

Die Zeit Michałs

Sie lebten mit der Kuh in der Küche. Michał hatte ihr einen Verschlag hinter der Tür hergerichtet, wo immer die Wassereimer standen. Jeden Morgen ging er in die Scheune, um Heu zu holen, dann fütterte er die Kuh und mistete den Verschlag aus. Genowefa sah ihm von ihrem Stuhl aus zu. Zwei Mal täglich nahm er den Eimer, setzte sich auf den Schemel und melkte die Kuh so gut es ging. Viel Milch gab sie nicht. Gerade so viel, dass es für zwei Personen reichte. Michał schöpfte den Rahm von der Milch, um ihn irgendwann einmal den Kindern in den Wald zu bringen.

Die Tage waren kurz, als wären sie krank und hätten keine Kraft, bis zum Ende durchzuhalten. Es wurde früh dunkel, dann saßen die beiden am Tisch, auf dem eine Petroleumlampe glomm. Die Fenster hatten sie mit Pferdedecken verhängt. Michał heizte im Herd und öffnete die Herdtür, das Feuer heiterte sie auf. Genowefa bat ihn, ihren Stuhl zum Feuer zu drehen.

»Ich kann mich nicht bewegen. Ich bin tot bei lebendigem Leib. Ich bin eine schreckliche Belastung für dich, das hast du nicht verdient«, sagte sie manchmal mit einer Grabesstimme, die tief aus ihrem Bauch aufstieg.

Michał beruhigte sie.

»Ich sorge gerne für dich.«

Abends setzte er sie auf den Nachttopf, wusch sie und trug sie ins Bett. Er streckte ihre Arme und Beine für sie. Es kam ihm vor, als sehe sie ihn aus der Tiefe ihres Körpers an, als sei sie dort eingeschlossen. Eine Prinzessin, die im Turm ihres eigenen Körpers eingesperrt war. Nachts flüsterte sie: »Umarme mich.«

Zusammen hörten sie den Widerhall der Geschütze. Meistens kam er von Kotuszów her, aber manchmal erzitterte alles, und sie wussten dann, dass es wieder in Ur eingeschlagen hatte. Nachts drangen sonderbare Geräusche an ihre Ohren: ein Schnalzen und Knurren, die hastigen Schritte von einem Menschen oder Tier. Michał hatte Angst, aber er wollte es nicht zeigen. Wenn sein Herz zu heftig schlug, drehte er sich auf die Seite.

Dann kamen Misia und Adelka, um sie zu holen. Michał beharrte nicht mehr darauf zu bleiben. Die Mühle der Welt war stehen geblieben. Ihr Mechanismus war kaputt. Sie bahnten sich einen Weg durch den Schnee auf der Landstraße bis zum Wald.

»Lass mich noch einen Blick auf Ur werfen«, bat Genowefa, aber Michał tat, als habe er sie nicht gehört.

Die Zeit des Wassermanns Pluszcz

Der Wassermann Pluszcz erwachte und schwamm hinauf an die Oberfläche. Er sah, dass die Welt wogte: die Luft trieb in großen Windstößen vorbei, ballte sich und schoss hoch aufwärts zum Himmel. Das Wasser brodelte und war trüb, Hitze und Feuer schlugen hinein. Was oben gewesen war, war jetzt unten, was unten gewesen war, drängte nach oben.

Neugier und Tatendrang spornten den Wassermann an. Er probierte seine Kräfte aus und holte sich dichte Schwaden Nebel und Dampf vom Fluss herauf. Eine graue Wolke schob sich jetzt hinter ihm die Straße nach Wola entlang bis zum Dorf.

Am Zaun der Boskis sah er einen ausgemergelten Hund. Ohne jede böse Absicht beugte er sich zu ihm. Der Hund stieß ein markerschütterndes Jaulen aus und ergriff mit eingezogenem Schwanz die Flucht. Das ärgerte den Wassermann Pluszcz und er schickte eine Wolke Nebel und Dampf über den Garten und wollte sie wie früher in die rauchenden Schornsteine schicken, aber die Schornsteine waren kalt. Pluszcz ging um das Haus der Serafins herum und sah gleich, dass dort niemand war. In ganz Ur war niemand. In der Luft hing das auf- und absteigende Quietschen der Scheunentüren, die der Wind hin und her bewegte.

Wassermann Pluszcz wollte herumtollen, zwischen den Geräten der Menschen sein Unwesen treiben, damit die Welt auf seine Gegenwart reagierte. Er wollte die Luft lenken, den Wind auf seinem nebligen Körper festhalten, mit den Gewässern sein Spiel treiben, Menschen in die Irre führen und erschrecken, Tiere scheu machen. Aber die Windstöße hatten sich gelegt, und alles war leer und still geworden.

Er hielt eine Weile inne und spürte, dass sich irgendwo im Wald diese jämmerliche Wärme breit machte, die von Menschen ausgeht. Er freute sich und wirbelte herum. Er kehrte über die Wolaer Straße zurück und erschreckte noch einmal denselben Hund. Am Himmel zogen niedrige Wolken entlang, das gab dem Wassermann Kraft. Die Sonne war noch nicht aufgegangen.

Kurz vor dem Wald hielt ihn etwas auf. Er wusste nicht, was es war. Er zögerte, dann bog er zum Fluss ab, aber nicht auf die Pfarrerswiesen, sondern weiter nach Papiernia.

Der schüttere Kiefernwald hatte großen Schaden genommen, und Rauch stieg zwischen den Bäumen auf. In der Erde gähnten riesige Trichter. Gestern musste der Weltuntergang darüber hinweggegangen sein. In dem hohen Gras lagen Hunderte erstarrender menschlicher Körper. Das Blut dampfte rot in den grauen Himmel, bis er sich im Osten purpurn färbte.

Der Wassermann sah, wie sich in dieser Totenstarre etwas bewegte. Die Sonne löste sich aus den Fesseln des Horizonts und begann die Seelen aus den Leichen der Soldaten zu befreien.

Verwirrt und betäubt kamen die Seelen aus den Körpern gekrochen. Schwankend stiegen sie auf wie Schatten und durchsichtige kleine Ballons. Wassermann Pluszcz freute sich fast so sehr wie ein lebendiger Mensch. Er rannte in den lichten Wald und versuchte, die Seelen umherzuwirbeln, mit ihnen zu tanzen, sie aufzuschrecken und mit sich zu ziehen. Es waren unzählige Seelen, Hunderte, vielleicht sogar Tausende. Sie erhoben sich und schwankten unsicher über dem Erdboden. Pluszcz fuhr zwischen ihnen herum, schnaubte, streifte sie, drehte sich im Kreis, er war verspielt wie ein junger Hund, aber die Seelen schenkten ihm überhaupt keine Beachtung, als wäre er Luft für sie. Eine Zeit lang wiegten sie sich in den zarten Stößen des Morgenwinds, dann stiegen sie wie losgelassene Ballons empor und verschwanden irgendwohin.

Der Wassermann konnte nicht begreifen, dass sie davonflogen, dass es einen Ort gab, an den man nach dem Tod gelangen konnte. Er versuchte sie zu erhaschen, aber für sie galt schon ein anderes Gesetz als für den Wassermann Pluszcz. Sie waren blind und taub für sein Werben und wie Kaulquappen, die nur von ihrem Instinkt geleitet werden, kannten sie nur eine Richtung, in die sie strebten.

Der Wald wurde erst weiß vor Seelen, dann war er mit einem Schlag ganz verlassen, und der Wassermann blieb allein zurück. Er war wütend. Er wirbelte herum und stieß gegen einen Baum. Ein erschrockener Vogel stieß einen durchdringenden Schrei aus und flog blindlings in Richtung Fluss davon.

Die Zeit Michałs

Die Russen sammelten ihre gefallenen Soldaten ein und brachten sie ins Dorf. Auf Cherubins Feld gruben sie ein tiefes Loch und beerdigten die Soldaten. Die Offiziere legten sie beiseite. Alle, die nach Ur zurückgekehrt waren, kamen, um sich dieses hastige Begräbnis ohne Pfarrer, ohne Ansprachen und Blumen anzusehen. Michał kam auch und ließ unvorsichtigerweise zu, dass der Blick des düsteren Leutnants ausgerechnet an ihm haften blieb. Der düstere Leutnant klopfte Michał auf den Rücken und befahl, die Leichen der Offiziere zum Haus der Boskis zu schaffen.

»Nein, nein, grabt nicht hier«, bat Michał. »Gibt es nicht mehr als genug Land für die Gräber eurer Soldaten? Warum denn im Garten meiner Tochter? Warum reißt ihr die Blumenzwiebeln aus? Kommt mit auf den Friedhof, ich zeige euch noch andere Stellen …«

Der düstere Leutnant, der bisher immer höflich und gesittet aufgetreten war, stieß Michał zur Seite, und ein Soldat richtete das Gewehr auf ihn. Michał wich zurück.

»Wo ist Ivan?« fragte Izydor den Leutnant.

»*Pogib.*«[6]

[6] »Gefallen.«

»Nein«, sagte Izydor, und der Leutnant sah ihn einen Augenblick lang an.
»Potschemu njet?«[7]
Izydor drehte sich um und lief davon.
Die Russen begruben acht Offiziere im Garten, unterhalb des Schlafzimmerfensters. Sie schütteten Erde auf die Leichen, und als sie abfuhren, fiel Schnee.
Seit dieser Zeit wollte nie wieder jemand in dem Zimmer schlafen, das auf den Garten hinaus ging. Misia rollte die Federbetten zusammen und trug sie nach oben.
Im Frühling zimmerte Michał ein Holzkreuz und stellte es unter dem Fenster auf. Dann zog er vorsichtig mit einem Stöckchen Furchen in die Erde und säte Löwenmaul. Die Blumen, die daraus wuchsen, waren bunt und üppig und reckten ihre geöffneten Mäulchen zum Himmel.
Gegen Ende des Sommers neunzehnhundertfünfundvierzig, als der Krieg vorbei war, fuhr ein leichter Armeewagen vor, aus dem ein polnischer Offizier und ein Mann in Zivil stiegen. Sie würden die Offiziere exhumieren, sagten sie. Dann folgte ein Lastwagen mit Soldaten und ein Leiterwagen, auf den die Leichen gelegt wurden, die sie aus der Erde geholt hatten. Die Erde und die Löwenmäulchen hatten das Blut und das Wasser aus ihnen gesogen. Am besten hatten sich die wollenen Uniformen erhalten, die die verwesenden Leichen zusammenhielten. Die Soldaten, die die Leichen auf den Wagen legten, hatten sich Tücher vor Nase und Mund gebunden.
An der Landstraße standen die Leute aus Ur und versuchten,

[7] »Warum nicht?«

so viel wie möglich durch den Zaun zu erspähen, doch als der Wagen in Richtung Jeszkotle losfuhr, wichen sie schweigend zurück. Am mutigsten waren die Hühner: Dreist liefen sie hinter dem Wagen her, der über die Steine holperte, und pickten gierig auf, was auf den Boden fiel.

Michał übergab sich in den Fliederbusch. In seinem ganzen Leben aß Michał nie wieder ein Hühnerei.

Die Zeit Genowefas

Genowefas Körper erstarrte wie ein in der Glut gebranntes Tongefäß. Man setzte ihn in einen Rollstuhl. Jetzt war er auf die Gnade anderer angewiesen. Er wurde ins Bett gelegt, gewaschen, auf den Nachttopf gesetzt, auf die Veranda hinausgetragen.

Genowefa und ihr Körper waren jetzt zweierlei. Sie saß in ihrem Körper fest, war darin eingesperrt und durch ihn vom Leben abgeschnitten. Sie konnte nur noch die Fingerspitzen und ihr Gesicht bewegen, und auch das nur teilweise. Sie konnte weder lächeln noch weinen. Die Worte fielen rau und kantig wie Kieselsteine aus ihrem Mund. Solche Worte hatten keine Macht. Manchmal versuchte sie, Adelka zurechtzuweisen, wenn sie den kleinen Antek schlug, aber die Enkelin machte sich nicht viel aus ihren Drohungen. Antek verkroch sich im Rock der Großmutter, und Genowefa konnte nichts tun, um ihn zu beschützen oder an sich zu drücken. Hilflos sah sie zu, wie die größere und stärkere Adelka den Bruder an den Haaren riss, und in ihr stieg Wut auf, die aber sofort wieder erstarb, weil sie sich keinen Ausdruck verschaffen konnte.

Misia sprach viel mit der Mutter. Sie schob ihren Rollstuhl von der Tür an die warmen Herdkacheln und plapperte daher. Genowefa hörte zerstreut zu. Was ihre Tochter ihr erzählte, langweilte sie. Es interessierte sie immer weniger, wer überlebt hatte und wer umgekommen war. Die Messen, Misias Freundinnen aus Jeszkotle und neue Einweckverfahren für Erbsen interessierten sie nicht und die Radionachrichten, Misias unentwegte Kommentare dazu und ihre ungereimten Gedanken und Fragen auch nicht. Genowefa wollte sich lieber auf das konzentrieren, was Misia tat und was im Haus vor sich ging. Sie sah zum Beispiel, wie der Bauch ihrer Tochter zum dritten Mal immer größer wurde, den dünnen Mehlschnee, der von dem Teigbrett auf den Boden rieselte, wenn Misia den Teig für die Nudeln knetete, eine Fliege, die in der Milch ertrank, den Schürhaken, den man auf der Herdplatte vergessen hatte und der jetzt so heiß war, dass er rot glühte, die Hühner, die im Flur versuchten, die Schnürsenkel aus den Schuhen zu ziehen. Das war greifbares, spürbares Leben, das Tag für Tag weiter von ihr wegtrieb. Genowefa sah, dass Misia mit dem großen Haus, das ihr geschenkt worden war, nicht zurechtkam. Sie presste deshalb ein paar Sätze hervor, um die Tochter zu überreden, sich eine Haushilfe zu nehmen. Misia holte Ruta ins Haus.

Ruta war zu einem schönen Mädchen herangewachsen. Genowefa gab es einen Stich ins Herz, wenn sie sie ansah. Sie lauerte auf die Momente, wenn Misia und Ruta nebeneinander standen, damit sie sie miteinander vergleichen konnte. Sah denn niemand, wie ähnlich sie sich waren? Zwei Versionen derselben Art. Die eine war zarter und dunkler, die andere größer und fülliger. Die eine hatte kastanienbraune Augen und Haare, die andere honigfarbene. Abgesehen davon war alles gleich. So kam es Genowefa jedenfalls vor.

Sie sah zu, wie Ruta den Boden wischte, wie sie die großen Kohlköpfe hackte, wie sie den Käse durch die Mühle drehte. Und je länger sie sie ansah, desto sicherer war sie sich.

Wenn im Haus geputzt oder gewaschen wurde und Michał beschäftigt war, ließ Misia manchmal die Kinder die Großmutter in den Wald ausfahren. Die Kinder trugen den Rollstuhl vorsichtig die Treppe hinunter, aber wenn sie dann den Fliederbusch hinter sich hatten und man sie vom Haus aus nicht mehr sehen konnte, jagten sie mit dem Rollstuhl und Genowefas steifem, majestätischem Körper darin über die Landstraße. Mit zerzausten Haaren und hilflos über die Lehne hängenden Armen ließen sie sie dann am Wegrand stehen und liefen selbst in den Wald, um Pilze oder Beeren zu suchen.

An einem solchen Tag sah Genowefa aus dem Augenwinkel, wie Ähre aus dem Wald auf die Landstraße trat. Genowefa konnte den Kopf nicht bewegen, deshalb wartete sie. Ähre kam näher und ging neugierig um den Rollstuhl herum. Sie hockte sich vor Genowefa und sah ihr ins Gesicht. Beide maßen sich eine Zeit lang mit den Blicken. Nichts an Ähre erinnerte mehr an das Mädchen, das damals barfuß durch den Schnee gegangen war. Sie war schwer und noch größer geworden. Ihre dicken Zöpfe waren jetzt weiß.

»Du hast mir das Kind vertauscht«, sagte Genowefa.

Ähre lachte und nahm Genowefas kraftlose Hand zwischen ihre warmen Finger.

»Du hast mir das Mädchen weggenommen und den Jungen gelassen. Ruta ist meine Tochter.«

»Alle jungen Frauen sind die Töchter älterer Frauen. Außerdem brauchst du keine Kinder mehr, weder Töchter noch Söhne.«

»Ich bin gelähmt. Ich kann mich nicht mehr bewegen.«
Ähre ergriff Genowefas kraftlose Hand und küsste sie.
»Steh auf und geh«, sagte sie.
»Nein«, flüsterte Genowefa, und ohne es selbst zu merken, schüttelte sie den Kopf.
Ähre lachte auf und ging in Richtung Ur davon.
Nach dieser Begegnung war Genowefa die Lust am Sprechen vergangen. Sie sagte nur noch »ja« oder »nein«. Einmal hörte sie, wie Pawel Misia zuflüsterte, die Lähmung greife auch den Verstand an.
›Und wenn schon‹, dachte sie. ›Dann greift die Lähmung eben meinen Verstand an, aber ich bin trotzdem noch am Leben.‹
Nach dem Frühstück fuhr Michał Genowefa vor das Haus hinaus. Er stellte den Rollstuhl auf das Gras am Zaun und setzte sich selbst auf die Bank. Er nahm Zigarettenpapier heraus und zerkrümelte den Tabak lange zwischen den Fingern. Genowefa schaute geradeaus auf die Landstraße und betrachtete die glatten Pflastersteine, die aussahen wie die Schädeldecken unzähliger in der Erde vergrabener Menschen.
»Ist dir nicht kalt?« fragte Michał.
Sie schüttelte den Kopf.
Dann rauchte Michał zu Ende und ging fort. Genowefa blieb in ihrem Rollstuhl zurück und betrachtete den Garten der Papuga, den sandigen Feldweg, der sich zwischen Flecken von Grün und Gelb dahinwand. Dann schaute sie auf ihre Füße, Knie, Hüften, die genauso weit weg waren und genauso wenig zu ihr gehörten wie der Sand, die Felder und die Gärten. Ihr Körper war ein zersprungenes Figürchen aus zerbrechlicher menschlicher Materie.

Sie wunderte sich, dass sie ihre Finger noch bewegen konnte, dass sie in den Kuppen ihrer Hände, die seit Monaten keine Arbeit mehr getan hatten, noch etwas spürte. Sie legte die Hände auf ihre abgestorbenen Knie und fuhr damit durch die Falten ihres Rocks. »Ich bin ein Körper«, sagte sie zu sich selbst. Und wie ein Krebsgeschwür, wie ein Schimmelpilz breitete sich in Genowefas Körper das Bild von der Tötung von Menschen aus. Dieses Töten bestand darin, dass das Recht auf Bewegung genommen wurde, denn das Leben war Bewegung. Der Körper, den man tötete, wurde bewegungslos. Der Mensch ist ein Körper. Und alles, was der Mensch erfährt, hat seinen Anfang und sein Ende im Körper.

Eines Tages sagte Genowefa zu Michał:

»Mir ist kalt.«

Er brachte ihr ein wollenes Schultertuch und Handschuhe. Sie konnte die Finger noch bewegen, aber sie fühlte sie nicht mehr. Deshalb wusste sie nicht, ob sie sich bewegten oder nicht. Als sie den Blick auf die Landstraße richtete, sah sie die Toten, die wiederkehrten. Sie zogen über die Landstraße von Czernica nach Jeszkotle wie eine große Prozession, wie der Pilgerzug nach Tschenstochau. Aber ein Pilgerzug kommt immer mit lautem Stimmengewirr daher, mit eintönigen Liedern, weinerlichen Litaneien, dem Scharren von Sohlen auf Stein. Hier herrschte Stille.

Es waren Tausende. Sie marschierten in ungleichmäßigen, ungeordneten Reihen. Sie gingen in eisiger Stille mit schnellem Schritt. Sie waren grau, als hätten sie alles Blut verloren.

Genowefa suchte Eli unter ihnen und die Tochter der Szenberts mit dem Säugling auf dem Arm, aber die Toten zogen zu schnell vorbei, und sie konnte sie nicht genau sehen. Erst

später erkannte sie den Sohn der Serafins, und auch nur deshalb, weil er ganz nah an ihr vorbeikam. Er hatte ein großes braunes Loch in der Stirn.
»Franek«, stieß sie flüsternd hervor.
Er drehte sich um und sah sie an, ohne seinen Schritt zu verlangsamen. Er streckte die Hand nach ihr aus. Seine Lippen bewegten sich, aber Genowefa hörte kein einziges Wort. Den ganzen Tag über sah sie die Toten, es wurde Abend, und der Zug nahm kein Ende. Auch wenn sie die Augen schloss, zogen sie weiter an ihr vorüber. Sie wusste, dass auch Gott zuschaute. Sie sah sein Gesicht, und es war schwarz, schrecklich und voller Narben.

Die Zeit des Freiherrn Popielski

Im Jahre neunzehnhundertsechsundvierzig lebte der Freiherr Popielski immer noch in seinem Schloss, obwohl jeder wusste, dass er nicht mehr lange dort bleiben konnte. Seine Frau hatte die Kinder nach Krakau gebracht und pendelte jetzt hin und her, um den Umzug vorzubereiten.

Es sah aus, als sei es dem Freiherrn völlig gleichgültig, was um ihn herum geschah. Er spielte. Er saß Tag und Nacht in der Bibliothek. Er schlief auf der Couch. Er zog sich nicht um und rasierte sich nicht. Wenn seine Frau zu den Kindern fuhr, aß er nicht. Manchmal drei, vier Tage lang. Er öffnete kein Fenster, sagte kein Wort, ging nicht spazieren, ja er kam nicht mal nach unten. Ein oder zwei Mal kamen Leute von der Bezirksverwaltung wegen der Verstaatlichung des Besitzes zu ihm. Sie trugen Taschen voll mit Bescheiden und Stempeln. Sie hämmerten an die Tür und rissen an der Glocke. Dann trat er ans Fenster, schaute zu ihnen hinab und rieb sich die Hände.

»Alles geht auf«, sagte er mit heiserer, dem Sprechen entwöhnter Stimme. »Ich rücke aufs nächste Feld vor.«

Manchmal musste Freiherr Popielski seine Bücher konsultieren.

Er brauchte unzählige Informationen für das Spiel, aber das

bereitete ihm keine Schwierigkeiten, denn er konnte alles in der eigenen Bibliothek finden. Da die Rolle der Träume in dem Spiel sehr wichtig war, lernte Freiherr Popielski auf Bestellung zu träumen. Nicht genug damit, er gewann sogar Kontrolle über seine Träume und tat in ihnen, was er wollte, ganz anders als im wirklichen Leben. Er träumte bewusst zu einem bestimmten Thema und wachte auf der anderen Seite sofort ebenso bewusst auf, als sei er durch ein Loch in einem Zaun gestiegen. Er brauchte einen Augenblick, um ganz zur Besinnung zu kommen, und dann schritt er zur Tat.

Das Spiel gab ihm alles, was er brauchte, ja sogar mehr als das. Wozu sollte er die Bibliothek verlassen?

Unterdessen nahmen ihm die Beamten der Bezirksverwaltung die Wälder, Holz- und Ackergründe, die Teiche und Wiesen fort. Sie schickten ihm ein Schreiben, in dem sie ihn als Bürger eines jungen sozialistischen Staates davon in Kenntnis setzten, dass ihm die Ziegelei, das Sägewerk, die Schnapsbrennerei und die Mühle nicht mehr gehörten. Schließlich gehörte ihm auch das Schloss nicht mehr. Sie waren höflich und gewährten ihm sogar eine Frist, innerhalb derer er seinen Besitz übertragen musste. Seine Frau weinte zuerst, dann betete sie, schließlich begann sie zu packen. Sie sah aus wie eine Kirchenkerze, so mager und wachsbleich war sie geworden. Ihre schlagartig weiß gewordenen Haare schimmerten im Halbdunkel des Schlosses in einem kalten und ebenfalls blassen Licht.

Die Freifrau Popielska nahm es ihrem Mann nicht übel, dass er verrückt geworden war. Was ihr Kummer machte war nur, dass sie allein entscheiden musste, was sie mitnehmen und was sie zurücklassen sollten. Als das erste Auto vorfuhr, kam

Freiherr Popielski bleich und unrasiert mit zwei Koffern die Treppe hinunter. Was er darin hatte, wollte er nicht zeigen.

Die Freifrau Popielska lief nach oben und ließ eine Zeit lang ihre Blicke aufmerksam über die Bibliothek schweifen. Sie hatte den Eindruck, dass nichts fehlte, in den Regalen waren keine Lücken, alle Bilder und Ziergegenstände waren an ihrem Platz. Sie rief die Arbeiter, und sie warfen die Bücher ohne jede Ordnung in Pappkartons. Dann nahmen sie ganze Stapel aus den Regalen, damit es schneller ging. Die Bücher breiteten ihre zum Fliegen ganz untauglichen Flügel aus und fielen kraftlos auf den Stapel. Als keine Kartons mehr da waren, machten die Arbeiter Schluss, nahmen die vollen Kartons und gingen. Erst hinterher stellte sich heraus, dass sie alles von A bis L mitgenommen hatten.

Der Freiherr Popielski stand unterdessen neben dem Auto und atmete erfreut die frische Luft ein, die ihn nach den Monaten, die er im Zimmer eingeschlossen verbracht hatte, geradezu in einen Rausch versetzte. Er wollte lachen, frohlocken, tanzen – der Sauerstoff brachte sein dickes, zähflüssiges Blut in Wallung und weitete seine eingetrockneten Adern.

»Alles ist genauso, wie es sein soll«, sagte er im Auto zu seiner Frau, als sie über die Landstraße nach Kielce fuhren. »Alles, was geschieht, ist zum Guten.«

Dann sagte er noch etwas dieser Art, so dass der Fahrer, die Arbeiter und die Freifrau Popielska sich vielsagend ansahen: »Kreuz Acht erschossen.«

Die Zeit des Spiels

In dem Buch *Ignis fatuus, oder Lehrreiches Spiel für einen Spieler*, das die Anleitung des Spiels darstellt, findet sich die folgende Geschichte:

»Gott schuf die Vierte Welt im Zustand der Selbstvergessenheit, die ihm in seinem göttlichen Leiden Erleichterung verschaffte.

Als er den Menschen erschaffen hatte, kam er zu sich, weil dieser einen so tiefen Eindruck auf ihn machte. Er gab den Gedanken an jede weitere Schöpfung auf der Welt auf – was hätte er auch Vollkommeneres schaffen können? – und bewunderte nun in seiner göttlichen Zeit sein eigenes Werk. Je tiefer Gottes Blick ins Innere des Menschen drang, desto heißer entbrannte Gottes Liebe zum Menschen.

Doch der Mensch erwies sich als undankbar, er war ganz mit dem Landbau und seiner Fortpflanzung beschäftigt und schenkte Gott keine Beachtung. Da stieg in Gottes Geist Traurigkeit auf, die Dunkelheit ausströmte.

Gottes Liebe zum Menschen wurde nicht erwidert.

Wie jede Liebe war auch die Liebe Gottes beschwerlich. Der Mensch reifte heran und wollte sich des aufdringlichen Liebhabers entledigen. ›Lass mich gehen‹, sagte er. ›Lass mich die

Welt auf meine Weise kennen lernen und gib mir mit auf den Weg, was ich brauche.‹
›Du wirst ohne mich nicht zurechtkommen‹, sagte Gott zu dem Menschen. ›Geh nicht weg.‹
›Ach, lass mich in Ruhe‹, sagte der Mensch, und Gott neigte ihm voll Kummer den Zweig eines Apfelbaums zu.
Gott blieb allein und voller Sehnsucht zurück. Er träumte, er habe den Menschen aus dem Paradies vertrieben, denn der Gedanke, verlassen worden zu sein, war zu schmerzlich.
›Kehr zu mir zurück. Die Welt ist schrecklich und kann dich umbringen. Sieh dir doch die Erdbeben an, die Vulkanausbrüche, die Feuersbrünste und Fluten‹, grollte er aus den Regenwolken herab.
›Ach, lass mich in Ruhe, ich komme schon zurecht‹, sagte der Mensch und ging davon.«

Die Zeit Pawels

»Man muss leben«, sagte Pawel. »Man muss die Kinder aufziehen, Geld verdienen, sich weiterbilden und weiterkommen.«

Und das tat er.

Zusammen mit Aba Kozienicki, der das Lager überlebt hatte, nahm er wieder den Holzhandel auf. Sie kauften Wald zum Abholzen und organisierten die Verarbeitung und den Abtransport des Holzes. Pawel kaufte ein Motorrad und fuhr in der Gegend herum, um Bestellungen aufzutreiben. Er besorgte sich eine schweinslederne Aktentasche, in der er einen Quittungsblock und ein paar Kopierstifte trug.

Da die Geschäfte gut gingen und das Geld in einem steten Strom in seine Taschen floss, beschloss er, sich fortzubilden. Eine Ausbildung zum Arzt war kaum mehr möglich, aber auf dem Gebiet von Hygiene und Krankenpflege konnte er noch höhere Qualifikationen erwerben. Abends drang Pawel Boski jetzt in die Geheimnisse der Fortpflanzung der Fliegen und des komplizierten Lebenskreislaufs der Bandwürmer ein. Er studierte den Vitamingehalt von Nahrungsmitteln und die Ansteckungswege von Krankheiten wie Tuberkulose und Bauchtyphus. Nach mehrjährigen Kursen und Schulungen gelangte er zu der Überzeugung, dass Medizin und Hygiene, aus den Fesseln von Unwissenheit und Aberglauben befreit, das Leben des Menschen verändern konnten. Das polnische Dorf würde sich in eine Oase sterilisierter Töpfe und lysolentkeimter Höfe verwandeln. Deshalb war Pawel der Erste in der Gegend, der einen Raum in seinem Haus zum Badezimmer und zugleich zum Sanitätsraum machte. Peinliche Sauberkeit herrschte darin: eine emaillierte Wanne, blank gescheuerte Wasserhähne, ein Korb mit Metalldeckel für Abfälle, Glasgefäße für Watte und Mull und ein verschließbarer Schrank mit Glastüren, in dem er die Medikamente und medizinischen Geräte aufbewahrte. Als er den nächsten Kurs absolviert hatte, besaß er ein Krankenpflegerdiplom und setzte in seinem Sanitätsraum Spritzen, nicht ohne den Betroffenen zuvor einen Vortrag zum Thema Hygiene im Alltag zu halten.

Dann ging das Holzunternehmen ein, weil der Wald verstaatlicht wurde. Aba wanderte aus. Er kam, um Abschied zu nehmen, sie umarmten sich wie Brüder. Pawel Boski war sich bewusst, dass nun ein neuer Abschnitt in seinem Leben begann, dass er allein zurechtkommen musste, und zwar unter völlig neuen Bedingungen. Mit Spritzensetzen ließ sich keine Familie ernähren.

Er packte seine sämtlichen Zeugnisse der verschiedenen Kurse in seine Aktentasche und fuhr auf dem Motorrad nach Taszów, um Arbeit zu suchen. Er fand sie beim Gesundheits- und Seuchenamt, dem Reich der Sterilisation und Stuhlproben des ganzen Bezirks. Und von dort trat er, zumal er inzwischen in die Partei eingetreten war, den langsamen, aber unaufhaltsamen beruflichen Aufstieg an.

Seine Arbeit bestand darin, auf seinem knatternden Motorrad

die umliegenden Ortschaften abzufahren und die dortigen Läden, Gastwirtschaften und Kneipen auf ihre Reinlichkeit hin zu überprüfen. Seinem Erscheinen mit der Aktentasche voller Dokumente und Reagenzgläser für Exkrementproben sah man wie der Ankunft eines Reiters der Apokalypse entgegen. Wenn er wollte, konnte Pawel jeden Laden und jede Gastwirtschaft schließen lassen. Er war wichtig. Man gab ihm Geschenke, kredenzte ihm Wodka und bewirtete ihn mit der frischesten Schweinssülze.

Auf diese Weise lernte er Ukleja kennen, dem die Konditorei in Taszów und einige weniger offizielle Unternehmen gehörten. Ukleja wiederum führte Pawel in die Welt der Sekretäre und Anwälte, der Trinkgelage und Jagdpartien, der vollbusigen, willfährigen Büfettdamen und des Alkohols ein, der den Mut verlieh, das Leben in vollen Zügen zu genießen.

Ukleja nahm damit den Platz von Aba Kozienicki ein, den Platz, der im Leben eines jeden Mannes für die Leitfigur und den Freund bestimmt ist, ohne den er ein einsamer, unverstandener Kämpfer ist, in einer Welt von Chaos und Finsternis, die aus allen Winkeln hervorkriecht, sobald man den Blick abwendet.

Die Zeit des Pilzgeflechts

Das Pilzgeflecht wächst unter dem ganzen Wald, vielleicht sogar unter ganz Ur. In der Erde, unter dem weichen Waldboden, unter Gras und Steinen, schafft es ein Gewirr dünner Fädchen, Schnürchen und Knäuel, mit denen es alles umspinnt. Die Fäden des Pilzgeflechts sind mächtig und stark, unendlich langsam rücken sie vor und drängen sich dabei in jede Erdscholle, umflechten die Wurzeln der Bäume und umgarnen große Felsbrocken. Das Pilzgeflecht ähnelt dem Schimmel, weiß, zart und kalt, eine unterirdische, mondene Spitze, ein feuchter Hohlsaum aus Pilz, glitschige Nabelschnur der Welt. Er überzieht ganze Wiesen und wandert unter den Wegen der Menschen her, erklimmt ihre Wände und greift manchmal im Aufschwung seiner Macht auch ihre Körper an.

Das Pilzgeflecht ist weder Pflanze noch Tier. Es schöpft keine Kraft aus der Sonne, weil diese ihm von Natur aus fremd ist. Es fühlt sich nicht zu Leben und Wärme hingezogen, weil es von Natur aus weder warm noch lebendig ist. Das Pilzgeflecht lebt davon, dass es die letzten Säfte aus dem zieht, was abstirbt, sich zersetzt und wieder zu Erde wird. Das Pilzgeflecht ist das Leben des Todes, des Zerfalls, des Abgestorbenen.

Das ganze Jahr über bringt das Pilzgeflecht seine kalten, feuchten Kinder hervor, und diejenigen, die im Sommer und Herbst auf die Welt kommen, sind die Schönsten. An den Wegen der Menschen schießen die Blätterpilze auf dünnen Stielen aus dem Boden, im Gras schimmern weißlich fast perfekte Wiesenchampignons und Boviste, und die Butterpilze und Feuerzunder nehmen morsche Bäume in Beschlag. Der Wald ist voll von goldgelben Pfifferlingen, olivfarbenen Täublingen und samtigen Steinpilzen.
Das Pilzgeflecht gibt keinem seiner Kinder den Vorzug, macht keinen Unterschied zwischen ihnen, allen gibt es gleichermaßen die Kraft zu wachsen und die Sporen auszusenden. Den einen gibt es Geruch, den anderen die Fähigkeit, sich vor dem Auge der Menschen zu verbergen, wieder andere haben Formen, die dem Betrachter den Atem verschlagen.
Mitten in Wodenica pulsiert tief unter der Erde ein großer, weißer, verschlungener Fungus – das Herz des Pilzgeflechts. Von dort aus breitet sich das Pilzgeflecht in alle Himmelsrichtungen aus. Der Wald ist an dieser Stelle dunkel und feucht. Wuchernde Brombeerranken umklammern die Baumstämme. Über allem liegt ein üppiger Teppich aus Moos. Die Menschen machen instinktiv einen Bogen um Wodenica, obwohl sie gar nicht wissen, dass hier in der Tiefe das Herz des Pilzgeflechts schlägt.
Ruta ist der einzige Mensch, der das weiß. Sie hat es erraten, weil hier jedes Jahr die schönsten Fliegenpilze wachsen. Die Fliegenpilze sind die Wächter des Pilzgeflechts. Ruta legt sich zwischen sie auf die Erde und betrachtet von unten ihre schneeweißen luftigen Unterröckchen.
Einmal hat Ruta das Leben des Pilzgeflechts gehört. Es war

ein unterirdisches Raunen, das sich anhörte wie ein dumpfes Seufzen, danach vernahm sie das zarte Knistern kleiner Erdschollen, zwischen die sich ein Faden des Fungus schob. Ruta hörte, wie das Herz des Pilzgeflechts schlug, was einmal in achtzig Menschenjahren geschieht.

Seitdem kommt sie oft an diese feuchte Stelle in Wodenica und legt sich immer auf das nasse Moos. Wenn sie länger dort liegt, beginnt sie, das Pilzgeflecht auch noch auf andere Weise zu spüren, nämlich durch die Verlangsamung der Zeit, die es bewirkt. Ruta versinkt in einen Wachtraum und sieht alles auf ganz andere Weise. Sie sieht jeden Windhauch einzeln, den Flug der Insekten in seiner langsamen Anmut, die fließenden Bewegungen der Ameisen, kleine Lichtpartikel, die sich auf der Oberfläche der Blätter niederlassen. Alle hohen Töne – die Triller der Vögel, das Quieken der Tiere – werden zu einem Summen und Raunen, das wie Nebelschwaden dicht über den Boden zieht. Ruta kommt es vor, als habe sie Stunden so gelegen, obwohl nur ein Augenblick vergangen ist. So ergreift das Pilzgeflecht von der Zeit Besitz.

Die Zeit Izydors

Ruta wartete unter der Linde auf ihn. Es ging ein Wind, und der Baum ächzte und stöhnte.

»Es gibt Regen«, sagte sie anstatt einer Begrüßung.

Sie gingen schweigend die Landstraße entlang und bogen dann hinter Wodenica in ihren Wald ab. Izydor ging einen halben Schritt hinter ihr und betrachtete verstohlen die nackten Arme des Mädchens. Ihre Haut schien ganz dünn, fast durchsichtig, und er hatte Lust, sie zu berühren und zu streicheln.

»Weißt du noch, dass ich dir einmal die Grenze gezeigt habe?«

Er nickte.

»Wir sollten sie mal untersuchen. Manchmal glaube ich nicht, dass es sie gibt. Sie hat doch Fremde hereingelassen ...«

»Wissenschaftlich betrachtet ist diese Grenze unmöglich.«

Ruta musste lachen und nahm Izydor an der Hand.

Sie zog ihn zwischen die niedrigen Kiefern.

»Ich will dir noch etwas zeigen.«

»Was denn? Was willst du mir denn noch alles zeigen? Ich sehe lieber alles auf einmal.«

»Das geht nicht so einfach.«

»Ist es belebt oder unbelebt?«

»Weder noch.«

»Ein Tier?«
»Nein.«
»Eine Pflanze?«
»Nein.«
Izydor blieb stehen und fragte besorgt:
»Ein Mensch?«
Ruta gab keine Antwort. Sie ließ seine Hand los.
»Ich komm nicht mit«, sagte er und hockte sich auf den Boden.
»Dann eben nicht. Zwingen werd ich dich nicht.«
Sie kniete sich vor ihm hin und betrachtete die großen Waldameisen auf ihren Pfaden.
»Manchmal bist du so klug. Und manchmal so dumm.«
»Aber meistens dumm«, sagte er traurig.
»Ich wollte dir etwas Merkwürdiges im Wald zeigen. Mama sagt, das ist der Mittelpunkt von Ur, aber du willst ja nicht mitkommen.«
»Gut, gehen wir.«
Im Wald hörte man den Wind nicht, dafür wurde es schwül. Izydor sah kleine Schweißtröpfchen auf Rutas Nacken.
»Lass uns ausruhen«, ließ er sich hinter ihr vernehmen. »Legen wir uns hin und ruhen wir uns aus.«
»Gleich wird es regnen, komm!«
Izydor legte sich ins Gras und verschränkte die Hände unter dem Kopf.
»Ich will keinen Mittelpunkt der Erde sehen. Ich will hier mit dir liegen, komm!«
Ruta zögerte. Sie entfernte sich ein paar Schritte, dann kam sie zurück. Izydor kniff die Augen zusammen, und Rutas Gestalt wurde ganz verschwommen. Die Gestalt näherte sich

und setzte sich ins Gras. Izydor streckte die Hand aus und stieß an Rutas Bein. Unter den Fingern fühlte er kleine Härchen.

»Ich will dein Mann sein, Ruta. Ich will mit dir schlafen.«

Sie zog ihr Bein zurück. Izydor öffnete die Augen und sah Ruta direkt ins Gesicht. Es war kalt und hart. Nicht so, wie er es kannte.

»Das werd ich nie mit einem machen, den ich liebe. Nur mit denen, die ich hasse«, sagte sie und stand auf. »Ich gehe. Du kannst mitkommen, wenn du willst.«

Er sprang auf und folgte ihr, wie immer einen halben Schritt hinterher.

»Du hast dich verändert«, sagte er leise.

Sie drehte sich heftig um und blieb stehen.

»Natürlich habe ich mich verändert. Wundert dich das? Die Welt ist schlecht. Das hast du selbst gesehen. Was ist das für ein Gott, der eine solche Welt geschaffen hat? Entweder ist er selbst böse oder er lässt das Böse zu. Oder ihm geht alles durcheinander.«

»So darf man nicht reden …«

»Ich darf das«, sagte sie und lief voran.

Es war sehr still geworden. Izydor hörte weder Wind noch Vögel oder Insektengesumm. Um ihn herum war es leer und dumpf, als sei er in einen Sack Daunen gefallen, mitten in ein riesiges Federbett, in eine Schneewehe.

»Ruta!« schrie er.

Er sah sie zwischen den Bäumen davonhuschen, dann war sie weg. Er hastete in die Richtung, in die sie verschwunden war. Er sah sich ratlos um, denn er begriff, dass er ohne sie nicht nach Hause finden würde.

»Ruta!« schrie er noch lauter.
»Hier bin ich«, sagte sie und kam hinter einem Baum hervor.
»Ich will den Mittelpunkt von Ur sehen.«
Sie zog ihn in ein Gestrüpp von Himbeeren und wilden Brombeeren. Die Ranken griffen nach Izydors Pullover. Vor ihnen lag eine kleine Lichtung zwischen riesigen Eichen. Die Erde war mit Eicheln übersät, alten und frischen. Manche zerfielen zu Staub, andere keimten, wieder andere leuchteten in einem frischen Grün. Mitten auf der Lichtung stand ein hoher schmaler Felsbrocken aus weißem Sandstein. Auf diesem Obelisken lag ein weiterer, der breiter und schwerer war. Er erinnerte an einen Hut. Unter dem Steinhut konnte Izydor Gesichtszüge erkennen. Er trat näher heran, um es genauer zu betrachten, und sah, dass rechts und links auf den beiden Seitenflächen dasselbe Gesicht war. Es waren drei Gesichter. Plötzlich überkam Izydor ein quälendes Gefühl der Unvollständigkeit, ein Gefühl, dass hier etwas ganz Wesentliches fehlte. Es kam ihm vor, als kenne er das alles schon irgendwoher, als habe er die Lichtung, den Stein in ihrer Mitte und die drei Gesichter schon einmal gesehen. Er griff nach Rutas Hand, aber das beruhigte ihn nicht. Ruta zog ihn an der Hand hinter sich her, und sie gingen rings um die Lichtung, über die Eicheln am Boden. Da entdeckte Izydor das vierte Gesicht, das genauso aussah wie die drei anderen. Er ging immer schneller, dann ließ er Rutas Hand los und begann zu laufen. Den Blick hielt er unverwandt auf den Stein gerichtet. Er sah immer ein Gesicht, das ihm zugewandt war, und zwei im Profil. Jetzt verstand er, woher dieses Gefühl kam, dass etwas fehlte, diese Traurigkeit, die allem zu Grunde liegt, die in jedem Ding und jeder Erscheinung gegenwärtig

ist und immer gewesen ist – weil man nie alles gleichzeitig erfassen kann.

»Das vierte Gesicht kann man nicht sehen«, sagte Ruta, als hätte sie seine Gedanken gelesen. »Das ist genau der Mittelpunkt von Ur.«

Es begann zu schütten, und als sie die Landstraße erreichten, waren sie völlig durchnässt. Rutas Kleid klebte an ihrem Körper.

»Komm zu uns, da kannst du dich trocknen«, schlug er vor.

Ruta blieb vor Izydor stehen. Hinter ihrem Rücken lag das ganze Dorf.

»Izek, ich werde Ukleja heiraten.«

»Nein«, sagte Izydor.

»Ich will von hier weg, in die Stadt, ich will reisen, ich will Ohrringe und Schuhe mit hohen Absätzen.«

»Nein«, sagte Izydor wieder und begann zu zittern. Das Wasser lief ihm über das Gesicht, und Ur verschwamm vor seinen Augen.

»Doch«, sagte Ruta und trat ein paar Schritte zurück.

Izydors Knie wurden weich. Er hatte Angst, umzufallen.

»Ich ziehe nach Taszów! Das ist nicht weit!« rief sie und lief in den Wald zurück.

Die Zeit Ähres

Der Böse Mann kam abends auf den Wydymacz. Er trat in der Dämmerung aus dem Wald, es sah aus, als löse er sich aus einer Wand, die ihn umgab: er war dunkel, auf seinem Gesicht lag der Schatten der Bäume, der nie verschwand. In seinen Haaren schimmerten Spinnweben, in seinem Bart krabbelten Ohrwürmer und kleine Käfer, das fand Ähre abstoßend. Und er roch anders – nicht wie ein Mensch, sondern wie ein Baum, wie Moos, wie das Fell eines Wildschweins, wie der Pelz eines Hasen. Wenn sie ihm erlaubte, sich auf sie zu legen, wusste sie, dass sie nicht mit einem Menschen schlief. Trotz seiner menschlichen Gestalt, trotz der zwei, drei Worte, die er sprach, war das kein Mensch. Als ihr das klar wurde, überkam sie Angst, aber gleichzeitig auch Erregung darüber, dass sie sich selbst in ein brünftiges Reh verwandelte, in eine Hirschkuh, eine Wildsau; sie war nichts als ein Weibchen unter Milliarden anderer Weibchen auf der Welt und hatte ein Männchen in sich, eins von Milliarden Männchen auf der Welt. Dann gab der Böse Mann ein langes, durchdringendes Geheul von sich, das im ganzen Wald zu hören sein musste.

Er verließ sie im Morgengrauen und ließ dabei immer etwas Nahrung mitgehen. Ähre versuchte oft, ihm durch den Wald

zu folgen, um sein Versteck ausfindig zu machen. Dieses Wissen würde ihr größere Macht über ihn geben, denn Menschen wie Tiere zeigen an dem Ort, an dem sie sich verkriechen, die schwachen Seiten ihres Wesens.
Es gelang ihr nie, dem Bösen Mann weiter als bis zu der großen Linde zu folgen. Wenn sie den gekrümmten Rücken, der zwischen den Bäumen daherhuschte, nur einen Augenblick lang aus den Augen ließ, war der Böse Mann verschwunden, als hätte ihn die Erde verschluckt.
Schließlich begriff Ähre, dass ihr menschlicher weiblicher Geruch sie verriet und dass der Böse Mann deshalb merkte, dass ihm jemand folgte. Da pflückte sie Pilze, brach Baumrinde und sammelte Kiefernnadeln und Blätter und legte alles zusammen in einen Steintopf. Sie goss Regenwasser darüber und wartete ein paar Tage ab. Als der Böse Mann nach seinem nächsten Besuch bei ihr am Morgen mit einem Stück Speck zwischen den Zähnen wieder in den Wald verschwand, zog sie sich schnell aus, bestrich sich mit der Mixtur und folgte ihm.
Sie sah, wie er sich am Rand einer Wiese ins Gras setzte und den Speck aß. Dann wischte er die Hände an der Erde ab und ging in das hohe Gras. An einer offenen Stelle schaute er sich ängstlich um und witterte. Einmal warf er sich sogar zu Boden, und erst eine ganze Zeit später hörte sie das Rattern eines Fuhrwerks von der Straße nach Wola her.
Der Böse Mann ging in Richtung Papiernia. Ähre ließ sich jetzt ins Gras fallen und folgte dann zwischen die Halme geduckt seiner Spur. Als sie am Waldrand angekommen war, konnte sie ihn nirgends entdecken. Sie versuchte zu wittern, wie er es getan hatte, aber sie roch nichts. Sie kreiste ratlos um

eine große Eiche, als plötzlich erst ein Zweig, dann ein zweiter und ein dritter neben ihr zu Boden fielen. Ähre begriff den Fehler, den sie gemacht hatte. Sie hob den Kopf. Der Böse Mann saß auf einem Ast der Eiche und fletschte die Zähne. Sie bekam Angst vor ihrem nächtlichen Liebhaber. Er sah nicht wie ein Mensch aus. Er knurrte sie warnend an, und Ähre wusste, dass sie sich entfernen musste.

Sie ging geradewegs zum Fluss, wo sie den Geruch von Erde und Wald von ihrem Körper abwusch.

Die Zeit Rutas

Mit seinem Warszawa fuhr Ukleja so nah wie möglich heran. Dann musste er aussteigen und die letzten Meter zu Fuß gehen. Er stolperte über die Unebenheiten auf dem Waldweg und fluchte. Schließlich stand er vor Ähres halb verfallener Hütte und spuckte vor Wut auf den Boden.

»Gute Frau, kommt doch bitte mal heraus, ich hab etwas mit euch zu besprechen!« rief er.

Ähre trat vor ihre Hütte und sah Ukleja direkt in die rotunterlaufenen Augen.

»Du kriegst sie nicht.«

Einen Augenblick lang verlor er sein Selbstbewusstsein, aber er riss sich sofort wieder zusammen.

»Ich hab sie ja schon«, sagte er ruhig. »Sie hat nur darauf bestanden, dass du ihr deinen Segen gibst. Ich soll um ihre Hand anhalten.«

»Du kriegst sie nicht.«

Ukleja drehte sich zum Auto um und schrie:

»Ruta!«

Da öffnete sich die Autotür, und Ruta stieg aus. Sie trug die Haare jetzt kurz geschnitten, und Locken schauten unter ihrem kleinen Hut hervor. In ihrem engen Rock und den hochhackigen Schuhen wirkte sie sehr schlank und groß. Sie

hatte Mühe, in diesen Schuhen über den Sandweg zu gehen. Ähre sah sie an, als wollte sie sie mit den Blicken verschlingen.
Ruta blieb neben Ukleja stehen und schob zaghaft die Hand unter seinen Arm. Diese Geste gab Ukleja seinen alten Mut zurück.
»Gib der Tochter deinen Segen, Frau, wir haben nicht viel Zeit.« Er gab dem Mädchen einen leichten Stoß.
»Komm nach Hause, Ruta«, sagte Ähre.
»Nein, Mama, ich will ihn heiraten.«
»Er wird dir ein Leid antun. Durch ihn werde ich dich verlieren. Das ist ein Werwolf.«
Ukleja lachte laut auf.
»Ruta, komm, wir kehren um … das hat keinen Sinn.«
Das Mädchen drehte sich heftig zu ihm um und warf ihm die Handtasche vor die Füße.
»Ich gehe erst dann, wenn sie es mir erlaubt!« schrie sie wütend.
Sie trat auf ihre Mutter zu. Ähre drückte sie an sich, und so standen sie da, bis Ukleja ungeduldig wurde.
»Wir fahren zurück, Ruta. Du musst sie nicht überreden. Dann eben nicht. Wenn die hohe Herrin auf ihrem Gut hier nicht will …«
»Du kannst sie nehmen, aber ich stelle dir eine Bedingung«, rief Ähre ihm über den Kopf der Tochter hinweg zu.
»Ich höre«, sagte Ukleja neugierig, denn er handelte gern.
»Von Oktober bis Ende April gehört sie dir, von Mai bis September mir.«
Ukleja sah sie verblüfft an, als habe er sie nicht verstanden. Dann begann er an den Fingern die Monate abzuzählen und

stellte fest, dass die Anzahl der Monate ungleich war und er dabei besser wegkam. Er hatte mehr Monate als Ähre. Ein Lächeln huschte über sein Gesicht.

»Gut, meinetwegen.«

Ruta nahm die Hand ihrer Mutter und legte sie auf ihre Wange.

»Danke, Mama. Mir wird es gut gehen. Ich habe dort alles, was ich mir wünsche.«

Ähre küsste sie auf die Stirn. Sie sah Ukleja nicht einmal an, als die beiden gingen. Bevor das Auto losfuhr, stieß es eine graue Rauchwolke aus, und zum ersten Mal in ihrem Leben bekamen die Bäume auf dem Wydymacz Benzin zu kosten.

Die Zeit Misias

Für die Verwandten und Arbeitskollegen, die Sekretäre und Anwälte gab Pawel immer ein Fest zu seinem Namenstag im Juni, an Peter und Paul. Aber zu seinem Geburtstag lud er nur Ukleja ein. Geburtstage sind für Freunde, und Pawel hatte einen Freund.

Wenn die Kinder das dumpfe Brummen des Warszawa hörten, flüchteten sie verschreckt in das Versteck unter der Treppe. Ukleja, der keine Ahnung hatte, dass er den Kindern Angst machte, brachte ihnen eine große Thermosflasche Eis und eine Schachtel mit Waffeln mit.

In ihrem hellblauen Umstandskleid bat Misia sie zu Tisch, aber sie ließen sich Zeit mit dem Hinsetzen. An der Tür kam Izydor auf Ruta zu.

»Ich habe neue Briefmarken«, sagte er.

»Izydor, fall den Gästen nicht zur Last«, wies ihn Misia zurecht.

»Du siehst schön aus in dem Pelz, wie die Schneekönigin«, flüsterte Izydor Ruta zu.

Misia begann zu servieren. Es gab Schweinssülze und zwei Salate. Platten mit Geräuchertem standen da und gefüllte Eier. In der Küche garte der Bigos und brutzelten Hähnchenschenkel. Pawel schenkte Wodka in die Gläser. Die Männer saßen einander gegenüber und sprachen über die Lederpreise in Taszów und Kielce. Dann erzählte Ukleja eine Zote. Der Wodka verschwand in den Kehlen, und die Gläser schienen zu klein, um den ungeheuren Durst dieser Körper stillen zu können. Und die Männer wirkten immer noch nüchtern, obwohl ihre Gesichter rot angelaufen waren und sie die Kragen aufgeknöpft hatten. Schließlich wurden ihre Augen so trüb, als erfrören sie von innen. Ruta folgte Misia in die Küche.

»Ich helfe dir«, sagte sie, und Misia gab ihr ein Messer.

Rutas große Hände schnitten den Kuchen, und ihre roten Fingernägel blitzten über der weißen Buttercreme wie Blutstropfen auf.

Die Männer begannen zu singen, und Misia warf einen besorgten Blick auf Ruta.

»Ich muss die Kinder ins Bett bringen. Bring ihnen den Kuchen hinein«, bat sie.

»Ich warte auf dich. Ich kann inzwischen abwaschen.«

»Ruta!« brüllte plötzlich der betrunkene Ukleja aus dem Wohnzimmer. »Komm her, du Nutte!«

»Komm!« sagte Misia schnell und nahm das Tablett mit dem Kuchen.

Ruta legte das Messer hin und folgte Misia widerwillig.

Sie setzten sich zu den Männern.

»Sieh mal, was ich meiner Frau für einen Büstenhalter gekauft habe!« schrie Ukleja und riss an ihrer Bluse, unter der ihr sommersprossiges Dekollete und ein schneeweißer Büstenhalter zum Vorschein kamen. »Aus Frankreich!«

»Hör auf!« sagte Ruta leise.

»Wie – hör auf? Ich darf das nicht? Du gehörst mir, ganz und

gar, samt allem, was du anhast.« Ukleja sah den belustigten Pawel an und sagte noch einmal:
»Sie gehört mir! Mit allem, was sie anhat! Ich hab sie den ganzen Winter. Im Sommer verpisst sie sich zu ihrer Mutter.«
Pawel hielt das gefüllte Glas hin. Sie achteten gar nicht darauf, dass die Frauen wieder in die Küche gingen. Ruta setzte sich an den Tisch und zündete sich eine Zigarette an. Izydor nutzte die Gelegenheit, auf die er nur gewartet hatte, und brachte eine Schachtel mit Briefmarken und Postkarten.
»Sieh mal«, sagte er einladend.
Ruta nahm die Postkarten in die Hand und sah sich jede eine Zeit lang an. Sie blies weiße Rauchwolken aus ihrem roten Mund, und die Schminke hinterließ geheimnisvolle Spuren auf der Zigarette.
»Ich kann sie dir schenken«, sagte Izydor.
»Nein, ich seh sie mir lieber bei dir an, Izek.«
»Im Sommer haben wir mehr Zeit dazu, nicht wahr?«
Izydor sah, dass in Rutas tuschesteifen Wimpern eine große Träne hing. Misia gab ihr ein Glas Wodka.
»Ich habe kein Glück, Misia«, sagte Ruta, und die Träne, die in ihren Wimpern gehangen hatte, rollte über ihre Wange.

Die Zeit Adelkas

Adelka mochte die Bekannten ihres Vaters nicht, all diese Männer, deren Kleidung nach Zigaretten und Staub stank. Der Wichtigste von ihnen war Ukleja, wahrscheinlich deshalb, weil er so groß und dick war. Aber sogar Ukleja wurde nett und höflich und sprach mit feiner Stimme, wenn Herr Widyna zum Vater kam.

Widyna wurde von seinem Chauffeur gebracht, der dann den ganzen Abend lang vor dem Haus im Auto wartete. Widyna trug eine grüne Jägeruniform und eine Feder am Hut. Er klopfte Pawel zur Begrüßung auf die Schultern und küsste Misia lange und lüstern die Hand. Adelka musste sich um den kleinen Witek kümmern, und Misia holte die besten Vorräte aus der Speisekammer. Das Messer blitzte in ihrer Hand, während sie die Wurst und den Schinken schnitt. Pawel redete voller Stolz von Widyna.

»Heutzutage tut man gut daran, solche Bekanntschaften zu haben.«

Diese Bekannten des Vaters waren begeisterte Jäger und kamen mit Hasen und Fasanen behängt aus dem großen Wald. Sie legten alles in der Diele auf den Tisch, und bevor sie sich hinsetzten, hatten sie schon ein halbes Glas Wodka getrunken. Im ganzen Haus roch es nach Bigos.

Adelka wusste, dass sie an solchen Abenden vorspielen musste. Sie sorgte immer dafür, dass Antek mit seinem Akkordeon in der Nähe war. Sie hatte vor nichts so viel Angst wie vor dem Vater, wenn er wütend war.
Wenn die Zeit gekommen war, ließ die Mutter sie die Instrumente holen und ins Wohnzimmer kommen. Die Männer zündeten sich Zigaretten an und es wurde ganz still. Adelka gab den Ton an und begann zusammen mit Antek zu spielen. Bei den *Steppen der Mandschurei* holte Pawel seine Geige, und sie spielten im Trio. Misia stand an der Tür und betrachtete sie voller Stolz.
»Dem Jüngsten kauf ich einen Kontrabass«, sagte Pawel. Witek versteckte sich hinter der Mutter, wenn man ihn anschaute.
Während des Spiels dachte Adelka die ganze Zeit an die toten Tiere auf dem Tisch in der Diele.
Sie hatten alle weit aufgerissene Augen. Die Augen der Vögel sahen aus wie Glassteine in Ringen, aber die der Hasen waren irgendwie schrecklich. Adelka hatte das Gefühl, dass sie jede ihrer Bewegungen verfolgten. Die Vögel waren büschelweise an den Füßen zusammengebunden wie ein Bund Radieschen. Die Hasen lagen jeder für sich. Sie suchte im Fell und Gefieder der Tiere nach den Einschusslöchern, aber sie fand nur selten die kreisförmigen verkrusteten Wunden. Den toten Hasen tropfte das Blut aus der Nase auf den Fußboden. Ihre Schnäuzchen sahen aus wie die von Katzen. Adelka bettete sie so, dass auch die Köpfe auf dem Tisch lagen.
Einmal entdeckte sie unter den geschossenen Fasanen einen anderen Vogel. Er war kleiner und hatte schöne hellblaue Federn. Von dieser Farbe war sie ganz hingerissen. Adelka

wollte sie haben. Sie wusste nicht, was sie damit machen würde, aber sie wusste, dass sie sie haben wollte. Vorsichtig rupfte sie eine Feder nach der anderen aus, bis sie ein hellblaues fiedriges Sträußchen in der Hand hatte. Sie band ein weißes Haarband um die Federn und wollte sie der Mutter zeigen. In der Küche lief sie ihrem Vater in die Arme.
»Was ist das? Was hast du da gemacht? Weißt du, was du gemacht hast?«
Adelka wich zurück, bis sie vor der Anrichte stand.
»Du hast den Eichelhäher von Herrn Widyna gerupft! Er hat ihn extra geschossen!«
Misia stellte sich vor Pawel, aber in der Tür erschienen schon die neugierigen Gesichter der Gäste.
Der Vater packte Adelka mit eisernem Griff und führte sie ins Wohnzimmer. Er gab ihr einen wütenden Stoß, so dass sie direkt vor Widyna landete, der sich gerade mit jemandem unterhielt.
»Was ist los?« fragte er abwesend. Sein Blick war trüb.
»Sie hat deinen Eichelhäher gerupft!« schrie Pawel.
Adelka hielt ihm den Strauß mit den Federn hin. Ihre Hände zitterten.
»Gib die Federn Herrn Widyna«, schnauzte Pawel sie an. »Misia, bring mir die Erbsen. Sie kriegt eine Strafe, die sie nicht vergisst. Mit Kindern muss man eine strenge Hand haben … Kurz muss man sie halten.«
Misia gab ihm widerwillig den Beutel mit den Erbsen. Pawel schüttete die Erbsen in einer Zimmerecke aus und befahl dem Kind, sich darauf zu knien. Adelka kniete sich hin, und einen Augenblick lang wurde es still. Sie fühlte, dass alle sie anstarrten. Sie dachte, sie würde auf der Stelle sterben.

»Scheiß auf den Eichelhäher. Schenk nach, Pawel!« stotterte Widyna in die Stille, und im nächsten Moment setzte das Stimmengewirr wieder ein.

Die Zeit Pawels

Pawel lag auf dem Rücken und wusste, dass er nicht mehr einschlafen würde. Vor dem Fenster graute der Morgen. Er hatte Kopfschmerzen und einen schrecklichen Durst. Aber er war zu müde und zerschlagen, um in die Küche zu gehen. Er versuchte, sich an den gestrigen Abend zu erinnern, das große Trinkgelage, ein paar Trinksprüche am Anfang, an die späteren konnte er sich nicht mehr erinnern, Uklejas geschmacklose Scherze, Tänze, die missmutigen Mienen von Frauen, Streitereien. Und dann dachte er daran, dass er vierzig geworden war und damit die erste Hälfte seines Lebens hinter sich hatte. Er hatte den Gipfel erreicht und schaute jetzt, während er mit einem entsetzlichen Kater auf dem Rücken lag, auf die Zeit, die vorbeizog. Ihm fielen nach und nach andere Tage und Abende ein. Er betrachtete sie wie einen Film, den man rückwärts spult – grotesk, komisch und sinnlos wie sein Leben. Er sah die Bilder in allen Einzelheiten, aber sie kamen ihm unwichtig und unbedeutend vor. Seine ganze Vergangenheit spielte sich vor ihm ab. Und er fand darin nichts, auf das er hätte stolz sein können, was ihn gefreut hätte, was eine positive Regung in ihm geweckt hätte. In dieser ganzen absonderlichen Geschichte war nichts Sicheres, Beständiges, an dem er sich festhalten konnte. Nichts als Gerangel, unerfüllte

Träume, unbefriedigte Wünsche. ›Nichts ist mir gelungen‹, dachte er. Ihm war nach Weinen zu Mute, aber er hatte wohl vergessen, wie es ging, denn er hatte seit seiner Kindheit nicht mehr geweint. Er schluckte den zähen, bitteren Speichel und wollte ein kindliches Schluchzen aus Kehle und Lungen herauspressen. Aber es wurde nichts daraus, deshalb stürzte er sich mit seinen Gedanken auf die Zukunft und zwang sich, an das zu denken, was vor ihm lag, was er noch zu tun hatte: weitere Fortbildungen und weitere Beförderung, die Kinder auf die Oberschule schicken, den Ausbau des Hauses zum Vermieten von Zimmern, nein, nicht bloß Zimmer, eine kleine Pension, ein kleines Ferienheim für Sommerfrischler aus Kielce und Krakau. Für einen Augenblick lebte er innerlich auf, vergaß seinen Kopfschmerz, seine Zunge, die trocken wie Hobelspäne war, und das verschluckte Weinen. Aber diese schreckliche Traurigkeit stieg wieder in ihm auf. Seine Zukunft war genauso wie seine Vergangenheit, dachte er. Verschiedene Dinge würden sich ereignen, die nichts zu bedeuten hatten und nirgendwohin führten. Dieser Gedanke machte ihm Angst, denn nach allem, nach der Fortbildung und der Beförderung, der Pension und dem Ausbau des Hauses, nach allem Denken und allem Tun kam der Tod. Und Pawel Boski wurde klar, dass er in dieser schlaflosen verkaterten Nacht ratlos zusah, wie sein Tod geboren wurde. Dass jetzt die Stunde der Lebensmitte geschlagen hatte und von nun an langsam, stetig und unwiderruflich das Dunkel aufziehen würde.

Er fühlte sich wie ein verlassenes Kind und hundeelend. Er lag in der rauen und unfassbaren Gegenwart auf dem Rücken und fühlte, wie er zusammen mit ihr von Sekunde zu Sekunde zu Nichts zerfiel.

Die Zeit Rutas

Ruta war sogar bereit, Ukleja zu lieben. Sie konnte ihn wie ein großes krankes Tier behandeln. Aber Ukleja wollte ihre Liebe nicht. Er wollte Macht über sie.

Manchmal kam es Ruta so vor, als stecke in Ukleja der zottige Böse Mann, denn er legte sich genauso auf sie, wie der Böse Mann sich auf ihre Mutter gelegt hatte. Ihre Mutter hatte es mit einem Lächeln auf den Lippen zugelassen, doch in Ruta stiegen Hass und Wut auf, die wie ein Hefeteig anschwollen und aufgingen. Danach schlief Ukleja immer auf ihr ein, und sein ganzer Körper roch nach Alkohol. Ruta kroch unter seinem Körper hervor und ging ins Badezimmer. Sie füllte die Wanne mit Wasser und lag darin, bis das Wasser kalt wurde.

Ukleja schloss Ruta im Haus ein, wenn sie allein war. In die Küche stellte er ihr alle möglichen feinen Speisen aus dem Restaurant »Zacisze«: Kaltes Hühnchen, Haxen, Fisch in Aspik, Gemüsesalat, Russische Eier, Sahnehering – alles, was auf der Speisekarte stand. In Uklejas Haus mangelte es an nichts. Sie ging von einem Zimmer ins andere, hörte Radio, zog sich immer wieder um, probierte Schuhe und Hüte an. Sie hatte zwei Schränke voller Kleider, eine Schatulle voll Goldschmuck, etliche Hüte und zig Paar Schuhe, denn sie bekam alles, was sie wollte. Anfangs hatte sie allerdings gedacht, sie würde in diesem Staat über die Straßen von Taszów spazieren können, vor der Kirche am Markt auf und ab stolzieren, Seufzer hören und aus dem Augenwinkel bewundernde Blicke sehen. Aber Ukleja ließ sie nicht allein ausgehen. Sie durfte nur mit ihm aus dem Haus. Und dann nahm er sie mit zu seinen Kameraden und zog ihr dort den seidenen Unterrock hoch, um mit ihren Schenkeln zu prahlen. Oder er nahm sie mit zu den Boskis in Ur oder zum Bridge bei den Anwälten und Sekretären, wo sie sich langweilte und stundenlang ihre Nylonstrümpfe anstarrte.

Irgendwann konfiszierte Ukleja den Fotoapparat samt Stativ und Dunkelkammerausstattung eines Fotografen, der Schulden bei ihm hatte. Ruta begriff schnell, wie man Aufnahmen machte. Der Apparat stand im Schlafzimmer, und bevor er ins Bett kam, stellte Ukleja jedes Mal den Selbstauslöser ein. Danach beobachtete Ruta im roten Licht der Dunkelkammer Uklejas Körpermassen, seinen Hintern und sein Geschlechtsteil, seine fette Brust, die sich wie bei einer Frau vorwölbte und mit schwarzen Borsten bedeckt war. Sie sah auch sich selbst, flachgedrückt und in Brüste, Schenkel und Bauch zerstückelt. Aber wenn sie allein zu Hause war, zog sie ihre Kleider an und stellte sich parfümiert und elegant vor das Objektiv.

»Klick« machte der Apparat dann voller Begeisterung.

Die Zeit Misias

Die Flüchtigkeit der Zeit machte Misia vor allem im Mai zu schaffen. Der Mai drängte sich mit Gewalt an seinen Platz in der Reihe der Monate und explodierte. Alles begann zu wachsen und zu blühen. Alles zugleich.

Misia hatte sich an den fahlgrauen Vorfrühlingsblick aus dem Fenster gewöhnt und konnte sich nur schlecht auf die täglichen Veränderungen einstellen, die der Mai allenthalben mit sich brachte. Zuerst wurden die Wiesen innerhalb von zwei Tagen grün. Dann nahm die Schwarze einen grünlichen Glanz an und ließ das Licht, das von nun an jeden Tag eine andere Schattierung aufwies, in ihr Wasser ein. Der Wald auf Papiernia wurde erst zart, dann tiefgrün, schließlich wurde er dunkel und versank im Schatten.

Im Mai blühte Misias Garten, und das war das Zeichen dafür, alle vom Winter muffig gewordenen Kleidungsstücke, Vorhänge, Laken, Läufer, Tischdecken und Bettdecken zu waschen. Sie spannte eine Schnur zwischen den blühenden Apfelbäumen und füllte den rosig-weißen Garten mit leuchtenden Farben. Die Kinder, Hühner und Hunde kamen hinter Misia hergetrippelt. Manchmal kam auch Izydor, aber er sprach immer von Dingen, die sie nicht interessierten.

Im Garten dachte sie darüber nach, dass sich die Blüte der

Bäume nicht aufhalten ließ, dass die Blütenblätter unweigerlich zu Boden rieseln, die Blätter mit der Zeit braun werden und abfallen würden. Der Gedanke, dass im nächsten Jahr alles wieder genauso sein würde, tröstete sie nicht, denn sie wusste, dass es nicht stimmte. Im nächsten Jahr würden die Bäume anders sein, sie würden größer und ihre Äste dicker sein. Diesen blühenden Zweig würde es nicht ein zweites Mal geben. ›Dieses Aufhängen der Wäsche wird sich nie wiederholen‹, dachte sie. ›Ich werde mich nie wiederholen.‹

Sie ging zurück in die Küche und begann mit der Vorbereitung des Mittagessens, aber alles, was sie machte, kam ihr grob und plump vor. Die Piroggen waren unförmig, die Klößchen ungleichmäßig, die Nudeln dick und ungeschlacht. Die sauber geschälten Kartoffeln hatten plötzlich Augen, die man mit der Messerspitze ausstechen musste.

Misia war genauso veränderlich wie der Garten und alles auf der Welt, was der Zeit unterworfen ist. Nach dem dritten Kind hatte sie zugenommen, ihr Haar hatte seinen Glanz verloren und war strähnig geworden. Ihre Augen hatten jetzt die Farbe von Bitterschokolade.

Sie war zum vierten Mal schwanger, und zum ersten Mal dachte sie, dass es ihr zu viel war. Sie wollte dieses Kind nicht. Ein Sohn kam zur Welt, den sie Marek nannten. Er war still und ruhig.

Von Anfang an schlief er die ganze Nacht durch. Er lebte nur auf, wenn er ihre Brust sah. Pawel war wieder auf einer Schulung, deshalb kümmerte sich Michał um Misia, als sie im Wochenbett lag.

»Das ist viel für dich, vier Kinder«, sagte er. »Ihr müsst es irgendwie verhüten. Pawel kennt sich doch mit so was aus.«

Kurz darauf erfuhr Misia, dass Pawel mit Ukleja zu anderen Frauen ging. Vielleicht hätte sie es ihm nicht übelnehmen sollen. Erst war sie schwanger, dick und aufgeschwemmt gewesen. Dann war sie im Wochenbett, was ihr schlecht bekam. Aber sie nahm es ihm trotzdem übel.

Sie wusste, dass er all diese Büfettdamen, die Verkäuferinnen in den Metzgereien und die Kellnerinnen in den Restaurants, die er als Staatsbeamter inspizierte, abknutschte und vögelte. Auf Pawels Hemden fand sie Spuren von Lippenstift und einzelne lange Haare. Sie begann in seinen Sachen nach fremden Gerüchen zu schnüffeln. Schließlich fand sie ein angebrochenes Päckchen mit Präservativen, die er nie benutzte, wenn sie miteinander schliefen.

Misia rief Izydor herunter, und zusammen rückten sie das große Ehebett im Schlafzimmer auseinander. Sie sah, dass Izydor diese Idee gefiel. Er spendierte sogar von sich aus eine große Topfpalme für das umgeräumte Zimmer, die er genau zwischen die beiden Betten stellte. Michał sah aus der Küche zu und rauchte eine Zigarette.

Als Pawel leicht angetrunken nach Hause kam, trat Misia ihm mit den vier Kindern entgegen.

»Ich bring dich um, wenn du das noch einmal machst«, sagte sie.

Er blinzelte, versuchte aber nicht so zu tun, als wisse er nicht, um was es ging. Dann warf er seine Schuhe in die Ecke und lachte fröhlich auf.

»Ich bring dich um«, sagte Misia in so düsterem Ton, dass der Säugling auf ihrem Arm kläglich zu weinen begann.

Im Spätherbst bekam Marek Keuchhusten und starb.

Die Zeit des Gartens

Der Obstgarten hat seine zwei Zeiten, die einander abwechseln und im Jahresrhythmus aufeinander folgen. Das eine ist die Apfelbaumzeit, das andere die Birnbaumzeit.

Im März, wenn sich die Erde erwärmt, beginnt der Garten zu vibrieren und schlägt seine unterirdischen krallenartigen Füßchen tief in den Körper der Erde. Die Bäume saugen wie Welpen an der Erde, und ihre Stämme werden kräftiger.

Im Apfelbaumjahr ziehen die Bäume die sauren Wasser unterirdischer Flüsse aus der Erde, die die Macht der Veränderung und Bewegung in sich tragen. Diese Wasser führen das Bedürfnis nach Wachstum und Ausdehnung mit sich.

Im Birnbaumjahr ist es ganz anders. In der Birnbaumzeit werden die süßen Säfte aus den Mineralien gesaugt, die eine langsame, sanfte Verbindung der Blätter mit den Sonnenstrahlen bewirken. Die Bäume halten in ihrem Wachstum inne und genießen die Süße des Daseins selbst. Ohne Bewegung, ohne Entwicklung. Dann sieht der Garten aus, als werde er sich nie mehr verändern.

Im Apfelbaumjahr ist die Blüte kurz, aber besonders schön. Oft wird sie vom Frost zerstört oder von heftigen Stürmen abgerissen. Die Ernte ist reichlich, aber die Früchte sind klein und nicht besonders ansehnlich. Die Samen entfernen sich

weit von dem Ort ihrer Entstehung: Die Pusteblumen überqueren Bäche, die Gräser fliegen über den Wald zu anderen Wiesen, und manchmal trägt der Wind sie sogar übers Meer. Die Tiere werfen wenige schwächliche Junge, aber diejenigen, die die ersten Tage überleben, wachsen zu großen, schlauen Geschöpfen heran. Die Füchse, die im Apfelbaumjahr geboren werden, machen sich ohne Zögern an den Hühnerstall, dasselbe gilt für die Habichte und Marder. Die Katzen töten Mäuse nicht, weil sie hungrig sind, sondern nur um des Tötens willen, Läuse greifen die Gärten der Menschen an, und die Schmetterlinge tragen die leuchtendsten Farben auf ihren Flügeln. Die Apfelbaumjahre bringen neue Ideen hervor. Die Menschen ebnen sich neue Wege. Sie roden Wälder und setzen junge Bäume. Sie dämmen die Flüsse ein und kaufen Land; sie heben die Fundamente für neue Häuser aus. Sie denken ans Reisen. Männer verraten ihre Frauen und Frauen ihre Männer. Kinder werden plötzlich erwachsen und machen sich selbstständig. Die Menschen können nicht schlafen. Sie trinken zu viel. Sie fällen wichtige Entscheidungen und tun Dinge, die sie nie zuvor getan haben. Neue Ideen werden geboren. Regierungen wechseln. Die Börsen sind instabil, und von einem auf den anderen Tag kann man Millionär werden oder alles verlieren. Revolutionen brechen aus und verändern ganze Systeme. Die Menschen träumen und verwechseln ihre Träume mit dem, was sie für Wirklichkeit halten.
Im Birnbaumjahr passiert nichts Neues. Was begonnen ist, hält sich. Was noch nicht entstanden ist, sammelt seine Kräfte im Nichtsein. Die Pflanzen stärken ihre Wurzeln und Stämme und schießen nicht in die Höhe. Die Blumen blühen langsam und träge, bis sie groß werden. Der Rosenstrauch trägt

nicht viele Rosen, aber jede einzelne ist groß wie eine Faust. Die Früchte im Birnbaumjahr sind groß und aromatisch. Die Samen fallen da, wo sie gewachsen sind, und schlagen sofort starke Wurzeln. Die Getreideähren sind groß und schwer. Wäre nicht der Mensch, würde die Last der Körner sie zur Erde drücken. Die Tiere und Menschen setzen Fett an, denn die Scheunen quellen über. Die Mütter bringen große Kinder zur Welt, und es werden mehr Zwillinge geboren als sonst. Die Tiere werfen zahlreiche Junge und haben genug Milch in den Zitzen, um die Kleinen zu ernähren. Die Menschen denken an den Bau von Häusern oder gar ganzen Städten. Sie zeichnen Pläne, vermessen Land, aber sie machen sich nicht an die Arbeit. Die Banken haben große Gewinne zu verbuchen, und in den Magazinen großer Fabriken lagern die Waren. Regierungen festigen sich. Die Menschen träumen und stellen schließlich fest, dass sich all ihre Träume erfüllen, auch wenn es schon zu spät ist.

Die Zeit Pawels

Pawel hatte sich mehrere Tage Urlaub nehmen müssen, weil sein Vater starb. Sein Vater starb schon seit drei Tagen. Kaum meinte man, nun sei das Ende da, stand der alte Boski eine Stunde später wieder auf und lief in den Garten, um auf die Landstraße zu blicken. Er stand am Zaun und wackelte mit dem Kopf. Stasia und Pawel packten ihn unter den Armen und brachten ihn wieder ins Bett. Diese drei Tage über sagte der Vater kein Wort. Pawel kam es vor, als schaue er ihn flehend an, als bitte er um etwas. Aber Pawel war der Meinung, dass er alles tat, was möglich war. Er war die ganze Zeit bei ihm, gab ihm zu trinken und wechselte seine Laken. Er wusste nicht, wie er dem sterbenden Vater sonst noch hätte helfen können. Schließlich starb der alte Boski. Pawel war gegen Morgen eingenickt, und als er nach einer Stunde aufwachte, sah er, dass der Vater nicht mehr atmete. Der kleine Körper des Alten war eingefallen, er war schlaff geworden wie ein leerer Sack. Es gab keinen Zweifel, in diesem Körper war niemand mehr. Aber Pawel glaubte nicht an die Unsterblichkeit der Seele, deshalb kam ihm dieser Anblick schrecklich vor. Ihn überfiel die Angst, er selbst könnte sich bald in so einen toten Fetzen Leib verwandeln. Und das würde alles sein, was von ihm übrig blieb. Die Tränen strömten ihm aus den Augen.

Stasia war sehr gefasst. Sie zeigte Pawel den Sarg, den der Vater für sich selbst gemacht hatte. Er stand an die Wand gelehnt in der Scheune. Der Deckel war aus Schindeln.
Jetzt musste Pawel sich um die Beerdigung kümmern und wohl oder übel zum Pfarrer gehen.
Er traf ihn auf dem Hof des Pfarrhauses an, wo er an seinem Auto stand. Der Pfarrer bat ihn in ein kaltes, düsteres Büro, wo er sich hinter seinen hochglanzpolierten Schreibtisch setzte. Er suchte lange nach der entsprechenden Seite im Sterbebuch und trug umständlich die Daten des alten Boski ein. Pawel war an der Tür stehen geblieben, aber da er sich nicht gerne wie ein Bittsteller fühlte, ging er zu dem Stuhl vor dem Schreibtisch und setzte sich hin.
»Wie viel wird es kosten?« fragte er.
Der Pfarrer legte seinen Füllfederhalter beiseite und sah ihn eindringlich an.
»Dich habe ich seit Jahren nicht mehr in der Kirche gesehen.«
»Ich bin nicht gläubig.«
»Deinen Vater hat man auch nicht gerade oft in der Messe angetroffen.«
»Er ging immer in die Christmette.«
Der Pfarrer seufzte und stand auf. Er begann im Büro auf und ab zu schreiten und schnippte dabei mit den Fingern.
»Du lieber Gott«, sagte er. »In die Christmette. Das ist zu wenig für einen anständigen Katholiken. Es steht geschrieben: ›Du sollst den Tag Gottes heiligen‹, oder etwa nicht?«
»Damit habe ich mich nie befasst.«
»Wenn der Verstorbene in den letzten zehn Jahren jeden Sonntag zur heiligen Messe gekommen wäre und dabei den sprichwörtlichen Groschen in den Klingelbeutel gegeben

hätte, weißt du, wie viel dann zusammengekommen wäre?«
Der Pfarrer rechnete eine Weile in Gedanken, dann sagte er:
»Die Beerdigung kostet zweitausend.«
Pawel fühlte, wie ihm das Blut in den Kopf schoss. Er sah überall rote Flecken.
»Dann scheiß ich drauf«, sagte er und sprang auf.
Mit ein paar Schritten war er an der Tür und packte die Klinke.
»Na gut, Boski«, hörte er hinter sich vom Schreibtisch her.
»Sagen wir zweihundert.«

Die Zeit der Toten

Nach seinem Tod befand sich der alte Boski in der Zeit der Toten. Aus irgendeinem Grund gehörte diese Zeit zu dem Friedhof in Jeszkotle. Auf der Friedhofsmauer befand sich eine Platte, in die unbeholfen die folgenden Worte eingraviert waren:

Gott sieht
die Zeit flieht
der Tod jagt
die Ewigkeit harrt

Sobald Boski gestorben war, begriff er, dass er einen Fehler begangen hatte, dass er falsch und unachtsam gestorben war, dass er sich im Sterben geirrt hatte und jetzt alles noch einmal durchmachen musste. Er verstand auch, dass sein Tod, ähnlich wie das Leben, ein Traum war.
Die Zeit der Toten nahm diejenigen gefangen, die naiverweise gemeint hatten, man müsse das Sterben nicht erlernen, diejenigen, die im Tod wie in einem Examen durchgefallen waren. Und je weiter die Welt sich entwickelte, je mehr sie das Leben pries, je stärker sie sich an das Leben band, desto größer wurde das Gedränge in der Zeit der Toten und desto

lärmender ging es auf dem Friedhof zu. Denn erst hier kamen die Toten nach dem Leben langsam zu sich, und es zeigte sich, dass sie die Zeit verspielt hatten, die ihnen gegeben worden war. Nach dem Tod entdeckten sie das Geheimnis des Lebens, aber es war eine vergebliche Erkenntnis.

Die Zeit Rutas

Ruta kochte Bigos zu Weihnachten und gab eine Hand voll Kardamom hinein. Sie gab den Kardamom deshalb hinein, weil seine Körner so schön waren, sie hatten eine vollkommene Form, glänzten schwarz und dufteten. Selbst ihr Name war schön. Er hörte sich an wie der Name eines fernen Landes – das Königreich Kardamom.

Im Bigos verlor der Kardamom seinen schwarzen Glanz, aber dafür durchdrang sein Duft den Kohl.

Ruta hatte das Heiligabendessen vorbereitet und wartete auf ihren Mann. Sie lag auf ihrem Bett und lackierte sich die Fingernägel. Dann zog sie die deutschen Zeitungen, die Ukleja nach Hause mitbrachte, unter dem Bett hervor und blätterte neugierig darin. Am besten gefielen ihr die Fotografien ferner Länder. Sie zeigten exotische Strände, braungebrannte Männer und schlanke hübsche Frauen mit glatten Gesichtern. In der ganzen Zeitung verstand Ruta nur das eine Wort »Brasilien«. Brasilien war ein Land. Durch Brasilien floss ein gewaltiger Fluss (der hundert Mal größer war als die Schwarze und die Weiße zusammen) und es gab dort einen gewaltigen Wald (tausend Mal größer als der Große Wald). In Brasilien flossen die Städte über vor Reichtümern aller Art, die Menschen sahen glücklich und zufrieden aus. Plötzlich bekam Ruta

Sehnsucht nach ihrer Mutter, obwohl es mitten im Winter war.
Ukleja kam spät. Er stand in seinem schneebedeckten Pelz auf der Schwelle, und Ruta sah sofort, dass er betrunken war. Er konnte den Geruch von Kardamom nicht leiden, und der Bigos schmeckte ihm nicht.
»Warum machst du keine Rote-Bete-Suppe mit Teigtaschen? Heute ist doch Heiligabend!« brüllte er. »Du kannst bloß eins, und das ist vögeln. Egal mit wem, mit den Deutschen, mit den Russen oder mit diesem schwachsinnigen Izydor. Das ist alles, was du im Kopf hast, du läufige Hündin!«
Er kam auf unsicheren Beinen auf sie zu und schlug sie ins Gesicht. Sie fiel hin. Er kniete sich neben sie und wollte in sie eindringen, aber seine blau angelaufene Männlichkeit gehorchte ihm nicht.
»Ich hasse dich«, stieß sie zwischen den Zähnen hervor und spuckte ihm ins Gesicht.
»Na schön. Hass ist genauso stark wie Liebe.«
Es gelang ihr, sich unter dem betrunkenen Köper herauszuwinden. Sie schloss sich in ihrem Zimmer ein. Kurz darauf knallte der Topf mit dem Bigos gegen ihre Tür. Das Blut, das aus ihrer aufgeplatzten Lippe tropfte, störte Ruta nicht. Sie probierte vor dem Spiegel ihre Kleider an.
Die ganze Nacht über drang der Kardamomgeruch durch die Ritzen in ihr Zimmer. Die Pelze und Schminke rochen danach. Das war der Duft ferner Reisen, der Duft des exotischen Brasilien. Ruta konnte nicht schlafen. Als sie alle Kleider mit den passenden Schuhen und Hüten anprobiert hatte, zog sie zwei Koffer unter dem Bett hervor und legte die teuersten Dinge, die sie besaß, hinein: zwei kostbare Pelze, einen

Silberfuchskragen, die Schmuckschatulle und die Zeitschrift über Brasilien. Sie zog sich warm an und schlich sich dann leise auf Zehenspitzen mit den beiden Koffern durchs Esszimmer, wo Ukleja auf dem Sofa schnarchte.

Sie verließ Taszów und kam auf die Straße nach Kielce. Ein paar Kilometer lang arbeitete sie sich mit Mühe durch den Schnee und zerrte die beiden Koffer hinter sich her, bis sie in der Dunkelheit endlich die Stelle erkannte, wo sie in den Wald abbiegen musste. Wind kam auf, und es begann zu schneien.

Ruta ging bis an die Grenze von Ur, drehte sich um, stellte sich mit dem Gesicht nach Norden und fand in ihrem Innern das Gefühl wieder, das sie alle Grenzen, Sperren und Tore überwinden ließ. Sie liebkoste es einen Augenblick lang in ihrem Innern. Ein richtiger Schneesturm brach los, und Ruta ging mit ihrem ganzen Wesen in den Sturm hinein.

Die Zeit des Spiels

Wenn der Spieler schließlich den Ausgang der Fünften Welt findet und, unentschlossen, wie er weiter vorgehen soll, Hilfe suchend in der Anleitung *Ignis fatuus, oder Lehrreiches Spiel für einen Spieler* blättert, findet er die folgende kleine Geschichte:

»In der Fünften Welt unterhält sich Gott mit sich selbst, wenn ihn die Einsamkeit besonders plagt.
Er betrachtet die Menschen voll Wohlgefallen, insbesondere einen darunter, namens Hiob. ›Wenn ich ihm alles nähme, was er hat, alles, worauf seine Sicherheit ruht, wenn ich ihn Schicht um Schicht all seines Besitzes entkleiden würde, wäre er dann immer noch derselbe, der er jetzt ist? Würde er nicht beginnen, mich zu verfluchen und zu lästern? Würde er mich trotzdem ehren und lieben?‹
So schaut Gott aus der Höhe auf Hiob hinab und sagt zu sich: ›Mit Sicherheit nicht. Er ehrt mich doch nur deshalb, weil ich ihn mit Wohlstand beschenke. Ich will Hiob nehmen, was ich ihm gegeben habe.‹
Und so beginnt er, Hiob langsam zu häuten wie eine Zwiebel. Und er weint vor Mitgefühl mit ihm. Zuerst raubt er Hiob alles, was er besitzt: Haus, Land, Ziegenherden, Arbeitskräf-

te, Wälder und Auen. Dann nimmt er ihm das, was er liebt: die Kinder, die Frauen, die Verwandten und Freunde. Zuletzt entledigt er Hiob all dessen, was ihn zu dem gemacht hat, was er ist: des gesunden Körpers, der gesunden Sinne, seiner Gewohnheiten und Vorlieben.

Dann betrachtet er sein Werk, und er muss die göttlichen Augen zukneifen: Hiob strahlt in demselben Licht wie Gott. Vielleicht ist Hiobs Glanz sogar größer, denn Gott ist ja geblendet. Erschrocken gibt er Hiob in größter Eile alles nacheinander zurück, ja, er gibt ihm sogar mehr, als er zuvor besessen hatte. Er erfindet das Geld, damit Hiob handeln kann, und mit dem Geld ruft er auch Banken und Tresore ins Leben, er gibt ihm Schmuck, Moden, Wünsche, Begierden. Und eine unentwegte Furcht. Mit alldem überschüttet er Hiob, bis dessen Licht allmählich verblasst und schließlich erlischt.«

Die Zeit Lilas und Majas

Die Mädchen wurden in demselben Jahr geboren, in dem Michał im Krankenhaus von Taszów an Herzschwäche starb und Adelka aufs Gymnasium kam. Sie nahm es den Mädchen übel, dass sie auf die Welt gekommen waren. Sie konnte nicht mehr über den Büchern sitzen, wann und solange sie wollte. Die Mutter rief mit zitternder Stimme aus der Küche und bat sie um Hilfe.

Diese Jahre waren elend wie die Vorkriegsjacketts mit durchgewetzten Nähten, die man jetzt anstelle von Mänteln trug, wie die Speisekammer, in der nie etwas anderes stand als ein Topf mit Schmalz und ein Glas Honig.

Adelka dachte an die Nacht, als ihre Mutter die Zwillinge bekam, und musste weinen. Der Großvater, der damals schon krank war, saß am Bett der Mutter.

»Ich bin fast vierzig. Wie soll ich zwei Mädchen großziehen?«

»Genauso wie die anderen Kinder«, sagte er.

Aber die ganze verdoppelte Last des Großziehens lag auf Adelkas Schultern. Ihre Mutter hatte genug anderes zu tun, sie musste kochen, waschen, den Hof sauber halten. Der Vater tauchte erst abends auf. Sie zankten sich nur noch, als könnten sie einander nicht ausstehen, als hätten sie plötzlich angefangen, einander zu hassen. Er ging dann gleich in den

Keller hinunter, wo er illegal Häute gerbte, davon lebten sie. Wenn Adelka aus der Schule kam, musste sie den Kinderwagen nehmen und die Mädchen ausfahren. Dann fütterte und wickelte sie sie zusammen mit der Mutter, und abends musste sie helfen, sie zu baden. Erst wenn sie dafür gesorgt hatte, dass sie eingeschlafen waren, konnte sie sich an die Hausaufgaben machen. Als die beiden Scharlach bekamen, dachte sie deshalb, es wäre für alle am besten, wenn sie stürben.
Besinnungslos vor Fieber lagen sie in ihrem Zweierbettchen: ein zweifaches gemeinsames Kinderleid. Der Arzt kam und riet ihnen, Wadenwickel zu machen, damit das Fieber sank. Dann packte er seine Tasche und ging. Am Gartentor sagte er zu Pawel, auf dem Schwarzmarkt gebe es Antibiotika. Dieses Wort hatte einen magischen Klang, wie das Wasser des Lebens im Märchen, deshalb stieg Pawel auf sein Motorrad. In Taszów erfuhr er, dass Stalin gestorben war.
Er arbeitete sich durch den schmelzenden Schnee zu Uklejas Haus vor, aber dort traf er niemanden an. Deshalb ging er auf den Marktplatz zum Parteibüro und suchte Widyna. Die Sekretärin hatte verweinte geschwollene Augen und sagte ihm, der Sekretär könne niemanden empfangen. Sie wollte ihn nicht vorlassen. Pawel ging wieder hinaus und sah sich ratlos in der kleinen Stadt um. ›Einer ist gestorben, bald stirbt der nächste‹, dachte er. ›Ganz Taszów ist voller Tod.‹ Plötzlich bekam er Lust, einen Wodka zu trinken. Sofort, auf der Stelle. Seine Beine trugen ihn ganz von selbst zum Restaurant Zacisze, und er ging direkt an den Tresen, hinter dem sich Basia mit ihrer Wespentaille und ihrem vollen Busen in Szene setzte. In ihre dichten Haare hatte sie sich ein Stück Spitzenstoff gesteckt.

Pawel wäre am liebsten hinter die Theke gegangen, um sich an ihr duftendes Dekollete zu schmiegen. Sie schenkte ihm ein Gläschen Wodka ein.

»Hast du schon gehört, was passiert ist?« fragte sie.

Er trank den Wodka in einem Zug aus, und Basia setzte ihm einen Teller mit Sahnehering vor.

»Ich brauche Antibiotika. Penicillin. Weißt du, was das ist?«

»Wer ist denn krank?«

»Meine Töchter.«

Basia kam hinter dem Tresen hervor und warf sich den Mantel über die Schultern. Sie führte ihn durch kleine Gassen in Richtung Fluss, zu den kleinen Häuschen, in denen früher die Juden gewohnt hatten. Mit ihren kräftigen nylonbestrumpften Beinen setzte sie über die aufgeweichten Pferdeäpfel. Vor einem der Häuschen blieb sie stehen und befahl ihm zu warten. Nach einer Minute kam sie wieder heraus und nannte ihm eine Summe. Sie war Schwindel erregend hoch. Pawel gab ihr einen Stapel Banknoten. Kurz darauf hielt er eine kleine Pappschachtel in der Hand. Von dem, was darauf stand, verstand er nur ein paar Worte: *Made in the United States.*

»Wann kommst du mich besuchen?« fragte sie, als er auf sein Motorrad stieg.

»Jetzt nicht«, sagte er und küsste sie auf den Mund.

Am Abend fiel das Fieber der Mädchen, und am nächsten Tag wurden sie gesund. Misia hatte zur Muttergottes von Jeszkotle, der Königin der Antibiotika, für diese plötzliche Genesung gebetet. Als sie in der Nacht ihre Stirnen prüfte und feststellte, dass sie kühl waren, schlüpfte sie unter Pawels Decke und schmiegte sich mit ihrem ganzen Körper an ihn.

Die Zeit der Linden

An der Landstraße, die von Jeszkotle zur Straße nach Kielce führt, wachsen Linden. Sie sehen von Anfang an genauso aus, wie sie am Ende aussehen werden. Sie haben dicke Stämme und Wurzeln, die tief in die Erde reichen, wo die Grundlagen alles Lebendigen zusammentreffen. Im Winter werfen ihre kräftigen Äste scharf umrissene Schatten auf den Schnee und zeigen die kurzen Tage über den Sonnenstand an. Im Frühling bringen die Linden Millionen kleiner grüner Blättchen hervor, die die Sonne auf die Erde holen. Im Sommer ziehen ihre duftenden Blüten Schwärme von Insekten an. Im Herbst kleiden sie ganz Ur in Braun- und Rottöne.

Wie alle Pflanzen leben auch die Linden in einem ewigen Traum, dessen Anfang in dem Samen des Baumes liegt. Der Traum wächst nicht, er entwickelt sich nicht mit dem Baum, sondern bleibt sich immer gleich. Die Bäume sind an den Raum gebunden, nicht aber an die Zeit. Ihr Traum befreit sie von den Fesseln der Zeit, denn er ist ewig. Es entstehen keine Gefühle darin wie im Traum der Tiere und auch keine Bilder wie im Traum der Menschen.

Die Bäume verdanken ihr Leben der Materie, sie sind darauf angewiesen, dass die Säfte aus der Tiefe der Erde durch sie hindurchfließen und ihre Blätter das Licht der Sonne aufnehmen. Die Seele der Bäume ruht nach vielfältigen Wanderungen. Ein Gewitter ist für den Baum ein warm-kalter, trägeheftiger Strom. Wenn es tobt, wird die ganze Welt zum Gewitter. Für den Baum gibt es keine Welt vor oder nach dem Gewitter.

Der Baum erlebt den Wandel der vier Jahreszeiten, ohne sich darüber bewusst zu sein, dass es die Zeit gibt, und dass die Jahreszeiten aufeinander folgen. Für den Baum bestehen alle vier Zustände zugleich. Ein Teil des Sommers ist Winter, ein Teil des Frühlings Herbst. Ein Teil der Hitze ist die Kälte, ein Teil der Geburt der Tod. Das Feuer ist ein Teil des Wassers und die Erde ein Teil der Luft.

Die Menschen erscheinen den Bäumen unsterblich: seit jeher spazieren sie durch den Schatten der Linden an der Landstraße, sie sind weder starr noch beweglich. Für die Bäume existieren die Menschen ewig, aber das ist genauso, als ob es sie niemals gegeben hätte.

Der Lärm der Äxte und das Krachen der Blitze stören den ewig währenden Traum der Bäume. Wenn ein Baum in den Augen der Menschen stirbt, ist in Wirklichkeit nur sein Traum gestört. Wenn ein Baum scheinbar stirbt, nähert sich sein Dasein dem unruhigen Dasein der Tiere an. Denn je wacher, je aufnahmefähiger das Bewusstsein ist, desto größer ist die Angst. Doch die Unruhe des Tierreichs und der Menschen erreichen die Bäume nie.

Wenn ein Baum stirbt, geht sein Traum ohne Bedeutungen und Eindrücke an einen anderen Baum über. Deshalb sterben Bäume nie. In der Selbstvergessenheit liegt die Befreiung von Zeit und Tod.

Die Zeit Izydors

Als Ruta Ur verlassen hatte und es offenkundig wurde, dass sie nicht zurückkommen würde, fasste Izydor den Entschluss, ins Kloster einzutreten.

In Jeszkotle gab es zwei Orden, einen Männer- und einen Frauenorden. Die Ordensschwestern führten das Altersheim. Er sah sie oft, wenn sie ihre Einkäufe mit dem Fahrrad von den Geschäften zum Kloster transportierten. Auf dem Friedhof pflegten sie die Gräber, um die sich niemand kümmerte. Ihre kontrastreiche schwarzweiße Tracht hob sich vom verwaschenen Grau der restlichen Welt ab.

Der Männerorden nannte sich die Reformierer Gottes. Bevor er sich dorthin aufmachte, hatte Izydor das triste, strenge Gebäude hinter der zerfallenden Steinmauer lange betrachtet. Er hatte festgestellt, dass immer dieselben zwei Mönche im Garten arbeiteten. Schweigend bauten sie Gemüse und weiße Blumen an. Immer nur weiße Blumen: Lilien, Schneeglöckchen, weiße Pfingstrosen und Georginen. Ein bestimmter Mönch, wahrscheinlich der Ranghöchste des Klosters, war öfter auf der Post oder machte Einkäufe. Die anderen mussten immer im Innern des geheimnisvollen Hauses eingesperrt bleiben. Sie hatten sich ganz Gott ergeben. Und genau das war es, was Izydor am besten gefiel. Von der Welt getrennt zu sein, bis zum Hals in Gott vertieft zu sein. Gott zu erkennen, die Ordnung des von ihm geschaffenen Werkes zu erforschen und endlich eine Antwort auf die Frage zu finden, warum Ruta weggegangen war, warum seine Mutter krank geworden und gestorben war, warum sein Vater gestorben war, warum im Krieg Menschen und Tiere umgebracht wurden, warum Gott das Böse und das Leid in der Welt duldete.

Wenn sie Izydor in ihren Orden aufnahmen, würde Pawel ihn nicht mehr Schmarotzer nennen, er würde ihn nicht mehr verspotten und hänseln. Izydor würde nicht immerzu all die Orte ansehen müssen, die ihn an Ruta erinnerten.

Er weihte Misia in seinen Plan ein. Sie lachte.

»Versuch es«, sagte sie, während sie einem Kind den Hintern abwischte.

Am nächsten Tag ging er nach Jeszkotle und läutete die altmodische Glocke an der Klostertür. Lange tat sich nichts. Damit wurde wohl seine Geduld auf die Probe gestellt. Endlich aber quietschte der Riegel, und ein alter Mann in dunkelgrauer Ordenstracht, den er noch nie gesehen hatte, öffnete ihm.

Izydor erklärte, weshalb er gekommen war. Der Mönch zeigte weder Erstaunen noch ein Lächeln. Er nickte mit dem Kopf und sagte Izydor, er solle warten. Draußen. Die Tür quietschte, als sie wieder geschlossen wurde. Nach etlichen Minuten öffnete sie sich wieder, und Izydor durfte hereinkommen. Der Mönch führte ihn jetzt durch Gänge und über Treppen hinauf und hinab, bis sie zu einem großen, leeren Saal gelangten, in dem ein Schreibtisch und zwei Stühle standen. Nachdem etliche weitere Minuten vergangen waren, betrat ein anderer Mönch den Saal. Diesmal war es derjenige, der regelmäßig zur Post ging.

»Ich möchte gerne in den Orden eintreten«, erklärte Izydor.
»Warum?« fragte der Mönch einfach.
Izydor räusperte sich.
»Die Frau, die ich heiraten wollte, ist weggegangen. Meine Eltern sind gestorben. Ich fühle mich einsam und sehne mich nach Gott, obwohl ich ihn nicht verstehe. Ich weiß, dass wir ein besseres Verhältnis zueinander haben könnten, wenn ich Ihn näher kennen lernen würde. Ich möchte ihn durch Bücher kennen lernen, in anderen Sprachen und durch verschiedene Theorien. Aber die Gemeindebücherei ist nicht gut ausgestattet ...« Izydor musste seinen Ärger über die Bibliothek im Zaum halten. »Aber denken Sie nicht, Bruder, dass ich immerzu nur lesen will. Ich möchte auch etwas Nützliches tun, und ich weiß, dass dieser Orden, die Reformierer Gottes, genau das ist, was ich brauche. Ich möchte die Welt verbessern, alles Böse darin zum Guten wenden ...«
Der Mönch stand auf und schnitt Izydor das Wort ab.
»Die Welt verbessern, sagst du. Das ist sehr interessant, aber unrealistisch. Die Welt lässt sich weder besser noch schlechter machen. Sie muss so bleiben, wie sie ist.«
»Aber ihr nennt euch doch Reformierer.«
»Ach, das hast du missverstanden, mein lieber Junge. Wir haben nicht vor, die Welt in wessen Namen auch immer zu reformieren. Wir reformieren Gott.«
Einen Augenblick lang herrschte Stille.
»Wie kann man denn Gott reformieren?« fragte Izydor schließlich überrascht.
»Das kann man. Die Menschen ändern sich. Die Zeiten ändern sich. Autos, Raumschiffe ... Gott kann manchmal, wie soll ich das sagen, etwas anachronistisch erscheinen, und

selbst ist er zu groß, zu mächtig und damit gleichzeitig aber auch ein bisschen zu schwach, um sich den menschlichen Vorstellungen anzupassen.«

»Ich dachte, Gott sei unveränderlich.«

»Jeder von uns irrt sich in wesentlichen Dingen. Das ist eine ganz menschliche Eigenschaft. Wie der Begründer unseres Ordens, der heilige Milo, nachgewiesen hat, würde die Welt aufhören zu existieren, wenn Gott unveränderlich wäre, wenn er in völliger Bewegungslosigkeit verharrte.«

»Das glaube ich nicht«, sagte Izydor im Brustton der Überzeugung.

Der Mönch erhob sich, deshalb stand Izydor auch auf.

»Komm wieder zu uns, wenn du das Bedürfnis verspürst.«

»Das gefällt mir nicht«, sagte Izydor zu Misia, sobald er in die Küche kam.

Dann legte er sich auf sein Bett, das genau in der Mitte des Dachbodens stand, direkt unter der Dachluke. Das kleine Viereck Himmel war ein Bild, ein Heiligenbild, wie es in der Kirche hängen könnte.

Immer wenn Izydor den Himmel und die vier Himmelsrichtungen sah, bekam er Lust zu beten, doch je älter er wurde, desto schwerer hatten es die Worte der bekannten Gebete, den Weg durch seinen Kopf zu finden. Dafür tauchten in seinem Kopf Gedanken auf, die das Gebet zerlöcherten und in Fetzen rissen. Er versuchte deshalb sehr konzentriert, sich in dem sternenübersäten Bild die Gestalt des unwandelbaren Gottes vorzustellen. In seiner Vorstellung entstand aber immer ein Bild, das er nicht begreifen konnte. Einmal war es ein Alter, der sich mit einem so strengen und kalten Blick auf seinem Thron breit machte, dass Izydor sofort die Augen zusammenkniff und ihn aus dem Rahmen der Dachluke verscheuchte. Ein anderes Mal war Gott ein zerstreuter, flatterhafter Geist, so unstet und unklar, dass es nicht zu ertragen war. Manchmal gab sich ein Mensch als Gott aus, meistens war es Pawel, und dann verging Izydor die Lust am Beten. Er setzte sich auf sein Bett und baumelte mit den Beinen. Und er entdeckte, dass es Gottes Geschlecht war, das ihn störte.

Dann erblickte er ihn, nicht ohne ein gewisses Schuldgefühl, als Frau im Rahmen seiner Dachluke, er sah eine Göttin, oder wie er das auch immer nennen sollte. Das verschaffte ihm Erleichterung. Er betete mit einer Leichtigkeit zu ihr, die er nie zuvor empfunden hatte. Er sprach mit ihr wie mit seiner Mutter. Das ging einige Zeit gut, aber irgendwann trat eine undefinierbare Unruhe ein, die ihn bei diesen Gebeten überkam und sich als Hitzewellen in seinem Körper äußerte.

Gott war eine Frau, mächtig, groß, feucht, sie dampfte wie die Erde im Frühling. Die Göttin existierte irgendwo im Raum, sie glich einer Gewitterwolke voller Wasser. Ihre Macht war erdrückend und erinnerte Izydor an irgendein Kindheitserlebnis, das ihm Angst einjagte. Jedes Mal, wenn er sich an sie wandte, antwortete sie ihm mit einer Bemerkung, die ihm den Mund verschloss. Er konnte nicht mehr weitersprechen, sein Gebet verlor den Faden, es verlor jedes Ziel, von der Göttin konnte man nichts erbitten, man konnte sie nur in sich aufnehmen, einatmen, in ihr aufgehen.

Eines Tages betrachtete Izydor sein Stück Himmel und hatte eine Erleuchtung. Er begriff, dass Gott weder Mann noch Frau war. Er erkannte es, als er das Wort »das Göttliche« aussprach. Darin lag die Lösung des Rätsels um Gottes Geschlecht. »Göttlich« hörte sich genauso an wie »Licht« und

»friedlich«, wie »Aussicht« und »luftig«, wie »hell« und »finster«, »nötig«, »herrlich«, »hoch« und »tief«. Aufgeregt wiederholte Izydor immer wieder den wahren Namen Gottes, den er entdeckt hatte, und bei jedem Mal wurde sein Wissen größer. Das Göttliche war jung, aber gleichzeitig existierte es seit Anbeginn der Welt oder noch länger (denn »Göttlich« hörte sich genauso an wie »ewig«), es war unentbehrlich für jedes Leben, es war in allem (»überall«), doch wenn man es suchte, fand man es in keinem Ding (»nirgends«). Das Göttliche war voll Liebe und Freude, aber es konnte auch grausam und gefährlich sein. Es trug alle Eigenschaften und Attribute in sich, die es auf der Welt gibt, und es nahm die Gestalt jeden Dings, jeder Begebenheit, jeder Zeit an. Es schuf oder vernichtete oder ließ zu, dass das Geschaffene sich selbst vernichtete. Es war unberechenbar wie ein Kind oder ein Wahnsinniger. Auf eine gewisse Weise war es wie Ivan Mukta. Das Göttliche war so offenbar, dass Izydor sich wunderte, dass ihm das noch nie klar geworden war.

Diese Entdeckung verschaffte ihm eine wahre Erleichterung. Wenn er daran dachte, stieg ein Lachen in ihm auf. Izydors Seele kicherte. Er ging auch nicht mehr in die Kirche, was Pawels Beifall fand.

»Ich glaube allerdings nicht, dass sie dich in die Partei aufnehmen werden«, sagte er einmal beim Frühstück, um eventuelle Hoffnungen seines Schwagers im Keim zu ersticken.

»Pawel, Milchsuppe braucht man nicht zu kauen«, ermahnte ihn Misia.

Izydor konnte die Partei genauso gestohlen bleiben wie die Kirche. Er brauchte jetzt Zeit: zum Nachdenken, für seine Erinnerungen an Ruta, zum Lesen, Deutsch lernen, Briefe schreiben und Briefmarken sammeln, um in seine Dachluke zu schauen und sich langsam und träge in die Ordnung des Alls zu versenken.

Die Zeit der Papuga

Der alte Boski hatte ein Haus gebaut, aber er hatte keinen Brunnen gebohrt, deshalb musste Stasia Papuga nebenan bei ihrem Bruder Wasser holen. Sie nahm das hölzerne Joch auf die Schultern und hängte die Eimer daran. Wenn sie ging, quietschten die Eimer im Rhythmus ihrer Schritte.

Stasia schöpfte Wasser aus dem Brunnen und sah sich verstohlen auf dem Hof um. Sie sah die Federbetten, die zum Lüften im Freien hingen, die schmiegsamen Körper der dicken weichen Federbetten auf der Stange. ›Solche Federbetten würde ich gar nicht haben wollen‹, dachte sie. ›Sie sind zu warm, und die Federn rutschen immer nach unten. Da sind mir meine leichten Wolldecken im Leinenbezug doch lieber.‹ Das kalte Wasser in den Eimern schwappte auf ihre nackten Füße. ›So große Fenster möchte ich auch nicht haben. Wie lange man daran wohl putzen muss. Und diese Tüllgardinen – man kann ja gar nichts dadurch sehen. So viele Kinder hätte ich auch nicht gern, und hohe Absätze sind schlecht für die Beine.‹

Misia musste das Quietschen der Eimer gehört haben, denn sie ging auf die Treppe hinaus und lud Stasia ein, hereinzukommen. Stasia ließ die Eimer auf dem Betonboden stehen und ging in die Küche der Boskis, in der es immer nach angebrannter Milch und Mittagessen roch. Sie setzte sich auf den Schemel am Ofen, nie auf einen Stuhl. Misia scheuchte die Kinder hinaus und lief zum Spind unter der Treppe. Sie holte immer etwas Nützliches heraus: eine Hose für Janek, Schuhe und einen Pullover, aus denen Antek herausgewachsen war. Misias abgelegte Sachen musste Stasia ändern, denn sie waren zu klein. Aber sie nähte gerne morgens im Bett, wenn sie aufwachte. Dann arbeitete sie Einsätze, Rüschen und Zwickel hinein.

Misia brühte einen Kaffee im Glas für Stasia auf. Es war ein guter Kaffee, er hatte festen Schaum auf der Oberfläche, auf dem der Zucker eine Weile liegen blieb, bevor er nach unten sank. Stasia konnte sich nicht satt sehen an Misias schlanken Fingern, die die Bohnen in die Kaffeemühle schütteten und dann die Kurbel drehten. Schließlich war die Schublade in der Kaffeemühle voll, und der Duft von frisch gemahlenem Kaffee erfüllte die Küche. Stasia hatte den Geruch sehr gern, aber den Kaffee selbst fand sie bitter und mochte ihn nicht, deshalb gab sie ein paar Löffel Zucker ins Glas, damit die Süße die Bitterkeit besiegte. Sie sah aus dem Augenwinkel zu, wie Misia den Kaffee abschmeckte, wie sie ihn mit dem Löffel umrührte, wie sie dann das Glas zwischen zwei Finger nahm und zum Mund hob. Und dann machte sie es genauso.

Sie redeten über die Kinder, den Garten und das Kochen. Manchmal kam es auch vor, dass Misia tiefer bohrte.

»Wie geht es dir denn so ohne Mann?«

»Ich hab doch Janek.«

»Du weißt doch, was ich meine.«

Stasia wusste nicht, was sie sagen sollte. Sie rührte mit dem Löffel im Kaffee.

›Schlecht geht's mir ohne Mann‹, dachte sie, wenn sie abends im Bett lag. Ihre Brüste und ihr Bauch wollten sich an den Körper eines Mannes schmiegen, einen festen Körper, der nach der Arbeit in der Sonne roch. Stasia rollte ihr Kopfkissen zusammen und umarmte es, als wäre es ein Körper. So schlief sie gewöhnlich ein.

In Ur gab es keinen Laden. Alle Einkäufe wurden in Jeszkotle gemacht. Plötzlich hatte Stasia eine Idee. Sie borgte sich von Misia hundert Zloty und kaufte ein paar Flaschen Wodka und Schokolade. Dann ging alles von selbst. Immer brauchte jemand abends einen halben Liter. Manchmal bekam man sonntags Lust, mit dem Nachbarn ein Gläschen unter der Linde zu trinken. Die Männer in Ur lernten schnell, dass man bei Stasia Papuga eine Flasche bekommen konnte, die nicht viel teurer war als im Geschäft. Ihren Frauen kauften sie dann Schokolade. Damit sie nicht böse wurden.

Auf diese Weise trieb Stasia bald einen schwungvollen Handel. Pawel war ihr erst böse deshalb, schickte dann aber selbst Witek herüber, um eine Flasche zu holen.

»Weißt du, wie so was bestraft wird?« fragte er sie mit zusammengezogenen Brauen, aber Stasia war sicher, dass, wenn, Gott bewahre, etwas passieren würde, ihr Bruder ja gute Beziehungen hatte und schon dafür sorgen würde, dass ihr nichts geschah.

Bald ging sie zwei, drei Mal in der Woche nach Jeszkotle, um Ware einzukaufen. Sie erweiterte ihr Sortiment. Sie hatte Backpulver und Vanillezucker, Dinge, die auch der besten Hausfrau beim samstäglichen Backen ausgehen konnten. Sie hatte Zigaretten verschiedener Marken, Essig und Öl, und als sie sich nach einem Jahr einen Kühlschrank gekauft hatte,

brachte sie auch Butter und Margarine mit. Das alles lagerte sie in dem Anbau, den ihr Vater gebaut hatte. Da standen der Kühlschrank und auch das Sofa, auf dem Stasia schlief. Da waren der Kachelofen, der Tisch und die Regale mit verschossenen Perkalvorhängen. Das Zimmer hatte sie nicht mehr benutzt, seit Janek zur Ausbildung nach Schlesien gegangen war. Der Schwarzhandel mit Alkohol, wie das in der Amtssprache hieß, machte ihr Leben unvergleichlich viel geselliger. Alle möglichen Leute kamen zu ihr, manchmal sogar aus Wola und Jeszkotle. Sonntagmorgens kamen die verkaterten Waldarbeiter angeradelt. Manche kauften einen vollen halben Liter, andere ein Viertel, und einige bestellten nur ein Glas und tranken es gleich an Ort und Stelle. Stasia schenkte ihnen den Wodka in ein Schnapsglas und servierte kostenlos eine saure Gurke zum Knabbern dazu.
Eines Tages kam ein junger Waldaufseher bei Stasia vorbei, um Wodka zu kaufen. Es war ein heißer Tag, deshalb lud sie ihn ein, sich zu setzen und ein Glas Wodka mit Saft zu trinken. Er nahm gerne an und trank in einem Zug zwei Gläser leer.
»Was für ein köstlicher Saft. Machen Sie den selbst?«
Stasia bejahte, und ohne dass sie wusste, warum, schlug ihr Herz plötzlich heftiger. Der Waldaufseher war ein stattlicher Mann, allerdings noch sehr jung. Zu jung. Er war nicht groß, aber stämmig. Er hatte einen schönen schwarzen Schnurrbart und lebhafte braune Augen. Sie wickelte die Flasche sorgfältig in Zeitungspapier ein. Bald darauf kam er wieder, und sie bewirtete ihn wieder mit Saft. Sie plauderten eine Weile. Und dann kam er eines Abends spät, als sie sich schon zum Schlafengehen ausgezogen hatte. Er war angetrunken. Sie streifte

sich schnell ihr Kleid über. Diesmal wollte er keinen Wodka zum Mitnehmen. Er wollte einen trinken. Sie schenkte ihm ein Glas ein, setzte sich auf die Lehne des Sofas und sah zu, wie er das Glas in einem Zug leerte. Er zündete eine Zigarette an und sah sich in dem Anbau um. Er räusperte sich, als wollte er etwas sagen. Stasia fühlte, dass es ein besonderer Moment war. Sie nahm ein zweites Glas und füllte beide randvoll. Sie hoben die Gläser und stießen damit an. Der Waldaufseher trank aus und schüttelte die letzten Tropfen auf den Boden. Dann legte er plötzlich seine Hand auf Stasias Knie. Von der bloßen Berührung wurde es ihr so schwindlig, dass sie sich hintenüber auf das Sofa neigte und auf dem Rücken liegen blieb. Der Waldaufseher sank auf sie nieder und begann ihren Hals abzuküssen. Stasia fiel ein, dass sie einen alten, geflickten und gestopften Büstenhalter und einen ganz ausgeleierten Schlüpfer anhatte, deshalb entledigte sie sich der beiden Wäschestücke, während er sie küsste. Der Waldaufseher drang heftig in sie ein, und das waren für Stasia die schönsten Minuten ihres Lebens.

Als alles vorbei war, hatte sie Angst, sich unter ihm zu bewegen. Er stand auf, ohne sie anzusehen, und knöpfte sich die Hose zu. Er murmelte etwas und ging direkt zur Tür. Sie sah, wie er unbeholfen an dem Schloss rüttelte. Er ging hinaus und zog nicht einmal die Tür hinter sich zu.

Die Zeit Izydors

Seit Izydor lesen und schreiben konnte, faszinierten ihn Briefe. Er sammelte alles, was die Boskis mit der Post bekamen, in einer alten Schuhschachtel. Meistens waren es amtliche Schreiben, die man daran erkannte, dass auf dem Umschlag *Ob.* (Bürger) oder *Kol.* (Kollege) stand. In den Briefen selbst wimmelte es von geheimnisvollen Abkürzungen: *bzw.*, *usw.*, *d. h.* und *u. a.* In der Schachtel lagen auch viele Ansichtskarten – schwarzweiße Tatra-Panoramen, schwarzweißes Meer –, auf denen jedes Jahr derselbe Text stand: »Heiße Grüße aus Krynica« oder »Wir grüßen herzlich aus der Hohen Tatra« oder »Frohe Weihnachten und ein glückliches neues Jahr«. Ab und zu nahm sich Izydor diese stetig wachsende Sammlung vor und sah sich an, wie die Tinte verblasste, und fand es komisch, wie sich die Daten immer weiter entfernten. Was war aus den »Ostern 1948« geworden? Und aus dem »20. Dezember 1949«? Aus »Krynica im August 1951«? Was hieß das, dass sie vergangen waren? Gingen sie vorbei wie Landschaften, die man hinter sich lässt, wenn man geht, die aber trotzdem noch irgendwo da sind und bestehen bleiben, um von anderen gesehen zu werden? Oder verwischt die Zeit langsam hinter sich die Spuren, lässt sie die Vergangenheit zu Staub zerfallen und vernichtet sie unwiderruflich?

Diesen Postkarten war es zu verdanken, dass Izydor Briefmarken entdeckte. Es wollte ihm nicht in den Kopf, dass sie so klein, so zart und so leicht zu zerstören waren und doch winzig kleine Welten in sich bargen. ›Genau wie Menschen‹, dachte er und löste sie behutsam über dem dampfenden Wasserkessel von den Karten und Briefen. Er legte die Briefmarken auf einer Zeitung aus und betrachtete sie stundenlang. Tiere und ferne Länder waren darauf abgebildet, Edelsteine und Fische aus fernen Meeren, Schiffe und Flugzeuge, berühmte Menschen und historische Begebenheiten. Nur eines ärgerte Izydor: dass die Spuren der Stempelfarbe ihre zarte Zeichnung verdarben. Bevor sein Vater starb, zeigte er ihm, wie man mit einem ganz einfachen Hausmittel die Stempelfarbe entfernen konnte. Man brauchte ein bisschen Hühnereiweiß und ein bisschen Geduld. Das war die wichtigste Lehre, die ihm sein Vater mit auf den Weg gab.
Auf diese Art und Weise wurde Izydor zum Besitzer einer ziemlich umfangreichen Sammlung ansehnlicher Briefmarken. Jetzt konnte er selbst Briefe schreiben, wenn er nur gewusst hätte, an wen. Er dachte an Ruta, und jeder Gedanke an sie tat ihm weh. Ruta gab es nicht mehr, er konnte ihr keinen Brief schreiben. Ruta war wie die Zeit an ihm vorbeigezogen und zu Staub zerfallen.
Etwa im Jahr neunzehnhundertzweiundsechzig kam durch Ukleja eine sehr bunte deutsche Zeitschrift mit Reklame ins Haus der Boskis. Izydor sah sie sich tagelang an und konnte sich nicht genug über diese langen und unaussprechlichen Worte wundern. In der Gemeindebücherei stöberte er ein altes deutsch-polnisches Wörterbuch der Vorkriegszeit auf. Darin standen viel mehr Wörter als *raus*, *schnell* und *Hände*

hoch, Befehle, die im Krieg alle Einwohner von Ur gelernt hatten. Später schenkte ein Sommergast Izydor ein kleines Wörterbuch, und Izydor schrieb den ersten Brief seines Lebens. Auf Deutsch schrieb er: »Ich bitte um die Zusendung von Autoprospekten und von Reiseprospekten. Mein Name ist Izydor Niebieski. Hier ist meine Adresse.« Er klebte ein paar seiner schönsten Marken auf den Umschlag und machte sich damit auf den Weg zur Post in Jeszkotle. Die Postbeamtin in ihrer glänzenden schwarzen Schürze nahm den Brief entgegen, betrachtete die Briefmarken und legte ihn in ein Fach.

»Das wär's. Danke sehr«, sagte sie.

Izydor trat von einem Bein auf das andere und blieb vor dem Schalter stehen.

»Geht er auch nicht verloren? Wird er auch bestimmt nicht verlegt?«

»Wenn du Zweifel hast, musst du ihn als Einschreiben schicken. Aber das kostet mehr.«

Izydor klebte weitere Briefmarken auf den Umschlag und brauchte lange, um das Formular auszufüllen. Die Postbeamtin gab seinem Brief eine Nummer.

Ein paar Wochen später bekam Izydor einen dicken Brief in einem weißen Umschlag mit einer maschinengeschriebenen Adresse. Darauf klebten fremde, ganz andere Briefmarken, mit denen Izydors Augen noch nicht vertraut waren. Der Umschlag enthielt eine Autoreklame der Firma Mercedes Benz und Reiseprospekte verschiedener Reiseveranstalter.

Izydor hatte sich in seinem ganzen Leben noch nicht so wichtig gefühlt. Und wieder musste er an Ruta denken, als er abends zum soundso vielten Mal seine Prospekte betrachtete.

Mercedes Benz und die deutschen Reiseveranstalter machten Izydor so viel Mut, dass er anfing, mehrere Einschreiben pro Monat zu verschicken. Er bat auch Adelka und Antek, die irgendwo hinter Kielce im Internat waren, ihm alle alten Briefmarken mitzubringen. Wenn er die Stempelfarbe entfernt hatte, klebte er sie auf seine Briefe. Manchmal gelang es ihm, Prospekte für einen kleinen Betrag zu verkaufen. Er bekam immer neue Prospekte und immer neue Adressen.
Inzwischen hatte er mit Reiseveranstaltern in Deutschland, der Schweiz, Belgien und Frankreich Kontakt aufgenommen. Er bekam Farbfotos von der Cote d'Azur, düstere Landschaftsbilder aus der Bretagne und strahlende Alpenpanoramen. Er betrachtete sie nächtelang voller Begeisterung, obwohl er wusste, dass sie für ihn nur auf diesem glatten, nach Druckfarbe riechenden Papier existierten. Er zeigte sie Misia und seinen Nichten.
»Wie schön das ist«, sagte Misia.
Dann kam es zu einem Zwischenfall, der zwar geringfügig war, aber Izydors Leben veränderte.
Ein Brief ging verloren. Es war ein Einschreiben, das Izydor an eine Hamburger Firma geschickt hatte, die Fotoapparate herstellte. Diese Firma hatte ihm immer geantwortet, doch jetzt kam nichts für ihn. Eine ganze Nacht lang überlegte Izydor, wie wohl ein Einschreibebrief verloren gehen könnte, da er doch eine Nummer hatte und eine Quittung dafür ausgestellt wurde. War das nicht eine Garantie für seine Unvernichtbarkeit? Vielleicht hatte er das Land gar nicht verlassen? Vielleicht hatte ein betrunkener Postbote ihn verloren? Vielleicht hatte es eine Überschwemmung gegeben, oder der Zug mit der Post war entgleist?

Am nächsten Morgen ging Izydor auf die Post. Die Postbeamtin in der schwarzen Schürze riet ihm, eine Beschwerde einzureichen. Auf ein Formular mit zwei Durchschlägen schrieb er den Namen der Firma und in die Rubrik »Absender« alle Angaben zu seiner Person. Er ging nach Hause, aber die Sache ging ihm nicht aus dem Kopf. Wenn Briefe auf der Post verloren gingen, dann war das nicht die Post, an die er immer mit solcher Bewunderung gedacht hatte. Die Post als mächtige, geheimnisvolle Organisation, die an jedem Ort auf der Erdkugel ihre Leute hatte. Die Post als Macht und Mutter aller Briefmarken, die Königin aller dunkelblau uniformierten Briefträger der Welt, die Beschützerin von Millionen Briefen, die Herrin der Worte.

Zwei Monate später, als die Wunden, die die Post Izydors Seele zugefügt hatte, langsam verheilten, kam ein amtlicher Brief, in dem sich die polnische Post beim Ob. Niebieski, Izydor dafür entschuldigte, dass sich der verlorene Brief nicht auffinden ließ. Da der deutsche Kamerahersteller gleichzeitig erklärt hatte, den Brief von Ob. Niebieski, Izydor nie erhalten zu haben, fühlten sich die Postämter beider Länder für den Verlust des Briefes verantwortlich und boten dem Ob. Niebieski, Izydor eine Entschädigungssumme in Höhe von zweihundert Zloty an. Die polnische Post entschuldigte sich für den Zwischenfall.

Auf diese Weise kam Izydor in den Besitz einer ansehnlichen Summe Geld. Hundert Zloty gab er Misia, für den Rest kaufte er sich ein Briefmarkenalbum und mehrere Bögen Briefmarken für Einschreibebriefe.

Sobald er jetzt das Gefühl hatte, dass die Antwort auf einen Brief ausblieb, ging er auf die Post und reichte eine Beschwerde ein. Wenn der Brief aufgefunden wurde, musste er einen Zloty und fünfzig Groschen Beschwerdegebühr bezahlen. Aber das kam nicht oft vor. Dafür kam es immer wieder vor, dass einer von den vielen Briefen, die er abschickte, verloren ging oder nicht zugestellt wurde, oder der ausländische Empfänger den Brief ganz vergessen hatte und, verwundert über die Formulare, die die Post ihm schickte, mit *non, nein, no* antwortete. Izydor bekam dann seine Entschädigung. So wurde er ein vollwertiges Mitglied der Familie. Er konnte sein eigenes Geld verdienen.

Die Zeit Ähres

Wie überall auf der Welt gibt es auch in Ur Orte, an denen die Materie sich selbst erschafft, von selbst aus dem Nichts entsteht. Diesem autonomen Schöpfungsakt entspringen immer nur kleine Bröckchen der Wirklichkeit, die für die Gesamtheit der Dinge keine Bedeutung haben und deshalb keine Bedrohung für das Gleichgewicht der Welt darstellen.

Ein solcher Ort befand sich an der Böschung der Straße nach Wola. Er sah ganz unauffällig aus, wie ein Maulwurfshügel, eine unschuldige Narbe am Körper der Erde, die niemals verheilt. Nur Ähre kannte den Ort und blieb auf dem Weg nach Jeszkotle stehen, um sich diese Selbsterschaffung der Welt anzusehen. Sie fand dort merkwürdige Dinge und Undinge: einen roten Stein, der aussah wie kein anderer Stein, ein Stück knorriges Holz, stachlige Samen, aus denen später in ihrem Garten mickrige Blumen wuchsen, eine orangefarbene Fliege und manchmal auch nur einen Geruch. Ähre hatte den Eindruck, dass der unscheinbare Maulwurfshügel auch Raum hervorbrachte, dass die Böschung am Straßenrand allmählich wuchs und Malaks Feld, auf dem er ahnungslos seine Kartoffeln setzte, immer größer wurde.

Ähre hatte es sich in den Kopf gesetzt, dass sie hier eines Tages ein Kind finden würde, ein kleines Mädchen, dass sie zu sich nehmen würde, damit es Rutas Stelle einnahm. Eines Tages im Herbst aber war der Erdhügel verschwunden. Die nächsten Monate über versuchte Ähre immer wieder, einen solchen Aufwurf des Raumes zu erspähen, aber als nichts geschah, musste sie einsehen, dass dieser Zapfhahn der Selbsterschaffung an eine andere Stelle gewandert war.

Ein anderer Ort dieser Art hatte sich angeblich eine Zeit lang im Brunnen auf dem Marktplatz von Taszów angesiedelt. Der Brunnen brachte Klänge, Flüstern und Rascheln hervor, und manchmal fand man im Wasser des Brunnens eine schmierige gallertartige Masse, verfilzte Haarknäuel, Teile einer großen Grünpflanze. Die Leute meinten, im Brunnen spuke es, deshalb sprengten sie ihn und bauten einen Autoparkplatz.

Und natürlich gibt es in Ur wie überall auf der Welt einen Ort, an dem die Wirklichkeit zusammenschnurrt und aus der Welt entweicht wie die Luft aus einem Ballon. Eine solche Stelle tauchte gleich nach dem Krieg auf den Feldern hinter dem Hügel auf und wurde seitdem sichtbar größer. In der Erde war ein Trichter entstanden, der gelben Sand, Grasbüschel und Feldsteine nach unten zog, und niemand wusste, wohin.

Die Zeit des Spiels

Sonderbar ist das *Lehrreiche Spiel für einen Spieler*, und seine Spielregeln sind ebenfalls sonderbar. Manchmal gewinnt der Spieler den Eindruck, dass er das alles schon einmal erlebt, dass er schon einmal etwas ganz Ähnliches gespielt hat, oder das Spiel aus seinen Träumen kennt oder aus den Büchern in der Gemeindebücherei, die er als Kind besucht hat. Zur Sechsten Welt findet man in der Anleitung Folgendes:

»Die Sechste Welt schuf Gott mehr oder weniger zufällig und ging dann fort. Er schuf sie planlos und ganz provisorisch. Sein Werk war voller Löcher und Unfertigkeiten. Nichts war klar, nichts war beständig. Schwarz ging in Weiß über, und das Böse erschien manchmal gut, und das Gute sah oft wie Böses aus. Sich selbst überlassen, begann die Sechste Welt deshalb, sich selbst zu erschaffen. Kleine Akte der Schöpfung erschienen wie von ungefähr in Zeit und Raum. In den Nächten entstanden Abbilder von Dingen, in der Erde wuchsen Steine und Metalladern und durch die Täler strömten neue Flüsse.

Die Menschen lernten, ihre Willenskraft schöpferisch zu nutzen, und nannten sich Götter. Auf der Welt gab es jetzt Millionen Götter. Doch der Wille war den Trieben untergeordnet, deshalb kehrte wieder das Chaos in der Sechsten Welt ein. Obwohl ständig etwas Neues entstand, war von allem zu viel da. Die Zeit lief immer schneller, und die Menschen starben an der Anstrengung, etwas zu erschaffen, was es noch nicht gegeben hatte.

Schließlich kehrte Gott zurück und, verärgert über das Durcheinander, vernichtete er die ganze Schöpfung mit einem einzigen Gedanken. Jetzt steht die Sechste Welt leer da und klingt so dumpf wie eine Gruft aus Beton.«

Die Zeit Izydors

Als Izydor einmal mit einem Stapel Briefe in die Post kam, streckte die Beamtin mit der glänzenden schwarzen Schürze plötzlich ihr Gesicht zum Schalterfenster raus und sagte: »Der Direktor ist sehr zufrieden mit dir. Er hat gesagt, dass du unser bester Kunde bist.«

Izydor erstarrte mit dem Kopierstift in der Hand über dem Beschwerdeformular.

»Wieso das denn? Die Post hat doch Verluste durch mich. Aber ganz rechtmäßig, ich mache nichts, was nicht Recht ist ...«

»Ach Izydor, du verstehst aber auch gar nichts.« Der Stuhl schrappte über den Boden, als sie ihn zurückschob und sich aus dem Schalterfenster beugte. »Die Post verdient an dir. Deshalb freut sich der Direktor ja, dass es so jemanden wie dich ausgerechnet an unserer Zweigstelle gibt. Sieh mal, die Staaten haben eine gemeinsame Vereinbarung getroffen, dass beide Länder jeweils die Hälfte bezahlen, wenn ein Auslandsbrief verloren geht. Wir bezahlen dich in Zloty, sie in Mark. Wir zahlen dir die Mark nach dem offiziellen Kurs aus, ganz nach Vorschrift. So verdienen wir und du. Keiner zahlt dabei drauf. Na, bist du damit nicht zufrieden?«

Izydor nickte ohne Überzeugung.

»Ja.«

Die Postbeamtin setzte sich wieder hinter den Schalter. Sie nahm Izydors Beschwerdeformulare entgegen und stempelte sie mechanisch.

Als er nach Hause kam, stand ein schwarzes Auto vor dem Haus. Misia erwartete ihn schon an der Tür. Ihr Gesicht war aschfahl und starr. Izydor wusste sofort, dass etwas Schlimmes passiert war.

»Die Herren sind deinetwegen hier«, sagte Misia mit hölzerner Stimme.

Im Wohnzimmer saßen zwei Männer in hellen Trenchcoats und Hüten. Es ging um die Briefe.

»An wen schreibst du deine Briefe?« fragte einer der Männer und zündete sich eine Zigarette an.

»An Reiseveranstalter …«

»Das stinkt geradezu nach Spionage.«

»Was sollte ich denn zu spionieren haben? Gottlob, wissen Sie, als ich das Auto gesehen habe, hab ich gedacht, den Kindern wäre was zugestoßen …«

Die Männer wechselten Blicke, und der mit der Zigarette sah Izydor unheilvoll an.

»Wozu brauchst du so viel buntes Papier?« fragte der zweite unvermittelt.

»Ich interessiere mich für die Welt.«

»Du interessierst dich für die Welt … Was hast du denn von diesem Interesse an der Welt? Weißt du, was auf Spionage steht?«

Der Mann fuhr sich mit einer ruckartigen Handbewegung über den Hals.

»Die Kehle wird einem durchgeschnitten?« fragte Izydor entsetzt.

»Warum arbeitest du nicht? Wovon lebst du? Womit verbringst du die Zeit?«
Izydor fühlte, wie seine Hände schweißnass wurden, und er begann zu stottern.
»Ich wollte ins Kloster gehen, aber sie haben mich nicht genommen. Ich helfe meiner Schwester und dem Schwager. Ich hacke Holz, spiele mit den Kindern. Vielleicht bekomme ich irgendwann Rente …«
»Gelbes Papier«, brummte der mit der Zigarette. »Wohin schickst du die Briefe? Vielleicht an Radio Freies Europa?«
»Nur an Autofirmen und Reiseveranstalter …«
»Was hattest du mit Uklejas Frau zu tun?«
Izydor brauchte eine Weile, um zu begreifen, dass sie Ruta meinten.
»Alles und nichts, könnte man sagen.«
»Bitte keine Philosophie.«
»Wir sind am selben Tag geboren, und ich wollte sie heiraten, aber sie ist weggegangen.«
»Weißt du, wo sie jetzt ist?«
»Nein. Wissen Sie es?« fragte Izydor hoffnungsvoll.
»Das geht dich nichts an. Ich stelle hier die Fragen.«
»Meine Herren, ich bin unschuldig. Die polnische Post ist mit mir zufrieden. Das haben sie mir gerade gesagt.«
Die Typen standen auf und gingen zum Ausgang. Einer von ihnen drehte sich noch einmal um und sagte:
»Denk dran, dass du unter Überwachung stehst.«
Ein paar Tage später bekam Izydor einen zerknitterten und angeschmutzten Brief mit ausländischen Briefmarken, die er noch nie gesehen hatte. Automatisch sah er auf den Absender und las: *Amanita Muscaria*.

Diese Worte kamen ihm merkwürdig bekannt vor. ›Vielleicht eine deutsche Firma‹, dachte er.

Aber der Brief war von Ruta. Das wusste er, sobald er die unbeholfene Kinderschrift sah.

»Lieber Izek«, schrieb sie, »ich bin sehr weit weg, in Brasilien. Manchmal kann ich nicht schlafen, weil ich mich so nach Euch sehne. Aber manchmal denke ich auch gar nicht an Euch. Ich habe hier viel zu tun. Ich wohne in einer riesigen Stadt voller Menschen mit verschiedenen Hautfarben. Wie geht es Dir? Ich hoffe, dass es meiner Mutter auch gut geht. Sie fehlt mir sehr, aber ich weiß, dass sie hier nicht leben könnte. Ich habe alles, was ich immer haben wollte. Grüß' keinen von mir, nicht einmal meine Mutter. Ihr sollt mich alle schnell vergessen. Amanita Muscaria.«

Izydor konnte die ganze Nacht nicht schlafen. Er lag da und starrte an die Decke. Bilder und Düfte aus der Zeit, als Ruta noch da war, kamen ihm wieder in den Sinn. Er erinnerte sich an jedes Wort, an jede Geste von ihr. Nacheinander ließ er sie an sich vorbeiziehen. Als die ersten Sonnenstrahlen durch das nach Osten gerichtete Fenster fielen, stiegen Izydor Tränen in die Augen. Dann setzte er sich auf und suchte nach der Adresse: Auf dem Umschlag, auf dem Briefbogen, sogar unter der Briefmarke und auf ihrer verschlungenen Zeichnung. Aber er fand nichts.

»Ich fahre zu ihr. Ich spare Geld und fahre nach Brasilien«, sagte er laut zu sich selbst.

Dann folgte er einem Einfall, den ihm die Geheimpolizisten vom Nachrichtendienst, ohne es zu wollen, in den Kopf gesetzt hatten. Er riss ein Blatt aus einem Heft und schrieb darauf: »Bitte um die Zusendung von Prospekten. Mit freund-

lichen Grüßen Izydor Niebieski.« Auf den Umschlag schrieb er die Adresse: »Radio Freies Europa. München. Deutschland.«
Die Postbeamtin erblasste, als sie diese Adresse sah. Wortlos gab sie ihm den Zettel für das Einschreiben.
»Das Formular für die Beschwerde können Sie mir gleich mitgeben«, sagte Izydor.
Es war ein einfaches Geschäft. Ein Mal im Monat schickte Izydor einen solchen Brief ab. Es war von vornherein klar, dass er nicht nur den Adressaten nicht erreichen, sondern nicht einmal über die Grenzen des Bezirks hinausgelangen würde. Jeden Monat bekam er die Entschädigungssumme für diese Briefe. Irgendwann steckte er nur noch ein leeres Blatt Papier in den Umschlag. Er brauchte nicht einmal mehr um Prospekte zu bitten. Das war sein Zusatzverdienst, den Izydor in eine alte Teedose der UNRRA steckte. Für eine Fahrkarte nach Brasilien.
Im Frühling des folgenden Jahres holten die Geheimpolizisten in den Trenchcoats Izydor ab und brachten ihn nach Taszów. Sie hielten ihm den Lichtstrahl der Lampe direkt in die Augen.
»Den Code«, sagte einer von ihnen.
»Was für ein Code?« fragte Izydor.
Der andere Mann schlug ihn mit der flachen Hand ins Gesicht.
»Gib uns den Code. Wie codierst du die Informationen?«
»Was für Informationen?« fragte Izydor.
Wieder bekam er einen Schlag ins Gesicht, diesmal fester. Er spürte Blut auf seiner Lippe.
»Wir haben mit allen verfügbaren Methoden jedes Wort und jeden Quadratzentimeter des Briefes und Umschlags unter-

sucht. Wir haben das Papier analysiert. Wir haben die Briefmarken geprüft. Wir haben jede Marke zigfach vergrößert. Wir haben unter dem Mikroskop die Zahnung und die Zusammensetzung des Leims untersucht. Wir haben jeden Buchstaben, jedes Komma und jeden Punkt auseinander genommen …«

»Und wir haben nichts gefunden«, sagte der andere, der schlug.

»Es gibt keinen Code«, sagte Izydor leise und wischte sich mit dem Taschentuch das Blut unter der Nase ab.

Die beiden Männer lachten.

»Na schön«, sagte der Erste. »Einigen wir uns darauf, dass wir wieder von vorne anfangen. Wir tun dir nichts. Wir schreiben ins Protokoll, dass du nicht ganz normal bist. Das meinen sowieso alle. Dann lassen wir dich nach Hause gehen. Und du verrätst uns dafür, was es damit auf sich hat. Welchen Fehler haben wir gemacht?«

»Damit hat es nichts auf sich.«

Der Zweite wurde nervöser. Er schob sein Gesicht ganz dicht an Izydors heran. Er stank nach Zigaretten.

»Hör zu, Klugscheißer. Du hast sechsundzwanzig Briefe an Radio Freies Europa geschickt. In den meisten Briefen war ein leeres Blatt Papier. Du hast mit dem Feuer gespielt. Und jetzt hast du ausgespielt.«

»Sag uns einfach nur, welchen Code du angewendet hast. Und damit hat es sich. Dann kannst du nach Hause gehen.«

Izydor seufzte.

»Ich sehe, dass es für Sie sehr wichtig ist, aber ich kann Ihnen wirklich nicht helfen. Es gibt keinen Code. Das waren leere Blätter. Sonst nichts.«

Da sprang der zweite Geheimpolizist von seinem Stuhl auf und schlug Izydor mit der Faust ins Gesicht. Izydor rutschte vom Stuhl und verlor das Bewusstsein.
»Das ist ein Verrückter«, sagte der Erste.
»Denk dran, Freundchen, wir werden dich nie mehr in Ruhe lassen«, zischte der Zweite zwischen den Zähnen hervor, während er sich die Faust massierte.
Izydor blieb achtundvierzig Stunden lang in Haft. Dann kam ein Wärter und schloss wortlos seine Tür auf.
Eine ganze Woche lang kam Izydor nicht aus seinem Dachzimmer. Er zählte das Geld in der Dose und stellte fest, dass er ein richtiges Vermögen hatte. Er wusste aber nicht, wie viel eine Fahrkarte nach Brasilien kostete.
»Schluss mit den Briefen«, sagte er zu Misia, als er in die Küche hinunterkam. Sie lächelte ihn an und atmete erleichtert auf.

Die Zeit Lalkas

Die Zeit der Tiere ist immer die Gegenwart.

Lalka ist eine rotbraune zottelige Hündin. Sie hat braune Augen, die manchmal rötlich leuchten. Misia ist Lalkas Liebling, deshalb sorgt sie dafür, dass sie Misia immer in ihrem rotbraunen Blickfeld hat. Dann ist alles in Ordnung. Lalka folgt Misia zum Brunnen und in den Garten und trottet auf der Landstraße hinter ihr her, um die Welt zu betrachten. Sie lässt Misia nicht aus den Augen.

Lalka denkt nicht so wie Misia oder andere Menschen. Denn um zu denken, muss man sich die Zeit, Vergangenheit, Gegenwart und Zukunft, einverleiben und ihren ständigen Wandel verinnerlichen. Die Zeit arbeitet im Innern des menschlichen Verstands. Außerhalb davon existiert sie nicht. In Lalkas kleinem Hundehirn gibt es keine solche Rinne, kein solches Organ, das den Strom der Zeit kanalisieren würde. Lalka lebt in der Gegenwart. Wenn Misia sich den Mantel anzieht und hinausgeht, glaubt Lalka, dass sie für immer fortgeht. Sonntags geht sie für immer zur Kirche. Sie geht für immer in den Keller, um Kartoffeln zu holen. Wenn sie aus Lalkas Blickfeld verschwindet, ist es für immer. Dann ist Lalkas Kummer grenzenlos, sie drückt ihre Schnauze auf den Boden und leidet.

Der Mensch spannt sein Leiden vor die Zeit. Er leidet an der Vergangenheit und dehnt sein Leiden in die Zukunft aus. Auf diese Weise erzeugt er die Verzweiflung. Lalka leidet nur hier und jetzt.

Lalka nimmt die Welt als statische Bilder wahr, die irgendein Gott gemalt hat. Für die Tiere ist Gott ein Maler. Er spannt vor ihnen die Welt als große Panoramen auf. Gerüche, Berührungen, Geschmack und Geräusche, die gar keinen Sinn haben, geben diesen Gemälden Tiefe. Im Traum nehmen die Menschen die Welt manchmal ähnlich wahr. Doch in wachem Zustand brauchen die Menschen Sinn, denn sie sind Gefangene der Zeit. Tiere träumen unausgesetzt und vergeblich. Das Erwachen aus dem Traum bedeutet für sie den Tod.

Lalka lebt durch die Bilder der Welt. Sie ist ein Teil der Bilder, die die Menschen mit ihrem Verstand schaffen. Wenn Misia sagt »Jetzt gehen wir spazieren« und sieht, dass Lalka mit dem Schwanz wedelt, denkt sie, Lalka verstünde die Worte genauso wie ein Mensch. Aber es ist nicht das Wort, nicht der Begriff, der Lalka dazu bringt, mit dem Schwanz zu wedeln, sondern das Bild, das Misias Verstand hervorbringt. In diesem Bild liegt die Erwartung von Bewegung, von wechselnden Landschaften, von wogendem Gras, vom Zirpen der Grillen und dem Rauschen des Flusses. Wenn Lalka daliegt und Misia beobachtet, sieht sie all die Bilder, die der Mensch unwillkürlich hervorbringt. Manchmal sind es Visionen voller Traurigkeit oder Zorn. Diese Bilder sind besonders ausdrucksvoll, weil in ihnen die Leidenschaft pulsiert. Der Intensität dieser Bilder ausgeliefert, ist Lalka wehrlos, denn in ihr ist nichts, was sie davor bewahren könnte, in diesen fremden, düsteren Welten zu versinken, sie schützt nicht der magische

Kreis des Selbstbewusstseins, wie er die Menschen umgibt, sie hat kein »Ich«, das über eine mächtige Energie verfügt. Und so wird sie davon überwältigt. Deshalb erkennen Hunde den Menschen als ihren Herrn an. Selbst der niederträchtigste Mensch kann sich vor seinem Hund als Held fühlen.

In ihrer Fähigkeit, Gefühle zu erleben, unterscheiden sich Lalka und Misia gar nicht.

Die Gefühle eines Tieres sind nur reiner, weil kein Gedanke sie trübt.

Lalka weiß, dass es Gott gibt. Sie sieht ihn unentwegt und nicht nur in seltenen Augenblicken, wie es bei den Menschen der Fall ist. Lalka wittert seinen Geruch im Gras, denn die Zeit trennt sie nicht von Gott. Deshalb hat Lalka ein Vertrauen zur Welt, wie kein Mensch es hat. Ein ähnliches Vertrauen hatte Jesus, als er am Kreuz hing.

Die Zeit der Enkel Popielskis

Gleich zu Beginn der Sommerferien kam die Tochter des Freiherrn Popielski, dieselbe, die früher mit ihrem großen Hund durch den Park spazierte, mit ihren Kindern und denen ihrer Brüder nach Ur. Misia richtete ihnen drei Zimmer im oberen Stock her und für den Notfall auch noch ein Zimmer im Erdgeschoss. Die Pension, von der Pawel Boski geträumt hatte, lief damit ab Ende Juni auf vollen Touren.

Die Enkel des Freiherrn Popielski waren hübsch und laut. Eigentlich erinnerte nichts an ihnen an ihren Großvater. Und wie es in guten Familien immer so ist, waren es bis auf ein Mädchen nur Jungen. Die Kinderfrau kümmerte sich um sie. Es war jedes Jahr dieselbe Kinderfrau, und sie hieß Zuzanna.

Die Kinder saßen den ganzen Tag am Fluss. Sie gingen immer zu einer Stelle namens Upust, wo sich die jungen Leute aus der ganzen Gegend trafen, um in der Schwarze zu baden. Der Freiherr Popielski hatte seinerzeit Schleusen bauen lassen, mit denen er den Wasserzufluss in die Teiche regeln konnte. Jetzt gab es die Teiche nicht mehr, aber wenn man die Schleusen geschickt handhabte, konnte man im Sommer einen See und einen meterhohen Wasserfall entstehen lassen. Großvater Popielski hatte sich damals sicher nicht vorgestellt, welchen Spaß er seinen Nachkommen damit bereiten würde.

Die Kinder kamen zum Mittagessen zurück, das Misia oft im Garten unter den Goldparmänenbäumen servierte. Nach dem Essen gingen sie wieder an den Fluss. Abends spielte Zuzanna mit ihnen Karten oder Stadt-Land-Fluss und dergleichen, damit sie still waren. Witek, der nicht viel älter war als sie, machte manchmal hinter dem Hügel ein Lagerfeuer für sie.

Jedes Jahr in der Johanninacht gingen die Kinder des Freiherrn Popielski in den Wald, um die magische Farnblüte zu suchen. Dieser Ausflug wurde zu einem Ritual, und irgendwann erlaubte Zuzanna ihnen, allein zu gehen. Die Enkel des Freiherrn nutzten die Gelegenheit und kauften sich in Jeszkotle heimlich eine Flasche billigen Wein. Sie nahmen belegte Brote mit, Flaschen mit Limonade, Süßigkeiten und Taschenlampen. Sie saßen auf der Bank vor dem Haus und warteten darauf, dass es endlich ganz dunkel wurde. Sie lachten und lärmten, denn sie freuten sich wegen der Flasche, die sie heimlich bei sich hatten.

Im Wald wurden die Enkel des Freiherrn Popielski plötzlich still, aber nicht deshalb, weil es ihnen die Laune verdorben hätte, sondern weil ihnen der Wald im Dunkeln schrecklich und gewaltig erschien. Sie hatten mutig bis nach Wodenica gehen wollen, doch in der Finsternis änderten sie ihren Plan. Wodenica war ein verzauberter Ort. Sie wollten stattdessen in den Erlenhain gehen, wo die meisten Farne wuchsen. Sie würden Wein trinken und eine verbotene Zigarette rauchen wie die Jungs in Ur.

Die Kinder gingen hintereinander am Fluss entlang und hielten sich gegenseitig an den Schultern fest.

Es war so dunkel, dass sie ihre ausgestreckten Hände nur als einen kaum erkennbaren Flecken wahrnahmen. Allein der

Himmel schien heller als die in Finsternis gehüllte Welt, die von Sternen durchlöcherte Majestät des himmlischen Siebs. Der Wald verhielt sich wie ein Tier, das sich dem Zugriff verwehrt: Er rieselte Tau auf sie hinab, schickte ihnen ein Käuzchen in den Weg und ließ einen Hasen unter ihren Füßen auffahren.

Die Kinder gingen in den Erlenhain und bereiteten tastend ihr Picknick vor. Die Enden der Zigaretten glommen auf. Der Wein, den sie zum ersten Mal im Leben direkt aus der Flasche tranken, machte ihnen Mut. Dann liefen sie zwischen den Farnen herum, bis eines der Kinder etwas Glänzendes fand. Der Wald rauschte voller Unruhe. Der Finder rief die anderen. Er war ganz aufgeregt.

»Ich glaub, ich hab's, ich glaub, ich hab's!« rief er immer wieder.

Unter den verschlungenen Brombeerbüschen schimmerte es silbern im feuchten Gewirr der Farnblätter. Die Kinder bogen mit Stöcken die großen Blätter auseinander und sahen im Licht der Taschenlampen eine leere Konservenbüchse. Der enttäuschte Finder spießte sie mit dem Stock auf und schleuderte sie in hohem Bogen in die Büsche.

Die Enkel des Freiherrn setzten sich noch eine Weile hin, um den Wein auszutrinken, dann kehrten sie zur Straße zurück.

Da erst erblühte die Konservenbüchse und verbreitete ein unwirkliches silbriges Licht ringsum.

Ähre, die in dieser Sonnwendnacht immer unterwegs war, um Kräuter zu sammeln, sah sie, aber sie war schon zu alt, um Wünsche zu haben, und wusste, wie viele Schwierigkeiten man sich mit einer Farnblüte aufhalsen kann. Deshalb machte sie einen weiten Bogen um sie.

Die Zeit des Freiherrn Popielski

»Trink doch einen Tee mit mir, Misia, wenn du fertig bist«, bat die Tochter der Popielskis, die immer noch eine mädchenhafte Figur hatte.

Misia richtete sich von den Bottichen voll Schmutzgeschirr auf und wischte sich die Hände an der Schürze ab.

»Tee nicht, aber einen Kaffee trinke ich gerne.«

Sie trugen das Tablett unter die Äpfelbäume und setzten sich einander gegenüber an den Tisch. Lila und Maja spülten zu Ende.

»Du hast es wirklich schwer, Misia. All die Mittagessen, die du kochst, und all das Geschirr, das abgewaschen werden muss … Wir sind dir sehr dankbar für das, was du für uns tust. Ohne euch wüssten wir gar nicht, wohin wir fahren sollten. Und das hier ist doch unsere Heimat.«

Die junge Popielska, die einstmals vor langer, langer Zeit mit ihren Hunden über die Wiesen gelaufen war, seufzte traurig.

»Wenn ihr nicht wärt, könnten wir von Pawels Gehalt nicht leben. Die Fremdenzimmer sind mein Beitrag zum Unterhalt der Familie.«

»So darfst du nicht denken, Misia. Die Frau arbeitet doch im Haus, sie bringt Kinder zur Welt, führt den ganzen Haushalt, das weißt du doch selbst am besten …«

»Aber sie verdient nichts, sie bringt kein Geld ein.«
Wespen kamen angeschwirrt und leckten ganz zart den Schokoladenguss vom Honigkuchen. Misia machte es nichts aus, aber die junge Popielska fürchtete sich vor Wespen.
»Als ich klein war, hat mich eine Wespe ins Augenlid gestochen. Ich war damals allein mit meinem Vater, meine Mutter war nach Krakau gefahren … das wird so fünfunddreißig, sechsunddreißig gewesen sein. Mein Vater geriet in Panik, er rannte im Haus herum und schrie mich an, und dann hat er mich im Auto irgendwohin gebracht. Zu irgendwelchen Juden ins Städtchen, ich kann mich kaum daran erinnern …«
Die junge Popielska stützte das Kinn in die Hand, und ihr Blick wanderte über die Blätter der Apfelbäume und Linden.
»Der Freiherr Popielski … das war ein außergewöhnlicher Mensch«, sagte Misia.
Die braunen Augen der jungen Popielska füllten sich mit Tränen und sahen aus wie Tropfen Honigtau. Misia ahnte, dass der private, innere Fluss der Zeit, den jeder Mensch in sich trägt, bei Popielska gerade rückwärts floss und in dem Raum zwischen den Blättern Bilder aus der Vergangenheit vor ihren Augen ablaufen ließ.
Nach ihrem Umzug nach Krakau waren die Popielskis bettelarm. Sie lebten von dem Tafelsilber, das sie schweren Herzens verkauften. Die große, weit über die Welt verstreute Familie der Popielskis half den Verwandten mit Dollars oder Gold, soweit man ihnen dies zukommen lassen konnte. Der Freiherr Popielski wurde der Kollaboration mit der Okkupationsmacht angeklagt, weil er den Deutschen Holz verkauft hatte. Er saß ein paar Monate im Gefängnis, aber wurde dann auf Grund seiner psychischen Störungen entlassen, die

ein bestochener Psychiater ein wenig, aber nicht sehr übertrieb.

Jetzt verbrachte der Freiherr Popielski ganze Tage damit, in der engen Wohnung auf dem Salwatorberg auf und ab zu gehen, und hartnäckig versuchte er, auf dem einzigen Tisch im Haus sein Spiel auszubreiten. Aber seine Frau warf ihm dann einen solchen Blick zu, dass er alles wieder in die Schachtel packte und seinen endlosen Spaziergang wieder aufnahm.

Die Zeit verstrich, und die Freifrau ließ in ihren Gebeten ein bisschen Platz, um ihr dafür zu danken, dass sie verstrich, dass sie sich bewegte und damit Veränderung ins Leben der Menschen brachte. Die Familie, die ganze große Familie Popielski, sammelte langsam wieder ihre Kräfte und machte in Krakau ihr eigenes kleines Geschäft auf. Nach einer ungeschriebenen Abmachung in der Familie wurde Freiherr Popielski damit betraut, die Herstellung von Schuhen, oder genauer gesagt von Schuhsohlen, zu beaufsichtigen. Er wurde Aufseher in einem kleinen Betrieb, in dem eine aus dem Westen importierte Presse die Plastiksohlen für Sandalen auswarf. Am Anfang machte er das sehr widerwillig, aber dann entwickelte er Begeisterung für das Unternehmen und ging schließlich, wie das bei dem Freiherrn nun mal so war, völlig darin auf. Ihn faszinierte die Tatsache, dass man einer unansehnlichen, amorphen Masse die verschiedensten Formen geben konnte. Er begann mit Feuereifer zu experimentieren, bis es ihm gelang, ein ganz durchsichtiges Material herzustellen, dem er später verschiedene Farben und Schattierungen gab. Und es zeigte sich, dass er einen guten Riecher für den Geist der Zeit auf dem Gebiet der Damenschuhe gehabt hatte, denn seine Plastikstiefeletten mit glänzenden Schäften fanden reißenden Absatz.

»Der Vater richtete sich sogar ein kleines Labor ein. Er war eben so – was er auch machte, das tat er mit Leib und Seele und erhob es zu absoluter Notwendigkeit. Diese Besessenheit war unerträglich. Er tat so, als sollten seine Sohlen und Stiefeletten die Rettung der Menschheit werden. Dauernd war er mit Reagenzgläsern und Destillierkolben beschäftigt, braute oder erhitzte etwas.

Schließlich zog er sich durch diese chemischen Experimente eine Hautkrankheit zu. Es waren wohl Verbrühungen oder Strahlenschäden. In jedem Fall sah er schrecklich aus. Die Haut löste sich in ganzen Fetzen. Die Ärzte sagten, es sei eine Art Hautkrebs. Wir brachten ihn zu Verwandten nach Frankreich und zu besseren Ärzten, aber gegen Hautkrebs gibt es weder hier noch dort ein Heilmittel. Zumindest damals gab es keins. Am merkwürdigsten war sein Umgang mit dieser Krankheit, von der wir damals schon wussten, dass sie tödlich war. ›Ich häute mich‹, sagte er und sah dabei ganz zufrieden mit sich, ja geradezu stolz aus.«

»Er war ein merkwürdiger Mensch«, sagte Misia.

»Aber er war nicht verrückt«, versetzte die junge Popielska rasch. »Er hatte eine rastlose Seele. Ich glaube, der Krieg und die Tatsache, dass er das Schloss verlassen musste, hatten ihn aus der Bahn geworfen. Die Welt war nach dem Krieg ganz verändert. Er konnte sich nicht darin zurechtfinden, und deshalb starb er. Bis zum letzten Moment war er bei Bewusstsein und dabei ganz heiter. Ich habe das nicht verstanden, ich habe gedacht, ihm ginge vor Schmerz alles durcheinander. Weißt du, er hat schrecklich gelitten, zum Schluss hatte der Krebs den ganzen Körper befallen, und er wiederholte wie ein Kind, dass er sich häute.«

Misia seufzte und trank den Rest ihres Kaffees. Am Boden des Glases stand der Kaffeesatz, erkaltete Lava, auf deren glänzender Oberfläche die Lichtreflexe der Sonne tanzten.

»Er hatte die Anweisung gegeben, dass er mit einer merkwürdigen Schachtel begraben werden sollte, aber in dem Durcheinander der Begräbnisvorbereitungen haben wir das ganz vergessen ... Ich habe ein schrecklich schlechtes Gewissen, weil wir seinen Wunsch nicht erfüllt haben. Nach der Beerdigung haben meine Mutter und ich in die Schachtel geschaut, und weißt du, was wir darin gefunden haben? Ein altes Stück Leinwand, einen Holzwürfel und kleine Figuren: Tiere, Menschen, Gegenstände, wie Kinderspielzeug. Und ein ganz zerlesenes Buch, irgendein unverständlicher Unfug. Wir haben alles auf dem Tisch ausgebreitet und konnten nicht fassen, dass ihm diese kleinen Spielsachen so viel bedeutet hatten. Ich sehe es noch vor mir, als wäre es gestern gewesen: kleine Männer- und Frauenfiguren aus Messing, Tierchen, Bäumchen, Häuschen, kleine Schlösser und Miniaturen von Gegenständen, zum Beispiel ein Buch so groß wie ein kleiner Fingernagel, eine Kaffeemühle mit Kurbel, ein roter Briefkasten, ein Joch mit zwei Eimern, in allen Einzelheiten ausgearbeitet ...«

»Und was habt ihr damit gemacht?« fragte Misia.

»Erst hat es alles in der Schublade gelegen, wo wir die Fotoalben aufbewahrten. Dann haben die Kinder damit gespielt. Es muss noch irgendwo im Haus sein, vielleicht bei den Bauklötzen? Ich weiß es nicht, ich muss nachfragen ... Ich habe immer noch Schuldgefühle, weil wir es ihm nicht in den Sarg gelegt haben.«

Die junge Popielska biss sich auf die Lippen, und ihre Augen füllten sich wieder mit Tränen.

»Ich kann ihn verstehen«, sagte Misia nach einer Weile. »Ich hatte früher auch meine Schublade mit den wichtigsten Dingen.«

»Aber damals warst du ein Kind. Er war ein erwachsener Mann.«

»Wir haben unseren Izydor …«

»Vielleicht braucht jede normale Familie eine solche Sicherung der Normalität, einen, der die kleinen Teile Verrücktheit auf sich nimmt, die wir alle in uns tragen.«

»Izydor ist nicht so, wie er aussieht«, sagte Misia.

»Aber ich habe das nicht böse gemeint … Mein Vater war auch nicht verrückt. Oder vielleicht doch?«

Misia verneinte eilfertig.

»Weißt du, Misia, am meisten fürchte ich mich davor, dass seine Absonderlichkeit erblich sein könnte und vielleicht bei einem meiner Kinder wieder auftritt. Aber ich kümmere mich um sie. Sie lernen Englisch, und ich will sie zu den Verwandten nach Frankreich schicken, damit sie auch Französisch lernen und ein bisschen was von der Welt sehen. Ich möchte, dass sie eine gute Ausbildung bekommen. Informatik, Wirtschaft, irgendwo im Westen, sie sollen sich auf etwas ganz Konkretes spezialisieren, das sie voranbringt. Sie schwimmen, sie spielen Tennis, sie interessieren sich für Kunst und Literatur … Du siehst doch selbst, dass das gesunde, normale Kinder sind.«

Misia folgte dem Blick der jungen Popielska und sah die Enkel des Freiherrn, die gerade vom Fluss zurückkamen. Sie hatten bunte Bademäntel an und hielten Taucherbrille und

Schnorchel in der Hand. Lärmend drängten sie sich durchs Gartentor.

»Es wird schon alles gut werden«, sagte die junge Popielska. »Die Welt ist jetzt anders als damals. Besser, größer, heller. Es gibt Impfungen gegen Krankheiten, es gibt keine Kriege, die Menschen leben länger ... Meinst du nicht auch?«

Misia blickte in ihr Glas mit dem Kaffeesatz und schüttelte den Kopf.

Die Zeit des Spiels

»In der Siebten Welt wanderten die Nachkommen der ersten Menschen gemeinsam von Land zu Land, bis sie zu einem außergewöhnlich schönen Tal gelangten. »Kommt«, sagten sie, »wir wollen uns hier eine Stadt bauen und einen Turm, der bis zum Himmel reicht, damit wir ein Volk werden und Gott uns nicht zerstreuen kann.« Und sogleich machten sie sich an die Arbeit, sie trugen Steine herbei und verwendeten Pech anstelle von Mörtel. Eine riesige Stadt entstand, in deren Mitte ein Turm in die Höhe wuchs, bis er so hoch war, dass man von seiner Spitze aus das sehen konnte, was jenseits der Acht Welten lag. Manchmal, wenn der Himmel wolkenlos war, schirmten diejenigen, die am höchsten arbeiteten, die Augen mit den Händen ab, damit die Sonne sie nicht blendete, und sie sahen die Füße Gottes und die Umrisse des Leibes einer großen Schlange, die die Zeit verschlang.

Einige von ihnen versuchten mit Stöcken noch höher hinauf zu gelangen.

Gott blickte auf sie hinab und dachte besorgt: ›Solange sie ein Volk mit einer Sprache bleiben, können sie alles tun, was ihnen in den Sinn kommt … Ich werde ihnen deshalb die Sprache verwirren, ich werde sie voreinander verschließen und dafür sorgen, dass der eine den anderen nicht versteht. Dann wenden sie sich gegeneinander, mich aber werden sie in Ruhe lassen.‹ Und das tat Gott.

Die Menschen zerstreuten sich in alle Himmelsrichtungen und verfeindeten sich untereinander. Doch die Erinnerung an das, was sie gesehen hatten, lebte in ihnen fort. Und wer einmal die Grenzen der Welt gesehen hat, der erlebt seine Gefangenschaft umso schmerzlicher.«

Die Zeit der Papuga

Jeden Montag fuhr Stasia Papuga auf den Markt nach Taszów. Montags waren die Regionalbusse so überfüllt, dass sie an der Haltestelle im Wald einfach vorbeifuhren. Deshalb stellte sich Stasia an den Straßenrand und hielt Autos an. Erst Syrenkas und Warszawas, dann kleine und große Fiats. Sie kletterte umständlich hinein und eröffnete dann mit immer denselben Worten das Gespräch mit dem Fahrer:

»Kennen Sie Pawel Boski?«

Manchmal kannte der Fahrer ihn.

»Das ist mein Bruder. Er ist Inspektor.«

Der Fahrer wandte sich zu ihr um und schaute sie misstrauisch an, deshalb sagte sie noch mal:

»Ich bin die Schwester von Pawel Boski.«

Er wollte es nicht glauben.

Stasia war im Alter dicker und kleiner geworden. Ihre immer schon auffällige Nase war noch größer geworden, und die Augen hatten ihren Glanz verloren. Ihre Füße waren ständig geschwollen, deshalb trug sie immer Männersandalen. Von ihren schönen Zähnen waren ihr nur zwei geblieben. Die Zeit war mit Stasia Papuga nicht gnädig verfahren, und es war kein Wunder, dass die Autofahrer ihr nicht glauben wollten, dass sie die Schwester eines Inspektor Boski war.

Einmal wurde sie an einem solchen verkehrsreichen Markttag von einem Auto angefahren. Sie wurde taub. Ein ständiges Rauschen in ihrem Kopf übertönte die Geräusche der Welt. Manchmal tauchten irgendwelche Stimmen oder Fetzen von Musik in diesem Rauschen auf, aber Stasia wusste nicht, woher sie kamen, ob sie von außen an sie drangen oder aus ihr selbst aufstiegen. Sie lauschte darauf, während sie Strümpfe stopfte und Misias alte Kleider immer wieder umänderte.
Abends ging sie gerne zu den Boskis. Besonders im Sommer war bei ihnen immer etwas los. Im oberen Stockwerk wohnten die Sommergäste. In den Ferien kamen die Kinder und Enkel. Der Tisch wurde nach draußen unter die Apfelbäume gestellt und man trank Wodka. Pawel nahm seine Geige hervor, und sofort holten die Kinder ihre Instrumente: Antek das Akkordeon, Adelka – bevor sie wegging – die Geige, Witek den Kontrabass und Lila und Maja Gitarre und Flöte. Pawel gab mit dem Bogen das Zeichen, und alle begannen sie rhythmisch die Finger zu bewegen, sich hin und her zu wiegen und mit dem Fuß den Takt zu schlagen. Zuerst spielten sie immer die *Steppen der Mandschurei*. Wenn sie die *Steppen der Mandschurei* spielten, erschienen auf den Gesichtern der Kinder einen Augenblick lang die Züge von Michał Niebieski. ›Ist das denn möglich‹, dachte sie, ›dass die Toten in den Körpern ihrer Enkel weiterleben?‹ Würde sie in Janeks Kindern auch so weiterleben?
Stasia sehnte sich nach ihrem Sohn, der nach der Ausbildung in Schlesien geblieben war. Er kam selten und hatte mit seinem Vater gemein, dass er immer auf sich warten ließ. Im Frühsommer richtete sie das Zimmer für ihn her, aber er wollte nie länger bleiben, nie für die ganzen Ferien wie die

Kinder von Pawel. Nach ein paar Tagen fuhr er wieder weg und vergaß, den Saft mitzunehmen, den sie im Laufe des Jahres für ihn gemacht hatte. Aber er nahm das Geld mit, dass seine Mutter mit dem Wodkaverkauf einnahm.
Sie brachte ihn an die Haltestelle an der Kielcer Chaussee. An der Wegkreuzung lag ein Stein. Stasia hob den Stein auf und sagte:
»Drück die Hand hierhin. Dann habe ich eine Erinnerung an dich.«
Janek sah sich nervös um, aber dann tat er, was sie wollte, und hinterließ unter dem Stein an der Kreuzung einen Abdruck seiner Hand. Später, zu Weihnachten und Neujahr, kamen Briefe von ihm, die immer mit denselben Worten begannen:
»Gleich zu Anfang meines Briefes möchte ich dir mitteilen, dass ich gesund bin, was ich auch dir wünsche, liebe Mama.«
Seine Wünsche halfen nichts. Wahrscheinlich hatte er beim Schreiben an etwas anderes gedacht. Eines Tages im Winter wurde Stasia plötzlich krank, und bevor der Krankenwagen sich einen Weg durch die Schneewehen bahnen konnte, war sie tot.
Janek kam zu spät, genau in dem Moment, als das Grab zugeschüttet wurde und alle schon ihrer Wege gegangen waren. Er ging ins Haus seiner Mutter und sah sich die Dinge lange an. All diese Gläser mit Saft, die Perkalvorhänge, die Häkeldecken und die Schachteln mit Ansichtskarten, die er seiner Mutter zu Weihnachten und zum Namenstag schickte, hatten wohl keinen Wert für ihn. Die Möbel, die noch vom Großvater Boski stammten, waren plump und passten überhaupt nicht zu seinen Hochglanzelementen. Die Tassen hatten angeschlagene Ränder und keine Henkel mehr. Durch die Rit-

zen in der Türe trieb der Schnee in den Anbau. Janek schloss das Haus ab und brachte den Schlüssel seinem Onkel.

»Ich will weder das Haus noch irgendetwas anderes aus Ur«, sagte er zu Pawel.

Als er über die Landstraße zur Haltestelle ging, blieb er an dem Stein stehen und tat nach kurzem Zögern dasselbe wie jedes Jahr. Diesmal drückte er seine Hand tief in die kalte, halb gefrorene Erde und hielt sie dort so lange, bis seine Finger vor Kälte starr waren.

Die Zeit der vierfachen Dinge

Mit jedem Jahr wurde es Izydor klarer, dass er Ur nie verlassen würde. Ihm fiel die Grenze im Wald wieder ein, diese unsichtbare Mauer. Für ihn gab es diese Grenze. Vielleicht hatte Ruta sie überwinden können, er hatte weder die Kraft noch den Willen dazu.

Das Haus wurde leer. Nur im Sommer belebte es sich, wenn die Sommergäste kamen, und dann verließ Izydor seinen Dachboden überhaupt nicht. Im letzten Winter war Ukleja oft zu den Boskis gekommen. Er war gealtert und noch dicker geworden. Sein Gesicht war fahl und aufgedunsen, seine Augen vom Wodka blutunterlaufen. Er setzte sich an den Tisch, dann sah er aus wie ein Haufen angefaultes Fleisch und gab mit seiner heiseren Stimme ununterbrochen an. Izydor hasste ihn.

Ukleja spürte das mit Sicherheit, und weil er großzügig war wie der Teufel selbst, machte er Izydor ein Geschenk: Er schenkte ihm Fotos von Ruta. Es war ein wohlüberlegtes Geschenk. Ukleja hatte nur solche Fotos ausgesucht, auf denen Rutas nackter Körper, von der absonderlichen Beleuchtung zerstückelt, unter seinen Fleischmassen zu sehen war. Nur auf wenigen Aufnahmen sah man ein Frauengesicht – einen offenen Mund, Haarsträhnen, die an den verschwitzten Wangen klebten.

Izydor sah sich die Fotos schweigend an, dann legte er sie auf den Tisch und ging nach oben.

»Warum hast du ihm die Fotos gezeigt?« hörte er Pawel noch sagen.

Ukleja lachte schallend.

Von diesem Tag an kam Izydor nicht mehr nach unten. Misia brachte ihm das Essen auf seinen Dachboden und setzte sich zu ihm aufs Bett. Sie schwiegen eine Zeit lang miteinander, dann seufzte Misia und ging wieder in die Küche hinunter.

Er hatte keine Lust aufzustehen. Es war angenehm da zu liegen und zu träumen. Und er hatte immer denselben Traum: ein riesiger Raum voller geometrischer Formen. Matte Prismen, durchsichtige Kegel und opalisierende Zylinder. Sie trieben über einer weiten Fläche, die man als Erde hätte bezeichnen können, wenn ein Himmel darüber gewesen wäre. Stattdessen tat sich unter der Fläche ein großes schwarzes Loch auf. Wenn man dieses Loch anschaute, bekam man Angst.

Im Traum herrschte Stille. Selbst wenn mächtige Massen einander streiften, entstand dabei kein Knirschen, kein Knistern.

Izydor kam in diesem Traum nicht vor. Er war ein außenstehender Beobachter, Zeuge der Ereignisse seines Lebens, der in Izydor lebte, aber nicht Izydor selbst war.

Nach solchen Träumen hatte Izydor Kopfschmerzen, und er musste mit dem Weinen kämpfen, das von irgendwoher gekommen war und sich für immer in seiner Kehle eingenistet hatte.

Einmal kam Pawel zu ihm. Er sagte, sie würden jetzt im Garten spielen, er sollte doch zu ihnen herunterkommen. Anerkennend sah er sich auf dem Dachboden um.

»Schön hast du es hier«, brummte er.
Dann gesellte sich der Winter zu Izydors Traurigkeit. Wenn er die kahlen Felder und den grauen nassen Himmel betrachtete, fiel ihm immer wieder dasselbe Bild ein, das er damals durch Ivan Mukta zu sehen bekommen hatte. Den Anblick einer Welt ohne Sinn und Bedeutung, ohne Gott. Erschrocken kniff er die Lider zusammen, so stark war sein Bedürfnis, diese Vision für immer aus seiner Erinnerung zu verbannen. Aber von der Traurigkeit genährt, wuchs das Bild, es dehnte sich aus und legte sich auf seinen Körper und seine Seele. Immer öfter fühlte Izydor sich alt, bei jedem Wetterwechsel taten ihm die Knochen weh, die Welt peinigte ihn auf jede mögliche Art und Weise. Izydor wusste nicht, was er mit sich anfangen, wo er sich verbergen sollte.
Das ging mehrere Monate so, bis irgendein Instinkt in ihm erwachte und Izydor beschloss, sich zu retten. Als er zum ersten Mal wieder in der Küche auftauchte, brach Misia in Tränen aus und hielt ihn lange an ihre Schürze gedrückt, die nach Essen roch.
»Du riechst wie Mama«, sagte er.
Dann kam er täglich über die schmale Treppe nach unten und legte gedankenverloren Zweige ins Feuer. Misia kochte immer etwas, sei es Milch oder Suppe, und dieser vertraute beruhigende Geruch gab ihm die leere, verstoßene Welt wieder zurück. Er nahm sich etwas zu essen, murmelte ein paar Worte und ging wieder nach oben.
»Du könntest etwas Holz hacken«, rief Misia hinter ihm her.
Dankbar hackte er Holz. Er füllte den ganzen Holzschuppen mit Scheiten.

»Willst du gar nicht mehr aufhören, Holz zu hacken?« sagte sie ärgerlich.
Er nahm Ivans Fernglas aus der Schachtel und betrachtete jetzt ganz Ur eingehend mit seinen vier Augen. Er blickte nach Osten und sah die Häuser von Taszów am Horizont und davor die Wälder und Wiesen an der Weiße. Er sah, wie die Niechcialowa, die jetzt in Florentynkas Haus lebte, die Kühe auf der Weide melkte. Er blickte nach Süden, wo die Rochuskapelle stand und die Molkerei, er sah die Brücke zum Städtchen, ein vereinzeltes Auto und den Briefträger. Dann ging er zum Fenster nach Westen, von dem er einen Blick auf Jeszkotle, die Schwarze, das Dach des Schlosses, den Kirchturm und das Altersheim hatte, das ständig erweitert wurde. Zum Schluss ging er an das Fenster, das nach Norden ging, und sah sich satt an den waldigen Flächen, durch die sich das Band der Straße nach Kielce zog. Er sah dieselben Landschaften in jeder Jahreszeit: Weiß und verschneit, frühlingsgrün, sommerbunt und herbstlich fahl.
Dann entdeckte Izydor, dass die meisten wichtigen Dinge auf der Welt eine Vierheit bilden. Er nahm einen Bogen graues Papier und zeichnete mit dem Bleistift eine Tabelle. Die Tabelle hatte vier Rubriken. In die erste Reihe schrieb Izydor:

Westen	Norden	Osten	Süden

Und gleich darunter schrieb er:

Winter	Frühling	Sommer	Herbst

Er hatte das Gefühl, die ersten Worte eines außergewöhnlich wichtigen Satzes aufgeschrieben zu haben.
Dieser Satz musste eine ungeheure Macht haben, denn Izydors ganzes Denken konzentrierte sich jetzt darauf, Vierheiten aufzudecken. Er suchte bei sich auf dem Speicher danach,

aber auch im Garten, wenn er das Gurkenbeet jäten sollte. Er entdeckte sie in den alltäglichen Arbeiten, in den Gegenständen, in seinen eigenen Angewohnheiten und den Märchen, an die er sich aus der Kindheit erinnerte. Er fühlte, dass er auf dem Weg der Genesung war, dass er aus dem Dickicht am Wegrand auf den geraden Weg zurückfand. Gewann nicht alles allmählich an Klarheit? Brauchte man nicht nur den Verstand ein wenig anzustrengen, um die Ordnung zu erkennen, die für jeden sichtbar offen lag, reichte es nicht, einfach hinzuschauen?

Er ging wieder in die Gemeindebücherei und lieh beutelweise Bücher aus, denn ihm war klar, dass viele solche Vierheiten schon aufgezeichnet waren.

In der Bibliothek waren viele Bücher mit dem schönen Exlibris des Freiherrn Popielski: über einem Steinhaufen erhob sich ein Vogel mit ausgebreiteten Flügeln, der einem Adler glich. Der Vogel stützte sich mit seinen Krallen auf die Buchstaben PHÖNIX. Über dem Vogel stand der Schriftzug: »Exlibris Felix Popielski«.

Izydor lieh nur Bücher mit dem Phönix aus, und dieses Signet wurde für ihn zum Markenzeichen eines guten Buches. Leider erkannte er bald, dass die ganze Sammlung erst mit dem Buchstaben L begann. Auf keinem Regal fand er Autoren, deren Name mit einem Buchstaben zwischen A und K begann. Er las also Lao-tse, Lenin, Leibniz, Loyola, Lukian, Martial, Marx, Meyrink, Mickiewicz, Nietzsche, Origenes, Paracelsus, Pythagoras, Quevedo, Rousseau, Schiller, Shakespeare, Slowacki, Sokrates, Spencer, Spinoza, Swedenborg, Sienkiewicz, Towianski, Thales von Milet, Tertullian, Thomas von Aquin, Verne, Vergil, Voltaire. Und je mehr er las,

desto mehr fehlten ihm die Autoren aus der anderen Hälfte des Alphabets: Augustin, Andersen, Aristoteles, Avicenna, Blake, Chesterton, Dante, Darwin, Diogenes, Eckhart, Euripides, Freud, Goethe, die Brüder Grimm, Heine, Hegel, Hoffmann, Homer, Hölderlin, Hugo, Jung und Clemens. Er las zu Hause auch das Konversationslexikon, aber dadurch wurde er weder klüger noch besser. Dafür fand er immer mehr, das er in seine Tabellen eintragen konnte.
Viele Vierheiten lagen auf der Hand, man musste nur darauf achten:

Sauer	Süß	Bitter	Salzig
oder:			
Wurzel	Stengel	Blüte	Frucht
oder:			
Grün	Rot	Blau	Gelb
oder:			
Links	Oben	Rechts	Unten
oder:			
Auge	Ohr	Nase	Mund

Viele Vierheiten dieser Art fand er in der Bibel. Manche erschienen urtümlicher und älter, und diese brachten wieder andere hervor. Er hatte den Eindruck, dass sich die Vierheiten vor seinen Augen vermehrten und unendlich vervielfältigten. Schließlich bekam er den Verdacht, dass die Unendlichkeit selbst eine Vierheit war wie der Name Gottes.

I	H	W	H
Die vier Propheten des Alten Testaments:			
Jesajah	Jeremiah	Ezechiel	Daniel
Die vier Flüsse des Garten Eden:			
Pishon	Gishon	Euphrat	Tigris
Die Antlitze der Cherubim:			
Mensch	Löwe	Ochse	Adler
Die vier Evangelisten:			
Matthäus	Markus	Lukas	Johannes
Die vier Erztugenden:			
Mut	Gerechtigkeit	Klugheit	Mäßigkeit
Die vier Reiter der Apokalypse:			
Eroberung	Mord	Hunger	Tod
Die vier Elemente nach Aristoteles:			
Erde	Wasser	Luft	Feuer
Die vier Seiten des Bewusstseins:			
Wahrnehmen	Fühlen	Denken	Intuition
Die vier Reiche in der Kabbala:			
Stein	Pflanze	Tier	Mensch
Die vier Aspekte der Zeit:			
Raum	Vergangenheit	Gegenwart	Zukunft
Die vier Komponenten der Alchimie:			
Salz	Schwefel	Stickstoff	Quecksilber
Die vier Zustände der Alchimie:			
Coagulatio	Solutio	Sublimatio	Calcinatio
Die vier Buchstaben der heiligen Silbe:			
A	O	U	M
Die vier kabbalistischen Sephirot:			
Gnade	Schönheit	Kraft	Herrschaft

Die vier Zustände der Existenz:

Leben	Sterben und Tod	Nachtod	Wiedergeburt

Die vier Bewusstseinszustände:

Lethargie	Tiefschlaf	Leichter Schlaf	Wachen

Die vier Eigenschaften der Schöpfung:

Beständigkeit	Fluss	Flüchtigkeit	Licht

Die vier menschlichen Fähigkeiten nach Galen:

Körperlich	Ästhetisch	Intellektuell	Geistig-moralisch

Die vier Grundrechenarten:

Addition	Subtraktion	Multiplikation	Division

Die vier Dimensionen:

Breite	Länge	Höhe	Zeit

Die vier physikalischen Zustände:

Fest	Flüssig	Gasförmig	Plasma

Die vier Bestandteile der DNA:

T	A	G	C

Die vier Temperamente nach Hippokrates:

Phlegmatisch	Melancholisch	Sanguinisch	Cholerisch

Aber damit hörte die Liste noch nicht auf. Sie konnte nicht aufhören, denn das hätte das Ende der Welt bedeutet. Das dachte jedenfalls Izydor. Er dachte auch, er sei einer für das ganze Weltall gültigen Ordnung auf der Spur, Gottes eigenem Alphabet.

Mit der Zeit veränderte sich Izydors Denken unter dem Einfluss der Suche nach Vierheiten. In jedem Ding, in jeder kleinsten Erscheinung sah er vier Teile, vier Stadien, vier Funktionen. Er sah, wie die Viertel aufeinander folgten, Achtel und Sechzehntel trieben, ein steter Wandel der vierfachen Algebra des Lebens. Er sah nicht mehr den blühenden Apfelbaum im Garten, sondern eine vierteilige, zusammenhängende Struktur, die aus Wurzeln, Stamm, Blättern und Blüten bestand. Interessanterweise war die Vierheit unsterblich, im Herbst traten Früchte an die Stelle der Blüten. Über die Tatsache, dass im Winter der Apfelbaum nur noch aus Stamm und Wurzeln bestand, musste Izydor noch nachdenken. Er entdeckte das Gesetz der Reduzierbarkeit der Vierheit auf die Zweiheit: Die Zweiheit war der Ruhezustand der Vierheit. Die Vierheit wurde zur Zweiheit, wenn sie schlief wie der Baum im Winter.

Die Dinge, die ihre innere vierteilige Struktur nicht sogleich offenbarten, wurden für Izydor zur Herausforderung. Einmal sah er Witek dabei zu, wie er versuchte, ein junges Pferd zuzureiten. Das Pferd bockte und warf ihn ab. Izydor kam der Gedanke, dass die Kombination, die man gemeinhin als »Mensch auf dem Pferd« bezeichnet, nur scheinbar aus zwei Elementen besteht. In Wirklichkeit gab es den Menschen und das Pferd. Es gab noch ein drittes Element, nämlich den Menschen auf dem Pferd. Und was war das Vierte?

Das war der Zentaur, ging es Izydor plötzlich auf, denn der ist mehr als ein Mensch und ein Pferd, er ist Mensch und Pferd zugleich, das Kind eines Menschen und eines Pferdes, eines Menschen und eines Bocks, und dabei empfand er wieder diese lang vergessene Unruhe, die Ivan Mukta ihm hinterlassen hatte.

Die Zeit Misias

Misia wollte ihre langen weißen Haare nicht abschneiden. Wenn Lila und Maja kamen, brachten sie eine Spezialtönung mit, und im Laufe eines Abends bekamen die Haare ihre alte Farbe wieder. Sie hatten ein gutes Auge für Farben und suchten genau den Ton aus, den Misia brauchte.

Aber eines Tages fuhr etwas in sie, und sie ließ sich die Haare abschneiden. Als die kastanienbraun gefärbten Büschel auf dem Boden lagen, sah Misia in den Spiegel und begriff, dass sie eine alte Frau war.

Im Frühjahr schrieb sie der jungen Popielska, dass sie keine Sommergäste mehr nehme.

In diesem Jahr nicht und auch nicht im nächsten. Pawel versuchte, Einspruch zu erheben, aber sie hörte nicht auf ihn. Nachts wachte sie davon auf, dass ihr Herz plötzlich hämmerte und das Blut in ihren Adern pochte. Ihre Hände und Beine schwollen an. Sie betrachtete ihre Füße und erkannte sie nicht wieder. ›Früher hatte ich schlanke Finger und schmale Knochen. Meine Waden waren früher straff, wenn ich auf hohen Absätzen ging‹, dachte sie.

Im Sommer, als außer Adelka alle Kinder kamen, brachten sie sie zum Arzt. Sie hatte zu hohen Blutdruck. Sie musste Tabletten schlucken und durfte keinen Kaffee mehr trinken.

»Was ist das für ein Leben ohne Kaffee«, brummte Misia und nahm ihre Kaffeemühle aus der Kredenz.
»Mama, du bist wie ein Kind«, sagte Maja und nahm ihr die Kaffeemühle aus der Hand.
Am nächsten Tag kaufte Witek im Devisenladen eine große Dose koffeinfreien Kaffee. Sie tat so, als schmeckte er ihr, aber wenn sie allein war, mahlte sie sich ihre kostbaren rationierten Kaffeebohnen und brühte sich einen Kaffee im Glas auf. Mit Schaum, wie sie es gerne hatte. Sie setzte sich ans Küchenfenster und schaute in den Garten. Sie hörte das Rascheln des hohen Grases, denn keiner schnitt es mehr unter den Bäumen. Aus dem Fenster sah sie die Schwarze, die Pfarrerswiesen und dahinter Jeszkotle, wo die Leute dauernd neue Häuser aus weißen Hohlziegeln bauten. Die Welt war nicht mehr so schön wie früher.
Eines Tages kam Besuch für Pawel, als sie ihren Kaffee trank. Sie erfuhr, dass Pawel eine Grabstätte in Auftrag gegeben hatte.
»Warum hast du mir nichts davon gesagt?« fragte sie.
»Ich wollte dich damit überraschen.«
Am Sonntag gingen sie, um sich die tiefe Grube anzusehen, die ausgehoben worden war. Misia gefiel die Stelle nicht, gleich neben dem alten Boski und Stasia Papuga.
»Warum nicht neben meinen Eltern?« fragte sie.
Pawel zuckte mit den Schultern.
»Warum, warum«, äffte er sie zänkisch nach. »Da ist es zu eng.«
Misia fiel wieder ein, wie sie damals mit Izydor das Ehebett auseinander genommen hatte.
Auf dem Heimweg warf sie einen Blick auf die Inschrift am Ausgang des Friedhofs.

»Gott sieht. Die Zeit flieht. Der Tod jagt. Die Ewigkeit harrt«, las sie vor.

Dann kam ein unruhiges Jahr. Pawel schaltete in der Küche das Radio an, und zusammen mit Izydor hörten sie die offiziellen Verlautbarungen. Sie verstanden nicht viel davon. Im Sommer kamen die Kinder und die Enkel. Nicht alle. Antek hatte keinen Urlaub bekommen. Bis spät in der Nacht saßen sie im Garten, tranken Johannisbeerwein und diskutierten über Politik. Misia schaute immer wieder unwillkürlich zur Gartenpforte, weil sie auf Adelka wartete.

»Sie wird nicht kommen«, sagte Lila.

Im September war das Haus wieder leer. Pawel fuhr tagelang auf dem Motorrad seine brach liegenden Felder ab und sah beim Bau des Grabmals nach dem Rechten. Misia rief Izydor nach unten, aber er blieb wo er war. Er brütete über den grauen Papierbögen, auf denen er endlose Tabellen ausfüllte.

»Versprich mir, dass du ihn nicht ins Altersheim gibst, wenn ich zuerst sterbe«, sagte sie zu Pawel.

»Das verspreche ich.«

Am ersten Tag im Herbst mahlte Misia eine Portion echten Kaffee in der Kaffeemühle, schüttete ihn ins Glas und brühte ihn mit heißem Wasser auf. Sie nahm die Honigkuchen aus der Anrichte. Ein herrlicher Duft erfüllte die Küche. Sie rückte den Stuhl ans Fenster und trank den Kaffee in kleinen Schlucken. Dann explodierte die Welt in Misias Kopf, und ihre kleinen Splitter sprühten in alle Richtungen. Misia sackte auf den Boden unter den Tisch. Der verschüttete Kaffee tropfte auf ihre Hand. Sie konnte sich nicht bewegen, deshalb wartete sie wie ein Tier in der Schlinge, dass jemand kam und sie befreite.

Sie wurde nach Taszów ins Krankenhaus gebracht, und die Ärzte sagten, sie habe einen Schlaganfall erlitten. Pawel, Izydor und die beiden Mädchen kamen sie jeden Tag besuchen. Sie setzten sich zu ihr ans Bett und redeten die ganze Zeit, obwohl keiner von ihnen wusste, ob Misia sie verstand. Sie stellten Fragen, und manchmal bewegte sie den Kopf, um »ja« oder »nein« anzudeuten. Ihr Gesicht war eingefallen, ihr Blick hatte sich nach innen gerichtet und wurde stumpf. Sie gingen auf den Gang hinaus und versuchten, von dem Arzt zu erfahren, wie es um sie stand, aber der Arzt sah so aus, als sei er mit anderen Dingen sehr beschäftigt. In jedem Fenster des Krankenhauses hingen weißrote Fahnen, und das Personal trug Streikbinden. So standen sie im Flur des Krankenhauses am Fenster und versuchten, sich das Unglück zu erklären. Vielleicht war sie mit dem Kopf aufgeschlagen und diese Zentren – für Sprache, Lebensfreude, Lebensneugier, Lebenswillen – hatten Schaden genommen. Oder es war so: sie war gestürzt und hatte sich bei dem Gedanken erschrocken, dass sie so gebrechlich war, dass das Leben an sich ein Wunder war, sie war vor ihrer Sterblichkeit erschrocken und starb jetzt vor ihren Augen langsam aus Angst vor dem Tod.
Sie brachten ihr schönes saftiges Kompott und große Apfelsinen, die sie für ungeheures Geld erwarben. Langsam versöhnten sie sich mit dem Gedanken, dass Misia starb. Sie würde an einen anderen Ort gehen. Aber am meisten fürchteten sie, dass Misia Boska in diesem Sterbeeifer, dieser Loslösung der Seele vom Körper, in diesem allmählichen Verschwinden der biologischen Struktur des Gehirns, verloren gehen würde, dass all ihre Kochrezepte verloren gehen würden, die Salate mit Leber und Rettich, ihr Schokoladenkuchen

mit Zuckerguss, ihre Honigkuchen würden auf immer verloren sein und schließlich auch ihre Gedanken und Worte, die Ereignisse, an denen sie teilgenommen hatte, die so gewöhnlich waren wie ihr ganzes Leben und dennoch – dessen waren sie jeder für sich gewiss – von Dunkelheit und Traurigkeit durchsetzt, weil ein Mensch des anderen Feind ist, und das Einzige, was man tun kann, darin besteht, dass man für sich und die Seinen eine Muschel findet, in der man bis zur Befreiung ausharrt. Wenn sie Misia ansahen, wie sie da im Bett saß, die Decke über die Beine gebreitet und mit abwesendem Gesicht, dann fragten sie sich, wie ihre Gedanken wohl aussahen. Waren sie zerrissen und zerfetzt wie ihr Sprechen, hatten sie sich tief in ihrem Denken ihre Kraft und Frische bewahrt oder verwandelten sie sich in reine Bilder voller Farbe und Tiefe? Sie überlegten sich auch, dass Misia vielleicht aufgehört hatte zu denken. Das würde heißen, dass die Muschel nicht dicht war und Misia noch zu Lebzeiten in Chaos und Vernichtung stürzen würde.

Doch den ganzen Monat über bis zu ihrem Tod sah Misia die linke Seite der Welt. Da wartete der Schutzengel auf sie, der immer in den wirklich wichtigen Augenblicken erschien.

Die Zeit Pawels

Da das Grab noch nicht fertig war, ließ Pawel Misia neben Genowefa und Michał begraben. Das müsste ihr doch gefallen, dachte er. Er selbst war ganz vom Bau der Grabstätte in Anspruch genommen und gab den Arbeitern immer kompliziertere Anweisungen, deshalb zog sich die Arbeit hin. Auf diese Weise schob der Inspektor Pawel Boski seinen Tod hinaus.

Als die Kinder nach der Beerdigung wieder abgereist waren, wurde es sehr still im Haus. Pawel fühlte sich nicht wohl in dieser Stille, deshalb schaltete er den Fernseher ein und sah sich jede Sendung an. Die Nationalhymne bei Programmschluss war für ihn das Zeichen, ins Bett zu gehen. Erst dann hörte Pawel, dass er nicht allein im Haus war.

Oben knarrten die Dielen unter Izydors schleifenden schweren Schritten. Izydor kam gar nicht mehr nach unten. Die Anwesenheit seines Schwagers machte Pawel verrückt. Deshalb ging er irgendwann zu ihm hinauf und überredete ihn, ins Altersheim zu gehen.

»Da wirst du versorgt und bekommst warmes Essen«, sagte er.

Zu seinem Erstaunen wehrte sich Izydor nicht dagegen. Am nächsten Tag hatte er bereits seine Sachen gepackt. Als Pawel

die beiden Pappkoffer und die Plastiktüte mit Kleidungsstücken sah, bekam er Gewissensbisse, aber die verschwanden bald wieder.
»Da wird er versorgt, und er bekommt warmes Essen«, sagte er sich.
Im November fiel der erste Schnee, und dann hörte es nicht mehr auf zu schneien. In den Zimmern roch es feucht, und Pawel kramte irgendwo einen elektrischen Ofen hervor, der sein Zimmer jedoch kaum aufheizen konnte. Der Fernseher sprühte Funken, weil es so feucht war, aber er funktionierte. Pawel verfolgte die Wetterberichte und sah sich alle Nachrichtensendungen an, obwohl sie ihn nicht interessierten. Regierungen wechselten. Gestalten tauchten in dem flimmernden Fensterchen auf und verschwanden wieder. Vor Weihnachten kamen die Töchter und holten ihn zum Heiligabend zu sich. Am zweiten Weihnachtstag ließ er sich wieder nach Hause fahren und sah, dass das Dach von Stasias Kate unter dem Schnee eingebrochen war. Jetzt schneite es hinein, und der Schnee legte sich weich auf alle Möbel: die leere Anrichte, den Tisch, das Bett, auf dem früher der alte Boski geschlafen hatte, und den Nachttisch. Zuerst wollte Pawel die Sachen vor Kälte und Frost in Sicherheit bringen, aber dann sah er ein, dass er die schweren Möbel nicht allein hinausschleppen konnte. Was wollte er auch damit?
»Papa, du hast ein mieses Dach gebaut«, sagte er zu den Möbeln. »Deine Schindeln sind durchgefault. Mein Haus steht noch.«
Die Frühlingsstürme brachten zwei Wände zum Einstürzen. Das Zimmer in Stasias Haus verwandelte sich in einen Trümmerhaufen. Im Sommer wuchsen Brennesseln und Disteln

auf Stasias Beeten. Dazwischen blühten mit dem Mute der Verzweiflung bunte Anemonen und Pfingstrosen. Es roch nach Erdbeeren. Pawel konnte sich nicht genug darüber wundern, wie schnell Zerstörung und Verfall eintreten. Als verstieße der Bau von Häusern gegen alle Natur von Himmel und Erde, als stelle sich das Errichten von Wänden, das Aufeinanderschichten von Steinen gegen den Strom der Zeit. Dieser Gedanke erschreckte ihn. Im Fernsehen verstummte die Nationalhymne, und Schneeflocken bedeckten den Bildschirm. Pawel schaltete alle Lichter an und öffnete die Schränke.

Er sah die säuberlich aufgeschichteten Bettbezüge, Laken, Tischtücher, Servietten und Handtücher. Er berührte sie am Rand, und plötzlich wurde sein ganzer Körper von Sehnsucht nach Misia erfasst. Er zog einen Stapel Bettbezüge heraus und vergrub sein Gesicht darin. Sie rochen nach Waschpulver, Sauberkeit, Ordnung, nach Misia, nach der Welt, die früher war. Er begann alles aus den Schränken zu ziehen: seine und Misias Kleider, Stapel von Baumwollunterhemden und -unterhosen, Beutel mit Socken, Misias Wäsche, ihre Unterröcke, die ihm so vertraut waren, die seidigen Strümpfe, Mieder und Büstenhalter, ihre Blusen und Pullover. Er nahm die Anzüge von den Kleiderbügeln (viele, die mit den wattierten Schultern, erinnerten noch an den Krieg), Hosen mit Gürtel in den Schlaufen, Hemden mit steifen Kragen, Kleider und Röcke. Lange betrachtete er ein graues Kostüm aus dünnem Wollstoff, und er erinnerte sich daran, wie er den Stoff gekauft und dann zum Schneider gebracht hatte. Misia hatte sich breite Revers und Paspeltaschen gewünscht. Er zog die Hüte und Halstücher vom oberen Brett. Aus dem unteren Fach förderte er die Handtaschen zu Tage. Er steckte die

Hand tief in ihr kühles, glattes Inneres, als wollte er tote Tiere ausweiden. Der Haufen der wahllos auf den Boden geworfenen Dinge wuchs immer weiter. Er sollte die Sachen an die Kinder verteilen, dachte er. Aber Adelka war fortgegangen. Witek auch. Er wusste nicht einmal, wo sie waren. Dann fiel ihm ein, dass man Kleidung nur dann verschenkt, wenn jemand gestorben ist, und er lebte ja noch.

»Ich lebe und es geht mir ganz gut. Ich komme zurecht«, sagte er sich und zog die Geige, die er lange nicht mehr gespielt hatte, aus der Standuhr.

Er ging damit auf die Treppe vor dem Haus und begann zu spielen. Erst spielte er *Am letzten Sonntag*, dann *Die Steppen der Mandschurei*. Die Motten flogen gegen die Lampe und kreisten um seinen Kopf, eine bewegliche Aureole voller Flügel und Fühler. Er spielte, bis die verstaubten, ausgetrockneten Saiten alle nacheinander gerissen waren.

Die Zeit Izydors

Als Pawel Izydor ins Altersheim gebracht hatte, versuchte er, der Nonne, die ihn aufnahm, die Situation genau zu erklären. »Vielleicht ist er noch nicht so alt, aber er ist kränklich und außerdem behindert. Ich bin zwar Gesundheitsinspektor« – das Wort »Inspektor« betonte Pawel besonders nachdrücklich – »und verstehe von vielem etwas, aber ich könnte ihm keine richtige Pflege zukommen lassen.«

Izydor stimmte dem Umzug bereitwillig zu. Von hier aus hatte er es näher zum Friedhof, wo seine Mutter, sein Vater und jetzt auch Misia lagen. Er freute sich, dass es Pawel nicht geschafft hatte, das Grabmal fertig zu stellen, und dass Misia deshalb neben den Eltern begraben worden war. Jeden Tag nach dem Frühstück zog er sich an und ging auf den Friedhof, um bei ihnen zu sitzen.

Aber die Zeit im Altersheim vergeht anders als an anderen Orten, sie fließt in einem dünnen Rinnsal. Mit jedem Monat wurde Izydor schwächer, und schließlich verzichtete er ganz auf diese Besuche.

»Ich glaube, ich bin krank«, sagte er zu Schwester Aniela, die sich um ihn kümmerte. »Ich glaube, ich sterbe bald.«

»Aber Izydor, du bist doch noch jung und kräftig«, versuchte sie ihn aufzumuntern.

»Ich bin alt«, wiederholte er stur.
Er war enttäuscht. Er hatte gedacht, das Alter würde dieses dritte Auge öffnen, mit dem man durch alles hindurchsieht und das einem hilft zu begreifen, wie die Welt funktioniert. Aber ihm war nichts klarer geworden. Ihm taten nur die Knochen weh, und er konnte nicht schlafen. Weder die Toten noch die Lebenden kamen ihn besuchen. Nachts sah er seine Bilder, Ruta, so wie er sie in Erinnerung hatte, und geometrische Visionen, leere Räume mit eckigen und ovalen Figuren. Immer öfter kamen ihm diese Bilder verwaschen und undeutlich vor, und die Figuren waren schludrig gezeichnet und aus den Fugen geraten. Als alterten sie mit ihm zusammen.
Er hatte keine Kraft mehr für die Tabellen. Er schleppte sich noch aus dem Bett und schlich durch das Gebäude, um seine vier Himmelsrichtungen zu sehen, aber das nahm den ganzen Tag in Anspruch. Das Altersheim war nicht so gebaut, wie es sich gehörte, und hatte keine Fenster nach Norden, als hätten seine Erbauer diesen vierten, dunkelsten Teil der Welt aussperren wollen, um den Alten nicht die Laune zu verderben. Deshalb musste Izydor auf die Terrasse gehen und sich über das Geländer beugen. Dann sah er hinter der Ecke des Gebäudes die sich endlos erstreckenden dunklen Wälder und das Band der Landstraße. Im Winter blieb ihm der Ausblick nach Norden völlig verwehrt, denn die Terrassen waren zugesperrt. Deshalb saß er in einem Sessel im so genannten Tagesraum, wo unentwegt der Fernseher murmelte. Izydor versuchte, den Norden zu vergessen.
Er lernte zu vergessen, und das Vergessen verschaffte ihm Erleichterung und war einfacher, als er es sich jemals vorgestellt hätte. Es reichte schon, wenn er nur einen Tag nicht an die

Wälder und den Fluss dachte, nicht an seine Mutter und Misia, wie sie ihr kastanienbraunes Haar kämmte, und nicht an das Haus und den Dachboden mit den vier Fenstern, und am nächsten Tag schon waren die Bilder blasser und verwaschener.

Schließlich konnte Izydor nicht mehr laufen. Trotz aller Antibiotika und Röntgenaufnahmen wurden seine Knochen und Gelenke immer steifer und versagten jede Bewegung. Man legte ihn in einem Einzelzimmer ins Bett, und dort begann er langsam zu sterben.

Sein Sterben war ein systematischer Zerfall dessen, was einmal Izydor gewesen war. Es war ein lawinenartiger und unwiderruflicher Prozess, der sich selbst vollendete und wunderbar wirksam war. Wie das Löschen überflüssiger Informationen auf dem Computer, den man im Altersheim für die Buchhaltung benutzte.

Zuerst verschwanden allmählich die Ideen, Gedanken und abstrakten Begriffe, die sich Izydor im Laufe seines Lebens mit Mühe angeeignet hatte. Mit einem Ächzen verschwanden die Vierheiten:

Linien	Quadrate	Dreiecke	Kreise
Addition	Subtraktion	Multiplikation	Division
Klang	Wort	Bild	Symbol
Gnade	Schönheit	Kraft	Herrschaft
Ethik	Metaphysik	Epistemologie	Ontologie
Raum	Vergangenheit	Gegenwart	Zukunft
Breite	Länge	Höhe	Zeit
Links	Oben	Rechts	Unten
Kampf	Leiden	Schuldgefühl	Tod
Wurzel	Stengel	Blüte	Frucht

Sauer	Süß	Bitter	Salzig
Winter	Frühling	Sommer	Herbst
Und schließlich:			
Westen	Norden	Osten	Süden

Danach verblassten die geliebten Orte, dann die Gesichter der geliebten Menschen, dann ihre Namen, und schließlich fielen die Menschen selbst dem Vergessen anheim. Izydors Gefühle gingen verloren, lang zurückliegende Regungen wie Rührung (als Misia ihr erstes Kind bekam), Verzweiflung (als Ruta wegging), Freude (als ihr Brief kam), Gewissheit (als er die Vierheit erforschte), Angst (als man auf ihn und Ivan Mukta schoss), Stolz (als er das Geld von der Post bekam) und viele, viele andere, und schließlich, ganz am Schluss, als Schwester Aniela sagte »Er ist tot«, begannen sich auch die Räume aufzulösen, die Izydor in sich getragen hatte und die weder irdisch noch himmlisch waren, sie zerbrachen in kleine Stücke, zerfielen in sich und verschwanden für immer. Es war ein Bild der Zerstörung, das schlimmer war als alles andere, als der Krieg, als Brände, als die Explosionen von Sternen und Implosionen schwarzer Löcher.

Dann erschien Ähre im Altersheim.

»Du bist zu spät gekommen. Er ist tot«, sagte Schwester Aniela zu ihr.

Ähre gab keine Antwort. Sie setzte sich an Izydors Bett. Sie berührte seinen Hals. Izydors Körper atmete nicht mehr, kein Herz schlug mehr darin, aber er war noch warm. Ähre beugte sich über Izydor und sagte ihm ins Ohr:

»Geh und halt dich in keiner der Welten auf. Und lass dich nicht zur Rückkehr verführen.«

Sie saß bei Izydors Leichnam, bis er abgeholt wurde. Dann blieb sie noch eine ganze Nacht und einen ganzen Tag an seinem Bett sitzen und murmelte unausgesetzt vor sich hin. Sie ging erst, als sie sich vergewissert hatte, dass Izydor auf immer verschwunden war.

Die Zeit des Spiels

»Gott ist alt geworden. In der Achten Welt ist Gott bereits alt. Sein Geist wird immer schwächer und ist schon voller Löcher. Sein Wort ist Gestammel. Ähnlich steht es auch um die Welt, die aus Geist und Wort entstanden ist. Der Himmel birst wie trockenes Holz, die Erde ist stellenweise morsch und bricht unter den Füßen der Menschen und Tiere ein. Die Welt franst an ihren Rändern aus; die Materie wird porös und zerfällt zu Staub.

Gott wollte vollkommen sein und harrte aus. Was sich nicht bewegt, steht auf der Stelle. Was auf der Stelle steht, zerfällt.

›Die Erschaffung der Welten war ein sinnloses Unternehmen‹, denkt Gott. ›Die Erschaffung der Welten führt zu nichts, nichts entwickelt sich, nichts erweitert sich, nichts ändert sich. Es ist vergeblich.‹

Für Gott existiert der Tod nicht, obwohl Gott manchmal gerne sterben würde wie die Menschen, die er an die Welten gefesselt und in die Zeit verstrickt hat. Manchmal entwischen ihm die Menschen und verschwinden aus dem Blickfeld seiner allsehenden Augen. Dann hat Gott die größte Sehnsucht, denn er weiß, dass außerhalb seiner selbst eine unwandelbare Ordnung existiert, die alles Wandelbare zu einem Muster fügt. Und in dieser Ordnung, in die sogar Gott selbst eingebunden ist, beginnt alles, was vergänglich und in der Zeit verstreut erscheint, eine gleichzeitige und ewige Existenz außerhalb der Zeit.«

Die Zeit Adelkas

Adelka stieg aus dem Bus aus Kielce und hatte ein Gefühl, als sei sie gerade aufgewacht. Als hätte sie bisher geschlafen und ihr Leben in irgendeiner Stadt, mit irgendwelchen Menschen inmitten wirrer und undeutlicher Geschehnisse geträumt. Sie schüttelte den Kopf und sah die Waldallee nach Ur vor sich, die Linden zu beiden Seiten der Straße, die dunkle Wand der Wodenica – alles war an seinem Platz.

Sie blieb stehen und rückte ihre Handtasche über der Schulter zurecht. Sie blickte auf ihre italienischen Schuhe und ihren Kamelhaarmantel. Sie wusste, dass sie hübsch aussah, wie aus einem Modejournal, wie aus der Großstadt. Auf ihren hohen Absätzen balancierend, machte sie sich auf den Weg.

Als sie aus dem Wald trat, war sie von der Weite des Himmels, der plötzlich vor ihr auftauchte, wie erschlagen. Sie hatte vergessen, dass der Himmel so groß sein konnte, als befänden sich noch andere, unbekannte Welten darin. In Kielce hatten sie so einen Himmel nie gesehen.

Sie sah das Dach des Hauses und traute ihren Augen nicht, als sie sah, wie ausladend der Fliederbusch geworden war. Als sie näher kam, blieb ihr das Herz einen Augenblick lang stehen. Tante Papugas Haus war nicht mehr da. An der Stelle, wo es gestanden hatte, breitete sich jetzt der Himmel aus.

Adelka öffnete das Gartentor und blieb vor dem Haus stehen. Die Türen und Fenster waren geschlossen. Sie ging in den Hof. Er war mit Gras überwuchert. Kleine Liliputhühner kamen ihr entgegengelaufen, bunt wie Pfauen. Plötzlich kam ihr der Gedanke, dass der Vater und Onkel Izydor vielleicht gestorben waren und niemand sie benachrichtigt hatte, und jetzt war sie in ihrem Mantel aus dem Warschauer Modehaus »Telimena« und ihren hochhackigen italienischen Schuhen zu einem leeren Haus gekommen.
Sie stellte den Koffer ab, zündete sich eine Zigarette an und ging durch den Garten dahin, wo früher das Häuschen von Tante Papuga gestanden hatte.
»Du rauchst also«, hörte sie plötzlich.
Mechanisch warf sie die Zigarette auf den Boden und fühlte in der Kehle die alte Kindheitsangst vor dem Vater. Sie blickte auf und sah ihn. Er saß auf einem Küchenschemel inmitten des Trümmerhaufens, der einst das Haus seiner Schwester gewesen war.
»Was machst du da, Vater?« fragte sie verwundert.
»Ich beobachte das Haus.«
Sie wusste nicht, was sie sagen sollte. Sie sahen sich schweigend an.
Ihr Vater hatte sich offensichtlich lange nicht rasiert. Seine Bartstoppeln waren jetzt ganz weiß, als läge Raureif auf seinem Gesicht. Sie sah, wie sehr er in all den Jahren gealtert war.
»Habe ich mich verändert?« fragte sie.
»Du bist älter geworden«, antwortete er, und sein Blick wanderte wieder zu dem Haus. »Wie alle.«
»Was ist passiert, Papa? Wo ist Onkel Izydor? Hast du denn keine Hilfe?«

»Alle wollen Geld von mir und über das Haus bestimmen, als sei ich schon nicht mehr am Leben. Aber ich lebe noch. Warum bist du nicht zu Mutters Begräbnis gekommen?«

Adelkas Hände sehnten sich nach einer Zigarette.

»Ich bin nur gekommen, um dir zu sagen, dass ich zurechtkomme. Ich habe mein Studium beendet und arbeite. Ich habe eine Tochter, sie ist schon groß.«

»Warum hast du keinen Sohn bekommen?«

Sie fühlte wieder diesen vertrauten Kloß in der Kehle und hatte das Gefühl, zum zweiten Mal aufzuwachen. Kielce, die hochhackigen italienischen Schuhe und der Kamelhaarmantel gab es gar nicht. Die Zeit rutschte ab wie ein unterspültes Flussufer und versuchte, sie beide in die Vergangenheit mitzureißen.

»Darum«, sagte sie.

»Alle habt ihr Mädchen. Antek zwei, Witek eins, die Zwillinge jede zwei und jetzt du. Ich erinnere mich an alles, alles zähle ich ganz genau, und ich habe immer noch keinen Enkel. Du hast mich enttäuscht.«

Sie nahm eine weitere Zigarette aus der Tasche und zündete sie an.

Der Vater blickte auf die Streichholzflamme.

»Und dein Mann?« fragte er.

Adelka zog an der Zigarette und blies erleichtert eine Rauchwolke aus.

»Ich habe keinen Mann.«

»Hat er dich verlassen?« fragte er.

Sie drehte sich um und ging auf das Haus zu.

»Warte. Das Haus ist abgeschlossen. Hier wimmelt es von Dieben und allem möglichen Gesindel.«

Er ging langsam hinter ihr her. Dann zog er ein Schlüsselbund aus der Tasche. Sie sah zu, wie er die Schlösser öffnete. Erst eins, dann ein zweites und ein drittes. Seine Hände zitterten. Verwundert stellte sie fest, dass sie größer war als er.
Sie ging hinter ihm in die Küche und spürte sofort den vertrauten Geruch des erkalteten Herdes, nach angebrannter Milch. Sie sog ihn ein wie Zigarettenrauch.
Auf dem Tisch standen schmutzige Teller, über die träge die Fliegen wanderten. Die Sonne malte Gardinenmuster auf das Wachstuch.
»Papa, wo ist Izydor?«
»Ich hab ihn ins Altersheim nach Jeszkotle gegeben. Er war schon alt und verkalkt. Zum Schluss ist er gestorben. Das steht uns allen bevor.«
Sie nahm einen Stapel Kleider von einem Stuhl und setzte sich. Ihr war nach Weinen zu Mute. Kleine Erdklümpchen und trockenes Gras hingen an ihren spitzen Absätzen.
»Er braucht dir nicht leid zu tun. Da wurde er verpflegt und versorgt. Er hat es besser gehabt als ich. Ich muss überall nach dem Rechten sehen, mich um jede Sache kümmern.«
Sie stand auf und ging ins Wohnzimmer. Er schlurfte linkisch hinter ihr her und ließ sie nicht aus den Augen. Auf dem Tisch sah sie einen Stapel angegrauter Wäsche: Unterhemden, Unterhosen, Schlüpfer. Auf einer Zeitung lagen ein Stempelkissen und ein Stempel mit einem Holzgriff. Sie nahm ein paar Unterhosen in die Hand und las den verwischten aufgestempelten Schriftzug: Pawel Boski, Inspektor.
»Sie stehlen«, sagte er. »Sie nehmen mir sogar die Unterhosen von der Leine.«
»Papa, ich bleibe ein bisschen hier bei dir, räume auf und

backe dir einen Kuchen ...« Adelka zog den Mantel aus und hängte ihn über einen Stuhl.
Sie streifte sich die Ärmel ihres Pullovers hoch und begann die schmutzigen Teller vom Tisch einzusammeln.
»Lass das.« Pawels Stimme hörte sich überraschend scharf an. »Ich will nicht, dass hier jemand bestimmt. Ich komme bestens zurecht.«
Sie holte ihren Koffer vom Hof und legte ihre Geschenke auf den schmutzigen Tisch. Ein cremefarbenes Hemd und eine Krawatte für den Vater, eine Pralinenschachtel und Kölnischwasser für Izydor. Sie hielt ein Foto ihrer Tochter in der Hand.
»Das ist meine Tochter. Willst du es sehen?«
Er nahm das Foto in die Hand und warf einen Blick darauf.
»Sie hat keine Ähnlichkeit mit uns. Wie alt ist sie?«
»Neunzehn.«
»Was hast du die ganze Zeit gemacht?«
Sie holte tief Luft, denn sie meinte, sie hätte viel zu erzählen, aber auf einmal war alles aus ihrem Kopf verschwunden.
Pawel sammelte schweigend die Geschenke ein und brachte sie in die Anrichte im Wohnzimmer. Der Schlüsselbund klirrte. Sie hörte das Knirschen der Patentschlösser, die brutal in den Eichentüren der Anrichte angebracht worden waren. Sie sah sich in der Küche um und erkannte Dinge, die sie schon vergessen hatte. Auf dem Hängeregal neben dem Kachelofen stand der Teller mit doppeltem Boden, den man mit heißem Wasser füllen konnte, damit die Suppe nicht so schnell kalt wurde. Auf dem Bord standen die Porzelitdosen mit den hellblauen Aufschriften: Mehl, Reis, Grütze, Zucker. Solange sie denken konnte, hatte die Dose für den Zucker einen

Sprung. Über der Tür zum Wohnzimmer hing eine Kopie des Bildes von der Muttergottes von Jeszkotle. Ihre schönen Hände entblößten mit koketter Gebärde ein glattes Dekolletee, doch da, wo die Brust sein sollte, leuchtete ein kleines blutrotes Stück Fleisch – das war das Herz. Adelkas Blick blieb schließlich an der Kaffeemühle mit dem Porzellanbauch und der zierlichen Schublade hängen. Aus dem Wohnzimmer hörte sie das Klirren der Schlüssel beim Öffnen der Schrankschlösser. Sie zögerte einen Moment, dann nahm sie schnell die Kaffeemühle vom Bord und steckte sie in ihren Koffer.
»Du bist zu spät zurückgekommen«, sagte ihr Vater in der Tür. »Alles ist schon vorbei. Es ist Zeit zu sterben.«
Er lachte auf, als hätte er einen guten Witz erzählt.
Sie sah, dass von seinen schönen weißen Zähnen nichts mehr übrig war. Sie saßen jetzt schweigend da. Adelkas Blick wanderte über das Muster auf dem Wachstuch und blieb an den Gläsern mit Johannisbeersaft hängen, in die sich Fliegen verirrt hatten.
»Ich könnte bleiben ...«, flüsterte sie, und die Asche von ihrer Zigarette fiel auf ihren Rock.
Pawel drehte sein Gesicht zum Fenster und blickte durch die schmutzige Scheibe in den Garten.
»Ich brauche nichts mehr. Ich habe vor nichts mehr Angst.«
Sie verstand, was er ihr damit sagen wollte. Sie stand auf und zog langsam den Mantel an. Sie küsste den Vater behutsam auf die raureifbärtigen Wangen. Sie dachte, er würde sie bis vor das Gartentor begleiten, aber er ging sofort auf den Trümmerhaufen zu, in dem noch sein Schemel stand.
Sie trat auf die Landstraße hinaus und bemerkte erst jetzt, dass sie asphaltiert war. Die Linden kamen ihr kleiner vor.

Kleine Windstöße streiften die Blätter ab, die in das hohe Gras auf Stasia Papugas Feld fielen.

Am Wodenica wischte sie mit einem Taschentuch ihre hochhackigen italienischen Schuhe ab und strich sich die Haare zurecht. Sie würde bestimmt noch eine Stunde lang auf den Bus warten müssen. Als er kam, war sie der einzige Fahrgast. Sie öffnete den Koffer und nahm die Kaffeemühle heraus. Sie begann langsam die Kurbel zu drehen, und der Fahrer warf ihr im Rückspiegel einen verblüfften Blick zu.